KB114931

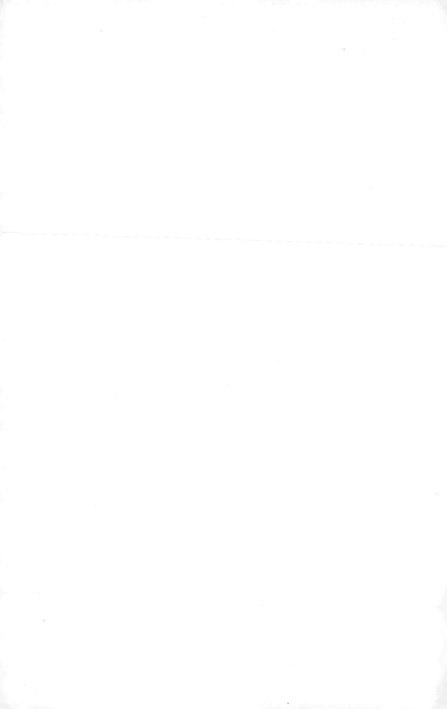

MODERN FANTASTIC STORY

전설의

박선우 현대 판타지소설

투자가

전설의 투자가 1

박선우 현대 판타지 소설

초판 1쇄 찍은 날 § 2020년 8월 13일
초판 1쇄 펴낸 날 § 2020년 8월 20일

지은이 § 박선우
펴낸이 § 서경석

총괄팀장 § 노종아
편집책임 § 김예슬
디자인 § 공간42

펴낸곳 § 도서출판 청어람
등록번호 § 제387-1999-000006호
등록일자 § 1999. 5. 31
어람번호 § 제1-3075호

주소 § 경기도 부천시 부일로 483번길 40 서경B/D 3F (우) 14640
전화 § 032-656-4452 팩스 § 032-656-4453
http://www.chungeoram.com
E-mail § chungeorambook@daum.net

ISBN 979-11-04-92231-2 04810
ISBN 979-11-04-92230-5 (세트)

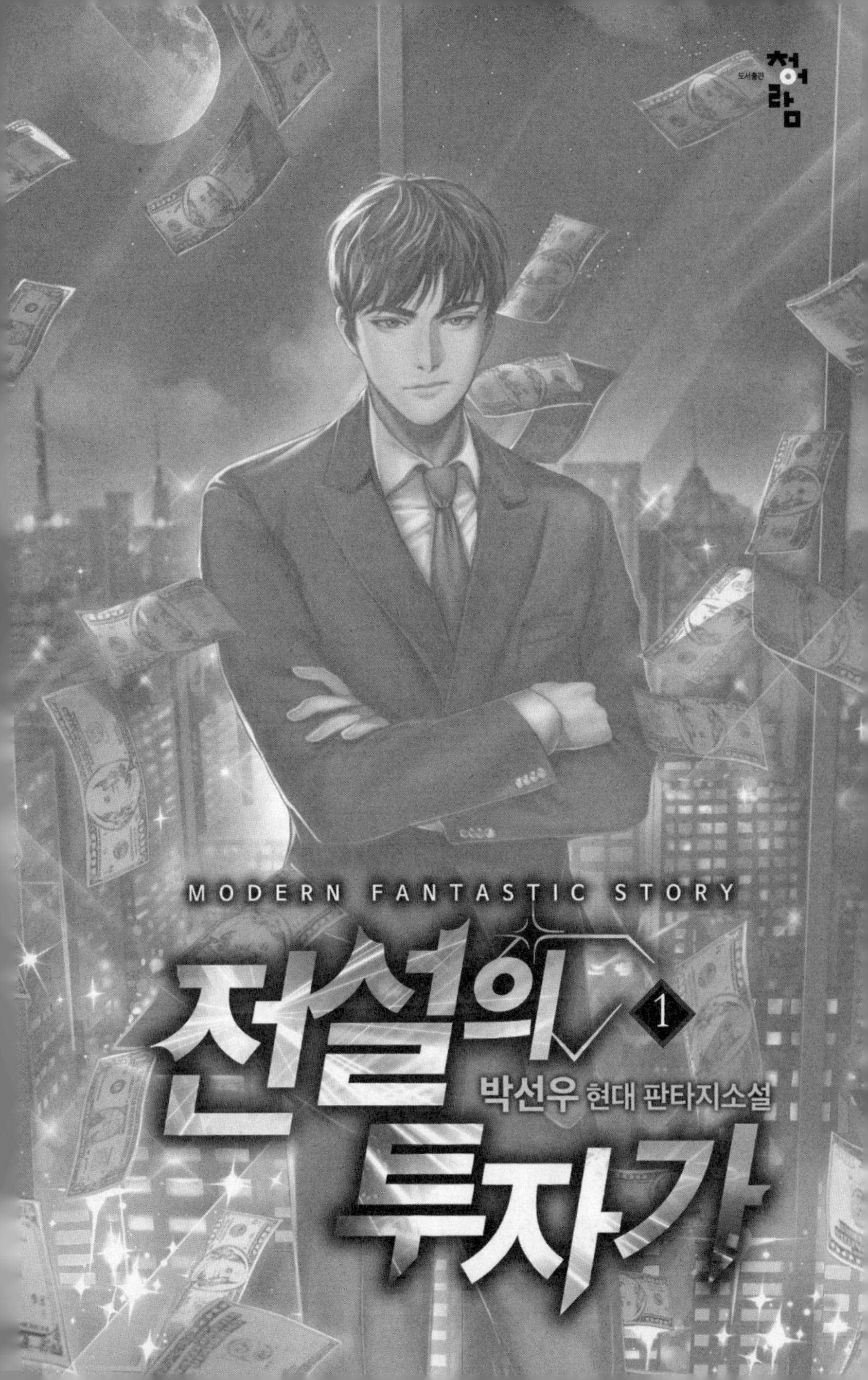
도서출판 청어람
MODERN FANTASTIC STORY
전설의 투자가
1
박선우 현대 판타지소설

전설의
투자가

목차

프롤로그

　난 여인을 사랑했지만, 내가 진정 사랑한 것은 오직 하나. 끝없는 자유뿐이다.

　세상의 반은 여자. 그 여자들을 사로잡은 나는 누구도 넘볼 수 없는 정복자였다.

제1장
사안

사안(死眼)이라고 들어 봤나?

사안. 즉, 죽어 있는 눈을 뜻하는 단어야.

내 눈이 그랬어.

태어나면서 잿빛으로 젖은 내 눈은 산 사람의 눈이 아니었지.

그것뿐만이 아니야.

눈두덩은 불어나서 혹 같았고 눈꼬리는 구십 도로 처졌으니 괴물이나 다름없었지.

그 덕분에 나는 지금 이날 이때까지 사랑을 해 보지 못했어.

여자들은 나 같은 괴물에겐 관심이 없었거든.

천재로 태어났음에도 흉측한 외모를 지녔다면 그 삶이 행복했을까?

"쟤가 너한테 편지 준 애야?"

"응."

"호호……. 불쌍한데 만나 주지 그래."

"그렇게 불쌍하면 네가 만나든가."

"미쳤어. 내가 저런 애를 만나게. 넌 왜 농담을 분노로 받아들여."

"내 팔자가 서러워서 그래. 왜 하필이면 저런 애냐고. 며칠간 가슴 콩닥거리며 기대했는데……."

뒤에서 들려오는 여자들의 속닥거림과 웃음소리를 들으며 천천히 발길을 돌렸다.

잔인하다.

뻔히 들을 걸 알면서도 저렇게 떠드는 것은 내 행동에 대한 분노의 표현이겠지.

오랫동안 지켜보다 편지를 썼다.

좋아한다고, 그래서 만나 보고 싶다고.

하지만 막상 만났을 땐 한마디도 하지 못한 채 그녀의 실망하는 시선에 진저리를 치다가 처참한 심정으로 돌아설 수밖에 없었다.

슬펐다.

벌써 자신의 나이 26살.

군대를 갔다 와 복학을 한 후 3학년이 중반쯤 지났을 때 도서관에 있던 그녀를 본 후 첫눈에 반했다.

그녀는 자신의 이상형이었고, 너무 예뻐 공부가 손에 잡히지 않을 만큼 매력적이었다.

오랫동안 고민하다 편지를 썼다.

책에서 그러더군.

여자는 아름다운 글귀에 쉽게 감동받는다고.

그래서 편지를 썼다.

아니다, 솔직히 고백한다면 거짓말이다.

내가 편지를 쓸 수밖에 없었던 것은 그녀에게 말을 붙일 용기가 없었고, 그녀가 내 얼굴을 보는 순간 아예 말조차 섞지 않을 거란 두려움 때문이었다.

183㎝의 키에 꽤 단단한 몸매.

얼굴도 준수한 편인 내가 지금까지 모태솔로로 지낼 수밖에 없었던 것은 바로 저주 서린 눈 때문이었다.

축 처진 눈, 그리고 동태 눈깔처럼 흐릿한 시선.

거울을 통해 본 내 모습은 스스로 봐도 살아 있다고 여겨지지 않을 만큼 죽어 있는 얼굴을 지녔다.

눈은 사람을 나타내는 상징이라고 했는데, 어떻게 이런 눈을 가지고 태어났을까.

내가 가진 스펙은 아무런 쓸모가 없었다.

중학교 때부터 고등학교까지 전교 수석을 놓치지 않았고 가뿐히 S대 경영학과에 진학했지만 태어나 지금까지 한 번도 여자를 사귀지 못했다.

저주의 눈.

바로 그 저주의 눈이 원인이었다.

S대에 다닌다는 스펙 때문에 달려들었던 여자들도 그의 눈과 떠듬거리는 말투, 여자의 심리를 전혀 모르는 행동 탓에 얼마 못 가 떨어져 나갔다.

헤어질 때의 그녀들은 갖가지 변명을 댔지만, 이유는 오직 한 가지뿐이었다.

여자들은 나와 같이 다니면서 행복하지 않았다.

지나가는 사람들이 바라보는 내 얼굴에 창피함을 느꼈고, 즐거움을 주지 못하는 언변과 행동에 기가 질린 것이 틀림없었다.

지금까지 살아오며 20명의 여자를 만났으나 손 한 번 잡아 보지 못했다.

가장 오래 만난 여자가 3번 본 게 전부였고, 그나마도 그 여자는 자신 못지않게 떨어지는 외모를 지니고 있었다.

주근깨가 얼굴 가득 들어차 있던 그녀는 나와 더 이상 만나지 않겠다면서 이런 말을 남겼다.

"아무래도 안 되겠어. 내 친구들이 하도 만나라고 해서 어쩔 수 없이 만났지만, 이건 아닌 것 같아. S대 다니니까 어떡하든 잡아 보려 했는데 오빠와 함께 있으면 내가 자꾸 불행해져. 미안해, 잘 가."

좋아해서 만난 여자가 아니었다.

외모로 따졌을 때 하급에 속할 정도로 엉망이었고, 학교도 서울 변두리에 다니던 여자였음에도 결국 3번 만에 차였다.

그녀에게 차인 후 다시는 여자를 만나지 않겠다고 다짐을 했다.

그래, 여자 없이 살면 어때.

요즘은 혼자서 행복하게 취미 생활을 즐기며 사는 사람들도 많잖아.

그렇게 생각하면서 처참해진 마음을 달랬다.

여자 없는 삶에서 더 이상 고통 없는 평온을 되찾고 싶었다.

그러나 인생은 뜻대로 되지 않았다.

여자를 쳐다보지 않겠다고 결심했으나, 내 속에 들끓는 청춘은 그런 결심을 완강하게 거부하며 아름다운 여자들이 지나갈 때마다 고통을 만들어 냈다.

그런 와중에 도서관에서 김미현을 봤다.

열람실에 앉아 책을 보는 그녀의 모습은 천사처럼 아름다워 차마 눈을 떼지 못할 정도였다.

안다.

그녀처럼 아름다운 여자는 자신에게 전혀 어울리지 않을 거란 사실을.

그럼에도 그녀를 볼 때마다 가슴은 정신없이 뛰었고 영혼은 그녀의 곁을 향해 미친놈처럼 뛰어갔다.

고통스러운 시간들.

누군 이런 것을 보며 짝사랑이라고 했지만, 나는 그것을 고통이라 불렀다.

아무에게도 말을 하지 못했다.

심지어 친구 놈들에게까지 그녀를 좋아한다는 말을 할 수 없었다.

그녀와 친구들이 킥킥대는 소리를 들으며 휘청거리는 걸음으로 계단을 내려와 정신없이 거리를 걸었다.

분노라도 생겼다면 좋았겠지만 분노조차 사치스럽게 여겨졌다.

나도 모르게 눈물이 흘러내려 얼굴을 적셨다.

벗어날 수 없는 운명.

성형조차 되지 않는 동태 같은 눈깔과 어눌한 성격을 지닌 한, 여자를 사귄다는 건 불가능에 가까운 일이었다.

그렇다, 내 가슴속에 분노 대신 들어찬 것은 바로 절망이란 지독한 놈이었다.

*   *   *

차츰 말을 잃어 갔다.

여자들에게 당했던 수많은 상처로 인해서가 아니라 그렇게 당하고도 병신처럼 아름다운 여자에게 돌아가는 자신의 동태 같은 눈깔이 미웠기 때문이었다.

제발, 보지 마.

넌 자존심도 없냐. 널 싫다고 하잖아, 저 여자들이!

벽을 때리며 미친 듯이 혼자 화를 내며 자신을 미워했지만, 언제나 뜨거운 젊은 피는 여자들을 볼 때마다 저 혼자 아름다운 상상을 만들어 내곤 했다.

텔레비전에 나오는 아름다운 영화배우와 가수, 탤런트는 물론이고 거리를 지나가는 여자들을 볼 때마다 욕망이란 놈은 그를 미치게 만들었다.

이성과 욕망이 싸울 때마다 피폐해져 가는 자신을 발견했다.

눈은 더욱 처졌고 동태 눈깔은 시꺼멓게 죽어 갔다.

도서관조차 가지 않았고, 수업이 끝나면 무조건 집으로 돌아와 방에 처박혀 시체처럼 살았다.

*   *   *

차가운 이성이 다시 돌아온 것은 학기가 끝나고 여름방학에 들어갔을 때였다.

여자를 제외한다면 그리 나쁜 인생은 아니었다.

부유하지는 않았지만 중소기업에 다니는 아버지는 가족에게 자상한 가장이었고 어머니는 다정해서 외아들인 자신을 끔찍하게 여겼다.

무리를 해서 아버지께 돈을 타 내 여행 가방을 샀다.

여자 때문에 부모님을 실망시키고 인생을 스스로 망친다는 건 어리석은 짓이란 걸 차가운 이성이 끊임없이 설득하며 여행을 제안했다.

아버지는 아무 말씀 없이 배낭여행을 떠나겠다는 말을 들으신 후 부담될 게 뻔한 돈을 주시면서 잘 다녀오라고만 하셨다.

아버지도 아들의 답답한 마음이 여행을 통해 풀어지기를 간절히 바랐을 것이다.

*   *   *

혼자 떠나는 배낭여행.

한 달 일정의 중국 여행이었다.

편한 여행을 생각했다면 주요 도시만 관광했겠지만, 고통스러웠던 마음을 달래기 위함이었으니 혹독한 일정을 계획했다.

두렵지는 않았다.

워낙 머리가 뛰어났기 때문인지 2년 동안 취미로 배웠음에도 중국어에 대해서는 어느 정도 자신이 있었다.

북경부터 시작해서 남으로 차례대로 주요 도시를 훑었다.

숙소는 주로 유스호스텔과 여관들을 이용했고 대중교통으로 이동하며 중국을 샅샅이 살폈다.

운명이 변한 것은 난창을 떠나 후난성에 들어와 장가계를 보고났을 때였다.

장가계.

정말 신선들이 사는 세상을 보는 것처럼 웅장하고 아름다웠으며 인간의 오욕을 모두 벗어 버릴 수 있을 만큼 몽환적인 곳이었다.

장가계를 모두 보고 버스를 타기 위해 터덜터덜 걸어 내려올 때 허름한 건물에서 눈을 감고 있는 노인이 보였다.

나이를 추측할 수 없을 정도로 늙었는데, 얼굴에 파인 주름살이 마치 밭고랑처럼 보일 정도였다.

걸인일까?

그럴 수도, 아닐 수도 있겠다는 생각이 들었다.

노인 앞에는 팔괘 모양의 판이 눈에 들어왔는데, 그 옆으로 먹다 남은 빵과 동전이 보였기 때문이었다.

왜 걸음이 멈춰졌는지 나도 모른다.

장가계를 보고 내려오면서 힘들었던 다리가 쉬자고 그랬던 건지, 아니면 운명에 대한 궁금증 때문이었는지 알 수가 없다.

"할아버지, 점을 보시는 건가요?"

"응, 맞아."

"그럼 제 미래를 봐 주시겠어요?"

"복채가 비싼데 괜찮겠어?"

"얼만데요?"

"백 원."

중국 돈으로 백 원이면 우리나라 돈으로 이만 원 가까우니 적은 돈이 아니다.

잠시 망설였다.

여행이 거의 끝나가기 때문에 돈이 달랑거리는 터라 하릴없이 돈을 낭비할 상황이 아니었다.

그럼에도 다가가 주저앉았다.

"봐 주세요. 여기 돈 있어요."

그제야 노인의 눈이 뜨였다.

노인이 눈을 뜨는 순간 자신도 모르게 입이 떡 벌어졌다.

이럴 수가.

노인의 눈은 자신의 눈과 흡사할 정도로 닮아 있었던 것이다.

시꺼멓게 죽어 있는 흐릿한 눈.

노인도 자신의 눈을 보는 순간 많이 놀랐던지 기침까지 터뜨렸는데, 한번 터진 기침은 폐부를 찌를 것처럼 날카로웠다.

얼마나 시간이 지났을까.

기침을 겨우 삼킨 노인이 놀라움을 겨우 진정시킨 채 내 손을 잡아왔다.

"사안을 가진 자가 이 세상에 존재하다니……. 네 이름이 무엇이냐?"

"이병웅이라고 합니다."

"어디서 왔지?"

"한국에서요."

"참으로 힘들었겠다. 사안을 가지고 살았으니 오죽 힘들었을까. 이런 시대에 사안을 만날 줄은 정말 몰랐구나."

"어르신, 자꾸 사안이란 말씀을 하시는데 사안이 뭐죠?"

"사안은 죽은 눈을 말한다. 살아 있는 인간은 생안을 가지는데, 오랜 세월에 한 번씩 사안을 가지고 태어나는 사람이 있지."

"혹시… 할아버지도 사안이신가요?"

"나는 근사안이다. 사안이되, 사안이 아닌 사람이지. 즉 가짜 사안이란 뜻이다."

"그럼 저는요?"

"너는 진짜 사안이다. 젊은 나이에 그런 눈을 가진 자는 운명적으로 사안을 가지고 태어난 것이야. 내 눈이 이렇게 변한 것은 나이가 80을 넘고 나서였다."

노인의 말을 들은 이병웅은 점점 얼굴이 굳어져 갔다.

사안, 죽은 눈.

아무리 생각해 봐도 좋은 말은 아닌 것 같았다.

"사안을 가지고 태어난 사람은 뭐죠. 왜 그렇게 태어난 건데요?

"그건 모른다. 하늘의 뜻이겠지. 하지만 사안을 가지고 태어난

자는 다른 사람들과 구별되는 특성이 있다."

"그게 뭡니까?"

"무척 총명하다는 것이다. 그리고 예술적 재능이 뛰어나지. 더불어 뛰어난 육체적 능력이 있어."

"제가요, 전 노래는 몰라도 운동은 잘하지 못하는데요."

"푸흐흐… 운동 능력을 말하는 게 아니다."

"그럼요?"

"밤일, 사안을 가진 자에게 걸린 여자는 뼈도 못 추려."

자신을 보며 이상하게 웃고 있는 노인을 보면서 따라 웃지 못했다.

별소릴 다 한다.

그리고 설혹 그런 능력이 있다 해도 무슨 소용이 있단 말인가.

죽은 눈으로는 그 어떤 여자도 유혹할 수 없는데.

그런 생각을 하며 바라보자 노인의 웃음이 더욱 진해졌다.

"네 나이가 몇 살이지?"

"26살입니다."

"넌 26살에 기연을 얻었구나. 원래 기연이란 건 이런 우연을 통해 생기는 법이다. 천 원을 내놓아라. 그러면 너에게 사안을 없애고 세상 모든 여자들을 유혹할 수 있는 선물을 주마!"

*   *   *

마지막 일정까지 소화한 이병웅은 장가계에서 곧장 움직여 상해공항으로 이동했다.

워낙 빠듯하고 무리한 일정을 보낸 터라 온몸은 천근처럼 무거웠다.

공항 근처에서 한 시간 정도 떨어져 있는 유스호스텔에 도착했을 땐 두 다리가 움직이지 않을 정도로 지쳐 있는 상태였다.

체크인을 하고 방으로 들어가 쓰러지듯 침대에 누웠다.

유스호스텔은 호텔과 시설이나 규모 면에서 차이가 난다.

워낙 싸기 때문에 옆방의 소음이 그대로 들려왔지만, 이병웅은 옷도 벗지 않은 채 사지를 쭉 펴고 천장에 시선을 고정시켰다.

20일 동안의 배낭여행.

길다면 길고 짧다면 짧은 시간이었으나 그가 보고 배운 것은 너무나 많았다.

중국을 향해 옛날 선조들이 대국이란 말을 자주 썼는데, 그 이유를 충분히 알 만했다.

모든 유적지가 한국과 비교했을 때, 규모면에서 게임이 되지 않았다.

더군다나 곳곳에 펼쳐져 있는 절경들은 신선의 세계에 온 것처럼 황홀했고 신비로웠다.

그래 신비, 신비가 맞다.

그리고 오늘 나는 그 신비 중의 하나를 얻었지 않은가.

*   *   *

한동안 움직이지 않은 채 천장을 바라보던 이병웅은 천천히 몸을 일으킨 후 옆에 놓아두었던 가방을 바라보았다.

가방 깊숙이 숨겨 놓았던 물건.

자신의 죽은 눈을 치료해 줄 수 있다던 노인의 마지막 말이 아직도 귓가에 생생했다.

천천히 손을 움직여 가방을 끌어당긴 후 한참을 뒤적여 노인이 준 상자를 꺼냈다.

이미 창밖은 어두워져 유스호스텔에서 밝혀 놓은 가로등과 여자들의 소란스러운 대화로 주변이 어수선했으나 이병웅의 정신은 그 어느 때보다 맑았다.

상자를 열자 두 가지의 물건이 나왔다.

작은 옥합과 사각형 모양의 밀봉된 첩지였는데, 얼마나 오래되었던지 금방이라도 부서질 것만 같았다.

한동안 바라보며 움직이지 않았다.

노인은 자신의 눈이 사안이라 말했다.

인류가 태동한 후 천 년에 한번 나올까 말까 한다는 특이한 신체.

너무 어이없는 말이라 믿기 어려웠으나 노인이 지니고 있던 사안은 자신의 것과 너무나 유사해서 믿지 않을 수가 없었다.

마음속으로 혹시 노인의 거짓말에 속았을지 모른다는 불안감이 물씬거리며 올라왔지만, 사안을 고칠 수 있다는 말에 주머니에 있던 돈을 전부 털었다.

속아도 괜찮다.

자신의 이 더러운 운명만 벗어던질 수 있다면 지푸라기라도 잡고 싶은 심정이었으니 무슨 짓인들 못 하겠나.

천천히 손을 움직여 옥합을 열자 방안 가득히 향기로운 냄새가 흘러나왔다.

태어나 한 번도 맡은 적 없는 향기는 영혼까지 맑게 만들 정도로 유혹적이었고, 달콤한 것이었다.

향기의 정체는 기름종이에 싸여 있는 물체에서 흘러나오는 게 분명했다.

그랬기에 이병웅은 조심스러운 손길로 천천히 종이를 벗겨냈다.

무지개 빛깔이 오묘하게 조합되어 있는 단환.

단환의 크기는 엄지손가락 마디 정도였는데, 막상 손으로 집자 끈적한 느낌이 들었다.

그 옛날 고등학교시절 무렵 소설을 읽은 적이 있었다.

소설에는 가끔가다 기연을 얻은 주인공이 천고의 영약을 먹고 내공이 급작스럽게 상승한다는 내용이 나오곤 했다.

이게 그런 영약일까, 이 영약이 자신의 죽은 눈을 치료할 수 있는 영약이었으면 정말 좋겠다.

단환을 손에 들고 한동안 또 움직이지 않았다.

과연 무얼 믿고 이 단환을 먹을 수 있단 말인가.

자신의 삶은 특이한 외모를 제외한다면 누구보다 괜찮은 삶이었다.

사랑하는 부모님과 친구들, 그리고 탄탄하게 보장되어 있는 미래가 있다.

오직 한 가지 부족한 것은 여인에게 사랑을 받고, 사랑을 주지 못한다는 것일 뿐이다.

만약 이것이 자신의 눈을 고치는 영약이 아니라 독약이라면?

자신은 낯선 타국에서 싸늘한 시신이 되어 구천을 헤매게 되겠지.

손이 부들부들 떨렸다.

제법 괜찮은 삶을 살아왔지만 그럼에도, 그렇다 해서 행복한 것은 아니었다.

아니, 어쩌면 죽고 싶다는 생각을 수십 번도 넘게 가졌을 만큼 불행한 삶이었다.

그 모든 것의 원인은 자신의 눈, 사안 때문이었다.

선택.

이 약은 먹지 않아도 된다.

먹지 않으면 자신은 지금처럼 아무 일 없이 한국으로 돌아가 평범한 학교생활을 하게 될 것이다.

하지만 막상 그렇게 살아가는 자신의 모습을 상상하자 진저리가 쳐졌다.

다시는 여자들에게 멸시당하며 살고 싶지 않았다. 다시는……

수많은 고민과 생각 끝에 이병웅은 가방에서 노트를 꺼내 들었다.

여행을 하면서 느낀 감정들과 유적지와 절경의 모습들을 담기 위해 지니고 다니던 노트였다.

떨리는 마음으로 한 글자씩 써 내려갔다.

아들이 무사히 성장하게 키워 주신 부모님과 사랑하는 친구들을 향해 2통의 편지를 썼다.

미안해요, 그리고 사랑해요.

노트를 내려놓은 이병웅은 단환을 원래의 자리에 둔 후 꽁꽁 싸매어져 있는 밀봉된 첩지를 열었다.

여기엔 또 무엇이 있을까?

첩지는 여러 겹으로 포개져 있었고, 한 꺼풀 한 꺼풀 벗겨 낼 때마다 종이의 색깔이 검은색에서 점점 흰색으로 변해 갔다.

흰 종이가 검은색으로 변할 정도면 정말 오래된 물건일 것이다.

이윽고 7겹의 첩지에 숨어 있던 물건의 정체가 나타나는 순간 이병웅은 무겁게 숨을 들이켰다.

전혀 상상하지 못했던 물건.

금색 광채가 뿜어져 나오는 물체.

종이처럼 얇았으나 종이는 아니었다. 하지만 분명한 것은 금색 물체에 글자가 새겨져 있다는 것이었다.

'밀애(蜜愛).'

밀애?

단어를 읽은 이병웅의 표정이 일그러졌다.

여기서 말하는 밀애란 한문은 비밀스러운 사랑, 즉 숨어서 하는 사랑을 말하는 게 아니다.

밀(蜜)이란 단어가 다르다.

자신처럼 중국어를 공부하지 않았다면 많은 사람들이 착각했겠지만 지금 이 단어는 벌 밀 자를 써서 '달콤한 사랑'을 의미하는 것이었다.

물체에서 흘러나오는 금빛 광채는 단환에서 풍긴 천상의 향기와 비견될 정도로 아름답고 황홀했다.

자신도 모르게 천천히 물체를 들어 손바닥에 올려놓았다.

종이처럼 얇은 물체는 전혀 중량이 느껴지지 않을 만큼 가벼웠는데, 손바닥 하나로 커버가 될 만한 크기였다.

손바닥에 올려놓은 채 그 황홀함을 감상하며 넋을 놓았다.

눈이 부시게 만드는 것이 아니라 눈에 스며든다는 느낌.

그만큼 물체가 주는 은은함은 신비로웠고 포근했다.

"어… 어… 어!"

넋을 놓고 바라보던 이병웅이 자신도 모르게 소리를 지른 건 손바닥에 올려놓았던 물체가 꿈틀거리며 움직였기 때문이었다.

"어떻게 된 거야!"

물체의 움직임은 처음에 미약했으나 점점 진폭이 커졌다.

더 어이가 없는 건 물체가 점점 자신의 손바닥 안으로 파고들기 시작했다는 것이다.

너무 놀라 오른손으로 물체를 잡으려 했으나 소용이 없었다.

발버둥을 치면서 떼어내려 했지만 물체는 허상처럼 잡히지 않았다.

한참 동안 손을 내려치던 이병웅은 왼 손바닥 속으로 완전히 사라진 물체를 확인하고 자리에 털썩 주저앉았다.

믿기지가 않았다.

물체가 손바닥으로 사라진 걸 직접 눈으로 보고도 믿을 수가 없었다.

정말 이해할 수 없는 건 손바닥 안으로 물체가 사라졌음에도 아무런 증상이 없다는 것이었다.

뭐지, 도대체 나한테 무슨 일이 일어난 거지?

한참 동안 물체를 감쌌던 종잇조각들을 바라보다가 한숨을 길게 내리쉬었다.

마치 꿈을 꾸고 있는 것처럼 멍한 기분이었다.

자리에서 벌떡 일어나 자신의 몸을 살폈다.

혹시라도 물체가 손바닥 안으로 파고들면서 몸에 문제가 생겼을지 모른다는 생각에 한 행동이었다.

다행히 몸은 아직까지 아무런 증상이 나타나지 않고 있었다.

미친 짓을 한 걸까?

나에게 벌어진 이 미친 짓의 원인을 생각하자 저절로 눈이 거울로 향했다.

여전히, 거울 속에는 여자들이 그토록 싫어하던 죽은 눈이 자신을 바라보고 있었다.

거울 속에 담겨 있는 자신의 얼굴을 한참 동안 바라보던 이병웅은 천천히 이를 악물었다.

악마에게 영혼을 파는 기분이다.

처절하도록 슬픈 운명을 거역하기 위해 다시는 돌아올 수 없는 악마의 유혹에 넘어간 주인공처럼 기분이 더러웠다.

그럼에도, 이병웅은 거울에서 자신의 얼굴을 확인한 후 성큼성큼 침대로 다가가 단환을 집어 올렸다.

죽는 게 무서워?

이렇게 슬픈 인생을 사는 것보다 차라리 죽는 게 낫지 않겠어?

그런 심정으로, 그런 마음으로 단숨에 단환을 입에 털어 넣었다.

단환을 입에 넣고 눈을 감았다.

먹을 때는 독약을 삼키는 심정이었으나, 입안에서 벌어진 현상은 천상을 노니는 것과 같은 황홀함뿐이었다.

단환에서 뿜어져 나오던 향기가 입안을 가득 채웠고 끈적거려 만지기 싫었던 감각은 꿀이 흐르는 강처럼 자신의 온몸을 향기로 적셨다.

그 황홀함이 주는 쾌감에 도저히 눈을 뜰 수 없어 비틀거리다 침대에 쓰러졌다.

꿈을 꾸었다.

자신이 살아온 인생이 파노라마처럼 펼쳐지는 꿈이었다.

꿈속에서 그는 여자들에게 겪었던 처참한 일들을 하나씩 떠올리며 분노하고 슬퍼했다.

벗어날 수 없는 올가미에 걸린 벌레의 운명처럼, 잔인했던 과거의 편린이 그를 눈물짓게 만들었고 여자들에 대한 증오심을 불태우게 만들었다.

여자란 존재들.

그래, 그까짓 외모로서 인간을 평가하는 너희들의 관심 따위는 필요 없어!

마지막 김미연에 대한 기억까지 모두 들춰내자 꿈이 끝났다.

김미연의 비웃음은 마치 연극의 피날레처럼 그의 가슴을 갈

가리 찢어 놓으며 꿈의 세계에서 벗어나도록 만들었다.

하지만 진짜 꿈을 깨도록 만든 것은 김미연의 비웃음이 아니라 서서히 진행된 통증 때문이었다.

돌덩이를 얹어 놓은 것처럼 눈을 짓누르던 통증이 서서히 커지더니 점점 불에 덴 것처럼 화끈거리기 시작했다.

일어나려 했으나 일어날 수 없었다.

눈에서 생성된 통증은 온몸을 장악한 채 꼼짝하지 못하도록 제어했는데, 이가 덜덜 떨릴 정도로 끔찍하게 아팠다.

고통을 참기 위해 이를 악물었으나 비명이 연신 새어 나왔다.

이런 씨발, 그게 독약이었나 보다.

뒤늦게 자신의 어리석음에 화가 났으나 이미 때는 늦은 후였다.

옆방에서 벽을 두드리는 소리가 들리다 이내 잠잠해지더니 이젠 방문을 두드리기 시작했다.

분명 저녁에 시끄럽게 떠들던 여자들인 것 같았다.

"이봐요, 괜찮으세요? 어디 아픈 거예요?"

제2장
공항

여자들의 목소리를 들었지만 대답하지 못했다.

그만큼 온몸을 장악한 고통이 너무나 컸기 때문이었다.

그냥 갈 줄 알았다.

여자들이 남의 방문을 함부로 열 줄 누가 알았겠는가.

이런 경우가 생기면 대부분 호스텔 관리자에게 알리고 자신들은 방관자가 되어 구경하는 게 정상인데, 여자들은 그렇게 하지 않았다.

세 명의 여자들은 방으로 뛰어들어 온 후 이병웅의 상태가 최악인 걸 확인하고 조치를 취하기 시작했다.

"연희야, 넌 관리실에 가서 도움을 청해. 난 긴급조치를 취할게."

"알았어."

한국 여자들?

하긴, 이곳 유스호스텔은 배낭여행 온 세계 젊은이들이 대부분 모이는 곳이니까 한국 여자들이 있다는 게 이상한 일은 아니다.

그래도, 한국 여자들은 용감하다.

방문을 열고 다가온 여자들 중 하나가 자신의 양 어깨를 흔들며 말을 걸어왔다.

"저기요. 왜 그러세요. 정신 좀 차려 보세요!"

고통 속에서도 버둥거렸다.

온몸은 땀으로 범벅이 되어 있을 정도로 끔찍한 고통에 시달렸지만, 이병웅은 겨우 눈을 뜨면서 여자의 손길에 반응했다.

"어디가 아픈 거예요?"

"물 좀, 물 좀 주세요."

이병웅이 말하자 옆에 있던 여자가 급히 달려가 물컵을 들고 와 입에 대 주었다.

물이 들어가자 움직이지도 못하게 만들었던 고통이 서서히 줄어들기 시작했다.

그럼에도 눈을 태우는 듯한 열기는 아직 멈추지 않았다.

여자는 능숙하게 그의 이마에 손을 댔다가 목과 손, 그리고 발로 옮겨 갔다.

그러더니 급히 화장실로 가서 수건에 물을 묻혀 가져왔다.

이 여잔 도대체 뭐 하는 여자일까?

여자는 차가운 물이 묻은 수건으로 이병웅의 노출된 피부를 닦기 시작했는데, 그 행동이 무척 능숙했다.

"열이 너무 많이 나서 일단 식히는 게 좋겠어요. 함부로 몸에 손을 대서 미안해요."

"…고맙습니다."

여자는 세 번이나 화장실을 왕복하며 수건에 물을 묻혀 와 이 병웅의 몸을 닦아 주었다.

짧은 시간에 정말 번개처럼 움직였는데, 조금의 망설임도 없었다.

"휴우, 조금 괜찮으세요?"

"…예."

"우린 정말 깜짝 놀랐어요. 크게 잘못된 줄 알고 얼마나 놀랐는지 몰라요. 일어날 수 있겠어요?"

"아뇨, 아직……."

일어서지 못한 채 대답하자 여자가 한숨을 길게 흘려 냈다.

워낙 급한 환자라 생각해서 긴급조치를 취했지만 지금으로서는 더 이상 그녀가 해 줄 게 없기 때문이었다.

때마침 관리실에 갔던 친구가 직원과 함께 들어오는 게 보였다.

"괜찮아?"

"응, 이 사람… 정신은 차렸어."

"병원에 보내야 되는 거 아닐까. 이 사람 한국 사람 같은데?"

"혈압은 정상이야. 단지 온몸에서 열이 났을 뿐이지. 체온은 내 경험으로 39도 정도인 것 같아. 그렇게 높은 편이 아니었어."

"다른 병이 있을지 모르잖아. 자다가 그 정도로 비명을 질렀다면 응급실에 가서 확인해 봐야 해."

"그건 그런데… 여긴 중국이라. 일단 물어보자."

연희란 이름을 가진 여자가 의견을 제시하자 수건으로 몸을 닦아 줬던 여자가 시선을 돌려 이병웅을 바라봤다.

여자들의 대화가 특별하다.

대화의 내용으로 봤을 때 이들은 의대생이거나 간호학과 출신일 가능성이 컸다.

"어쩌실래요. 계속 아프면 응급실에 가야 할 것 같은데요."

"아닙니다. 이제 많이 좋아졌어요."

사실이다.

여자들이 대화를 나누는 동안 점점 눈을 태울 기세로 뜨겁게 타올랐던 열이 가라앉으며 사물이 정확하게 보이기 시작했다.

시야가 확보되자 여자들의 모습이 눈으로 들어왔다.

중국인 직원은 멀뚱한 모습으로 여자들의 뒤에 서 있었는데, 어떤 조치도 취할 의사가 없는 것처럼 보였다.

아마, 이병웅이 정신을 차리고 반쯤 자리에서 일어났기 때문인 것 같았다.

한눈에 알아볼 수 있었다.

자신과 가장 가까운 쪽에 서 있는 여자가 물수건으로 몸을 닦아 줬다는 것을.

그리고 직원과 같이 있는 여자가 연희란 이름을 가진 여자겠지.

나머지 한 명은 이방인처럼 멀찍이 서서 상황을 지켜보고 있었다.

반쯤 몸을 일으킨 이병웅은 자신을 도와준 여자의 눈을 향해 시선을 맞췄다.

응?

예쁜 얼굴 때문이 아니다.

단지, 그녀의 눈과 시선을 맞췄을 뿐인데 이상하게 그녀의 성격이 단박에 간파되었기 때문이다.

차분하고 이성적인 성격. 그리고 정의감도 있다.

나머지 여자들의 성격도 빠르게 파악되었다.

연희라 불린 여자는 적극적인 반면, 한쪽에 서 있는 여자는 매우 이타적인 것 같았다.

더 이상한 것은 여자들의 눈을 바라본 후에도 그녀들이 예전처럼 시선을 피하지 않았다는 것이다.

그리고 입에서 튀어나온 말은 더없이 침착했다.

"도와주셔서 고마워요. 워낙 오랜 기간 동안 여행을 하다 보니 체력이 많이 고갈되었던 거 같아요. 더군다나 어제 저녁에 길거리 음식을 급히 먹은 후 속이 안 좋았어요. 아마, 체했던 것 같습니다."

"그럼… 병원 안 가도 돼요?"

"예, 이제 많이 좋아졌어요. 이렇게 도와주셔서 정말 고맙습니다."

"고맙긴요. 타국에서 같은 한국 사람끼리 돕는 건 당연하죠. 하여간, 다행이에요. 그럼 우린 가 볼게요."

*　　　　*　　　　*

여자들과 호스텔 직원이 방을 나간 후 이병웅은 몸을 일으켜 침상에 걸터앉았다.

다행히 생명을 소멸시키는 독약은 아니었구나.

그렇다면 무섭게 아팠던 이유는 뭐지?

총명한 그의 머리가 눈부시게 돌아갔다.

눈이 아팠어. 마치 불로 태우는 것처럼. 노인은 자신에게 준 선물이 사안을 고칠 수 있다고 했잖아.

그렇다면 자신의 사안은 고쳐진 게 아닐까?

그런 생각이 들자마자 거울 앞으로 빠르게 걸어갔다.

한번 고통이 멈추자 몸은 어느새 정상으로 되돌아온 상태였다.

그토록 극렬했던 고통은 거짓말처럼 사라지고 없었다.

거울을 향해 가는 동안 기대감으로 가슴이 정신없이 뛰었다.

하지만 그 기대감은 금방 실망감으로 바뀌었다.

거울을 통해 반추된 자신의 얼굴은 달라진 게 없었기 때문이었다.

왜, 왜… 아무것도 변하지 않은 거야.

분명, 사안을 고쳐 준다고 했잖아!

아무것도 변하지 않은 자신의 모습을 바라보며 이병웅이 거울을 움켜쥐고 부들부들 떨었다.

죽을 각오까지 했었는데…….

사안만 고칠 수만 있다면 어떤 일이라도 할 수 있다는 심정으로 단환을 먹었는데, 자신의 얼굴은 그대로였다.

어쩐지 이상하다고 했다.

정신을 차리고 침상에 걸터앉은 순간부터 여자들은 시선이 부딪치자 서둘러 방을 빠져나가려고 했던 게 기억났다.

극도의 실망감에 아무것도 생각나지 않았다.

그렇게 강렬한 통증이 있었다면 뭐라도 변화가 있어야 하는 거 아니야.

변화가!

머리를 때리는 단어.

그 단어를 떠올린 이병웅이 급히 다시 거울에 자신의 얼굴을 들이밀었다.

있다. 있어!

어쩐 일이지?

분명 자신의 눈시울은 코에 닿을 것처럼 부풀어 있었고 눈꼬리의 각도는 거의 구십 도 구부러져 있었는데, 그것이 달라졌다.

아무리 봐도 그랬다.

흐리멍텅하게 죽어 있는 눈동자는 변화를 감지할 수 없었지만, 부풀어 올랐던 눈시울이 줄어들었고 눈꼬리의 각도가 훨씬 위로 올라간 게 보였다.

후우, 후우…….

변화다, 변화가 있다.

그렇구나. 한 번에 치료가 되는 게 아니었어.

그럼에도, 자신의 변화된 얼굴을 확인하자 펄쩍펄쩍 뛰고 싶을 정도로 기쁜 마음이 들었다.

단박에 치료되는 병이 어디 있겠나.

조금씩, 조금씩 좋아진다는 보장만 있다면 그까짓 고통은 백만 번도 참아 낼 수 있다.

단지 눈시울의 붓기가 조금 가라앉고 처졌던 눈꼬리가 조금 올라갔을 뿐인데도 다시 보니 훨씬 나아진 것 같았다.

변화는 또 있었다. 이전에는 상상조차 할 수 없던 변화 말이다.

왜, 어째서 여자들의 성격이 단숨에 간파되었는지 알 수 없었지만, 자신은 분명 그녀들의 얼굴과 행동만 보고도 그녀들의 성격을 충분히 알 수 있었다.

더군다나 다시 생각해 보니 자신의 말투도 변했다.

여자들 앞에만 서면 어눌하고 떠듬거려 듣기 어려웠던 말투가 더없이 부드럽고 자신 있게 새어 나왔다.

아파서, 정신이 나간 상태라 자신도 모르게 용감해진 거야?

절대 그럴 리가 없다.

여자 앞에만 서면 어떤 상황에서도 입에 족쇄를 채운 것처럼 제대로 말하지 못했고 눈조차 마주치지 못했던 성격은 아프다고 해서 고쳐질 수 있는 게 아니었다.

이런 변화는 얼굴이 바뀐 것보다 훨씬 더 이상했다.

어렸을 적부터 가지고 있던 트라우마.

그 강력한 트라우마는 자신이 아무리 노력해도 바뀌지 않던 지독한 족쇄였다.

오죽하면 자신과 사귀었던 여자들이 외모보다 자신 없는 성격과 말투를 더 증오했을까.

*   *   *

손목시계를 본 이병웅은 어이가 없어 시간을 몇 번이나 확인
했다.

여자들이 남자가 있는 방에 뛰어들어 온 이유를 이제야 알겠
다.

벌써 9시.

해는 중천에 뜬 상태였고, 비행기가 뜰 시간까지 2시간의 여유
밖에 없었다.

정말 어이가 없네.

도대체 얼마나 끙끙거리며 아파했던 거야?

급히 짐을 챙겨 택시를 잡아타고 공항으로 향했다.

돈이 간당간당했지만 지금은 이것저것 잴 겨를이 없었다.

탑승 수속을 하고 출국 수속을 하려면 시간이 빠듯했다.

역시 택시가 좋다.

급하니까 빨리 가자는 그의 말을 듣자마자 중국인 기사는 택
시를 미친 듯 몰기 시작했다.

오죽하면 택시가 아니라 비행기라는 생각이 들었겠나.

얼마나 빨리 달렸는지 공항에 내려 탑승 수속을 마쳤을 땐 아
직 한 시간이나 남아 있었다.

이병웅은 겨우 한숨 돌리고 아침 식사를 하기 위해 식당가로
걸어갔다.

가볍게 햄버거 가게에서 빵과 우유로 때울 생각이었다.

1시간이 남았다 해서 여유가 있는 건 아니었기에 걸음이 저절
로 빨라졌다.

그때 맞은편에서 3명의 여자가 웃고 떠들며 다가오는 게 보였다.

이것도 인연인가.

도움을 받고도 말로만 때워 찜찜했는데, 맞은편에서 3명의 여자들이 발랄한 걸음으로 다가오는 중이었다.

여자들도 그를 봤다.

하지만 먼저 다가간 것은 이병웅이었다.

왜, 어째서 이런 용기가 난 건지 스스로도 알 수 없지만, 그는 성큼성큼 그녀들을 향해 다가갔다.

"생명의 은인을 여기서 만나네요. 그렇지 않아도 도움을 받고 제대로 인사를 하지 못해 아쉬웠는데 정말 다행입니다."

"아, 예……."

떨떠름한 여자들의 표정.

분명 자신의 외모 탓이리라.

그럼에도 이병웅은 빙그레 웃으며 그녀들의 표정을 가볍게 무시했다.

단박에 여자들의 태도에서 그녀들의 행동이 예측되었다.

못생긴 남자가 구원을 빌미로 귀찮게 할지 모른다는 경계감.

이럴 때는 그런 경계심부터 무너뜨려야 한다는 명령이 계속 자신의 뇌를 자극했다.

어디서 오는 명령인지 모른다. 그러나 그런 신호가 그녀들을 처음 만나는 순간부터 계속 이어지고 있었다.

"먼저, 제 소개를 하겠습니다. 저는 S대 경영학과 3학년 이병웅이라고 합니다. 여름방학을 맞이해서 혼자 중국 일주 배낭여행을 다니던 중이었어요. 그쪽 분들이 아니었으면 정말 곤란한 일을 당할 뻔했습니다. 다시 한번 감사드립니다."

소개를 하자 여자들의 표정이 슬쩍 달라졌다.

그래, 달라지라고 한 소개다.

국내 최고의 대학, 그것도 경영학과는 아무나 다니는 게 아니었으니 경계심에 젖어 있는 여자들의 마음을 조금은 풀어 주었을 것이다.

"좋은 대학교에 다니시네요. 보통 여행은 친구들하고 다니는데 왜 혼자 오셨어요?"

생명의 은인이란 말까지 꺼낸 것도 이런 대답을 원해서다.

자신에게 상대방이 간절한 고마움을 나타내면 대부분의 사람들은 그 고마움을 거절하지 못하기 때문이다.

"여행은 혼자 해야만 진정한 자유를 얻을 수 있으니까요. 그래서 저는 여행을 늘 혼자 다니고 있어요."

"자유… 그렇죠. 혼자 하는 여행이 자유롭고 특별한 것 같아요."

도대체 어디서 이런 단어들이 계속 쏟아져 나오는 걸까?

자신이 한 말이었으니 자신의 뇌 속에서 명령을 내려 입으로 나오는 것임은 분명하다.

그럼에도 이해가 되지 않았다.

예전의 그였다면 아무리 도움을 받았다 해도 여자들을 발견하는 순간 도망부터 쳤을 것이다.

그것도 상대는 셋.

한 명도 감당하기 어려운데 셋이라면 거의 죽음이다.

여자는 자유라는 단어를 들은 후 묘한 표정을 지었다.

미처 생각하지 못한 단어였던 모양이다.

그렇겠지.

젊음에겐 자유만큼 강렬한 단어도 찾기 힘드니까.

"저희는 Y대 의대, 본과 4학년들이에요. 얘는 유지헌, 얘는 정연희, 그리고 저는 박서현이랍니다."

본과 4학년이면 같은 나이다.

혼자 소개를 한 것은 분명 자신을 도와주고 난 후에 벌어졌던 친구들의 반응 때문이겠지.

그녀들은 기껏 도와준 남자가 자신들의 이상형과 하늘나라의 별처럼 차이가 난다는 사실 때문에 상당한 실망감을 박서현에게 토해 냈을 것이다.

특히 유지헌의 표정은 여전히 차갑다.

그녀는 어제 다 죽어 가는 자신을 보고도 방관자처럼 거들떠보지 않았는데, 외모에 대한 선입감이 나머지보다 훨씬 강한 것처럼 보였다.

박서현의 소개에 나머지 두 여자가 고개만 까닥하고 인사를 하자 이병웅이 정중하게 마주 고개를 숙였다가 말을 이어 나갔다.

"혹시 티케팅은 하셨나요?"

"예, 했어요."

"그렇다면 식사는요?"

"이제 막 하려는 중이었어요."

"그럼 제가 햄버거를 쏴도 되겠어요? 어차피 시간 걸리는 건 먹지 못하니까 우리 간단하게 햄버거 먹어요. 꼭 감사의 표시를 하고 싶어요."

"음… 그럴까요?"

박서현의 친구들의 반응을 살피다가 어정쩡하게 대답했다.

친구들이 강력하게 반대하지 않는다는 걸 직감으로 눈치챘기에 보인 행동이었다.

만약 시간이 걸리는 음식을 사 주겠다고 했다면 어땠을까?

분명 그녀들은 거부감을 보였을 것이고, 동행은 실패했을 것이다.

또 한 가지 강력한 이유.

정황상 그녀들 역시 햄버거를 먹으려 했을 가능성이 컸다.

의대생이라도 대학생은 대학생.

대학생들은 돈이 있어도 간단하고 맛있는 걸 선호한다.

여자들과 함께 주욱 늘어진 가게들 중에서 햄버거 가게를 찾아내는 건 그리 오래 걸리지 않았다.

"여기 앉아 계시면 제가 사 올게요. 주문표는 여기."

누가 보면 술집 웨이터로 보였을 거다.

하지만 배낭을 벗어 던지고 빠르게 움직이는 이병웅의 행동에 여자들은 만족감을 나타냈다.

여자들의 본능.

그것들 중 하나는 남자들이 알아서 척척 자신을 공주처럼 대해 줘야 한다는 환상이다.

카운터에서 여자들이 주문한 햄버거와 음료수를 들고 다시 탁자로 돌아온 건 채 5분도 걸리지 않았다.

이병웅은 햄버거 가게에 들어와 일사천리로 행동했기 때문에 최대한 시간을 단축시켰다.

웅성거리는 사람들 속에서 빛나는 이병웅의 행동.

이것 역시 예전이라면 꿈도 꾸지 못할 것들이다.

"응, 맛있네요. 여행 중에 이렇게 맛있는 걸 먹는 것도 나중이 되면 훌륭한 추억이 될 거예요. 저를 도와준 것도… 우리가 공항에서 다시 만나 맛있는 햄버거를 같이 먹은 것도 말이에요."

일부러 한 입 크게 베어 문 채 활짝 웃으며 말을 하자 여자들의 경계심이 한층 더 풀어졌다.

남자가 여자들 앞에서 먼저 무장해제를 해 버렸기 때문인지 새침하게 앉아 있던 그녀들도 햄버거를 먹으며 반응을 보였다.

"정말 맛있네요. 그런데 병웅 씨는 어디 어디 다녔어요?"

"저는 유적지보다 주로 중국의 자연 경관을 보러 다녔어요. 황산을 비롯해서 장강의 삼협, 그리고 장가계와 원가계……."

이병웅은 자연경관을 보면서 노트에 적었던 감정들을 그녀들 앞에서 활짝 펼쳐 냈다.

그가 묘사를 할 때마다 그녀들의 표정은 시시각각 변해 갔다.

여자들의 몸으로 중국의 험난한 자연경관을 체험하기는 어려웠을 것이다.

그러니 그의 경험이 색다를 수밖에.

시적인 표현과 현학적인 말로 하나씩 설명해 주자 여자들의 표정은 점점 몽롱하게 변해 갔다.

"정말 좋았겠어요. 말로만 들어도 그 신비로움이 느껴지는 것 같아요."

"힘들었지만 잊지 못할 추억을 만들고 가요. 젊음은 그런 거 잖아요. 힘들어도 극복해 내는 치열함. 그 치열함만이 자신의 인생을 더 발전시킬 수 있다고 생각해요."

"우와……."

이번에는 계속 새초롬하게 앉아 있던 유지현마저 같이 탄성을 터뜨렸다.

짧지만 이병웅의 가치관을 엿볼 수 있는 말이었기 때문이었다.

자신의 말이 끝난 후 이병웅은 그녀들의 말을 듣기 시작했다.

누군가 그러더군.

여자들이 행복하게 만드는 방법은 대화할 때 세 마디면 충분하다고.

'응, 그랬어?', '그다음 어떻게 됐는데?', '우와, 좋았겠다!'

이병웅은 이 법칙을 충실히 수행하면서 여자들의 여행 경험담을 들어 주었다.

여자들은 이병웅의 감탄과 반응을 보면서 저희들끼리 웃고 떠들기를 멈추지 않았는데, 밤을 꼬박 새도 모자랄 것 같았다.

하지만 이젠 떠날 시간이다.

슬쩍 시계를 보니 비행기 이륙까지 30분밖에 남지 않았다.

"저는 그만 일어나야 할 것 같아요. 비행기 떠날 시간이 얼마 안 남았거든요. 생각 같아서는 너무 재밌어서 다음 비행기로 가고 싶은데, 저는 돈이 없답니다. 이 햄버거 산 돈이 제가 가지고 있었던 전부였어요."

"아… 그러면 빨리 가세요."

마지막까지 농담을 건네는 이병웅의 행동에 웃고 떠들던 여자들의 표정에서 숨길 수 없는 아쉬움이 나타났다.

그럼에도 이병웅은 가방을 둘러메고 먼저 자리에서 일어나 정중하게 고개를 숙여 이별을 고했다.

"오늘처럼 언젠가 우리가 우연히 다시 만나게 된다면 그때는 정말 근사한 식사를 사 드릴게요. 오늘 정말 즐거웠습니다."

＊　　　　＊　　　　＊

세 여자는 몸까지 돌려 이병웅이 사라지는 모습을 배웅하며 아쉬움을 숨기지 못했다.

이번 여행에서 이렇게 재밌는 시간이 처음이었기 때문이었다.

"아깝다."

"뭐가?"

"얼굴만 잘생겼다면 정말 괜찮은 사람이네."

"그렇긴 하지. 그런데 저 사람 너무 쿨한 거 아냐?"

"왜?"

"너한테 전화번호도 묻지 않았잖아. 서현이 너처럼 예쁜 여자한테 전화번호도 묻지 않고 그냥 가는 남자는 처음 본다."

"나도 그게 이상했어."

정연희가 의문을 제기하자 이젠 거의 무장해제가 되어 버린 유지현이 맞장구를 쳤다.

같은 여자로서 전혀 이해 가지 않는다는 표정을 지은 채.

"은인 어쩌구 하면서 전화번호 물어봐야 당연한 거라구. 그러면 우린 난 남자 친구 있어서 전화번호 줄 수 없다고 예쁘게 튕기는 게 정해진 법도야."

"없는 남자 친구 핑계를 왜 대. 조금 더 근사한 거 없어?"

유지현의 장난에 박서현이 유쾌하게 대답했다.

그런 와중에도 눈은 멀리 사라지고 있는 이병웅의 뒷모습에 고정되어 있었다.

"아쉽냐?"

"아쉽지. 여자들의 로망은 여행지에서 근사한 남자를 만나는 건데 하필이면……."

"아무렴, 당연히 그렇고말고. 그 마음 충분히 이해해."

"속으로 정말 많이 고민되더라. 내가 이렇게 멍청한 속물인 거 오늘 처음 알았어."

"그건 또 무슨 말이야?"

"음… 바람이랄까? 저 사람이 얼굴만 조금 괜찮았으면 정말 좋았겠다는 바람."

"헐, 눈 높은 박서현이 별일이네. 정말 그런 생각이 들었어?"

"응, 저 남자 뭔가 특별하잖아. 너희들은 못 느꼈니?"

나머지 두 여자는 박서현의 질문에 대답하지 못했다.

그녀들 역시, 같이 있는 동안 이병웅에게서 뭔가 모를 친근함과 좋은 느낌을 계속 받았기 때문이었다.

제3장
변화

노스탤지어.

고향에 대한 향수, 또는 집에 대한 그리움.

거의 한 달 가까이 중국 여행을 했기 때문인지, 서울에 도착해서 집으로 가는 버스를 타자 마음이 저절로 급해졌다.

이제 조금 있으면 사랑하는 부모님을 볼 수 있다는 조급함이 그를 그렇게 만들었다.

아파트 문을 열고 들어서자 엄마가 달려 나오는 게 보였다.

"엄마, 나 왔어요."

"우리 아들, 보고 싶었어. 여행 잘했니?"

"그럼요. 정말 많은 걸 보고 배웠어요. 그래서 사람들이 여행을 가는가 봐요."

"건강해 보여서 좋네. 우리 아들, 이리 와 봐. 한번 안아 보자."

웃으면서 다가와 손을 잡는 아들을 윤미경이 진하게 끌어안았다.

오랫동안 헤어졌던 아들의 밝은 모습을 보니 너무 기뻐 자신도 모르게 눈물이 찔끔 흘러나왔다.

"즐거운 여행이었다니 다행이다. 옷 갈아입고 먼저 씻어. 아빠, 조금 있으면 들어오실 거야."

"네."

"오늘 네가 좋아하는 거 많이 준비했어."

"엄마 음식 솜씨는 언제나 죽음이죠. 옷을 너무 오래 입어서 그런가 막 몸에서 구정물 냄새가 나는 것 같아요. 일단 씻고 나올게요."

"그래."

서둘러 갈아입을 옷가지를 챙겨 화장실로 향하는 아들의 모습을 보며 윤미경의 고개가 좌측으로 반쯤 꺾였다.

뭔가 이상하다.

여행을 떠날 때의 모습과 돌아온 아들의 행동은 달라도 너무 달랐다.

아들은 태어날 때부터 외모가 특별했다.

엄마인 자신조차 놀랐을 정도니 다른 사람들은 오죽했겠나.

기형아인 줄 알았다.

하지만 아들은 눈 부분만 이상했을 뿐, 나머지는 정상이라 다행이라며 하나님께 감사 기도를 드렸다.

괜찮아질 거라 생각했다.

시간이 지나면 정상인들처럼 서서히 외모가 돌아올 것이라 생각했다.

그러나 아들의 외모는 점점 흉측하게만 변해 그녀의 가슴을 갈기갈기 찢어 놓았다.

아들을 볼 때마다 얼마나 울었는지 모른다.

학교에서 아이들에게 놀림받는 건 다반사였고, 오죽하면 선생님까지 아들을 가까이하려 하지 않았다.

그만큼 아들의 눈은 끔찍할 만큼 이상했다.

죽어 있는 회색 눈동자, 그리고 혹처럼 부풀어 오른 눈시울, 거의 구십 도로 꺾인 눈꼬리.

아들의 눈을 고치기 위해 안 해 본 짓이 없었다.

잘한다는 성형외과를 찾았지만 의사들은 아들의 상태를 보면서 불가능하다며 고개를 절레절레 흔들 뿐이었다.

아들의 눈은 근본적으로 병이 있어 그런 게 아니었다.

의사들은 아들의 잿빛 눈에 대한 원인을 몰랐고 눈두덩은 지방이 뭉친 게 아니라 근육이기 때문에 건드리면 오히려 더 악화된다며 현대의 성형 기술로는 고칠 수 없다고 말했다.

절망으로 병원을 다녀올 때마다 식음을 전폐한 채 울었다.

아들의 고통은 전부 자신으로 인해 생긴 것이다.

엄마가 잘못해서… 엄마가 전생에 죄를 지어 저렇게 낳았으니 아들의 눈만 고칠 수 있다면 자신의 목숨이라도 내놓고 싶었다.

포기라는 단어는 생각하지 않았다.

그랬기에 눈에 좋다는 음식을 구하기 위해 전국 방방곡곡 안 가 본 곳이 없을 정도로 돌아다녔다.

그러나… 그러나 아들의 눈은 끝내 고칠 수 없었다.

아들은 외모 때문에 놀림을 받았지만, 그 와중에도 너무나 공부를 잘했다.

언제나 1등을 놓치지 않을 정도로 영특해서 그녀를 기쁘게 만들었기에 더욱 아들의 외모를 볼 때마다 마음이 아팠다.

그것만이 아니다.

어렸을 때 아들이 부르는 노래를 듣고 너무 놀라 입을 다물지 못했다.

천상의 목소리가 따로 없었다.

그저 아이들이 부르는 동요였음에도 온몸에 소름이 끼칠 정도로 아들의 목소리는 청아했고 아름다웠다.

그런 아들은 중학교에 들어가면서 노래를 부르지 않았다.

초등학교 때는 곧잘 불러 엄마를 기쁘게 했지만, 중학교에 들어가면서 머리가 굵어지더니 다시는 노래를 부르려 하지 않았다.

그 모든 이유는 외모 때문이었다.

아들은 자신의 못난 얼굴로 인해 사람들 앞에 나서기를 꺼려했고, 남들의 주목을 받는 노래는 더욱 부르지 않았다.

여행을 떠난다고 했을 때 덜컥 겁이 났다.

여행을 떠나겠다는 아들의 얼굴에 담겨 있는 절망이 너무나 무서웠기 때문이었다.

사람은 견디다… 더 이상 견디기 힘들 때 어리석은 선택을 할 수 있었다.

그녀는 그것을 겁냈다.

그래서 남편을 만류하며 아들이 여행가지 못하게 막았다.

하지만 아들의 간청과 남편의 설득에 결국 허락하며 잘 다녀오라는 인사를 할 수밖에 없었다.

피 끓는 젊음을 지닌 아들이 외모 때문에 어리석은 선택을 한다면 그녀 역시 아들과 똑같은 선택을 할 생각이었다.

이 모든 것은 그녀의 잘못으로 인해 생겨난 것이므로.

*　　　　　*　　　　　*

저녁을 먹은 후 아들이 피곤하다며 들어갔을 때 윤미경은 남편과 함께 안방으로 들어와 뛰는 가슴을 진정하느라 애를 썼다.

처음 봤을 때 밝아졌다고 생각했던 건 잘못 본 게 아니었다.

아들은 저녁을 먹으면서 자신과 남편에게 여행에서 있었던 일들을 하나씩 이야기했는데, 전혀 다른 사람을 보는 것 같았다.

"여보, 병웅이가 달라졌죠?"

"응. 여행을 하면서 무슨 일이 있었던 걸까?"

"너무 밝아져서 겁이 날 정도예요. 쟤가 우리한테 저렇게 말을 많이 하는 거 처음 봐요."

"나도 그래. 사실 나도 조금 겁이 나. 너무 많이 달라진 것 같아서."

"무슨 일 있는지 물어 볼까요?"

"그냥 내버려 둬. 우리 조금 더 지켜봅시다. 어쨌든 좋은 변화잖아."

"그건 그런데……."

남편의 대답을 들은 윤미경이 한숨을 길게 흘려 냈다.

좋은 변화다. 하지만 너무 좋은 변화가 다가오자 오히려 두려움이 몰려왔다.

*   *   *

이병웅은 집으로 돌아온 후 책을 읽으며 남은 방학 기간을 보냈다.

워낙 오랜 기간 여행을 했기 때문에 방학은 고작 일주일만 남았을 뿐이었다.

"헉, 헉……. 흐윽, 흐윽."

그 기간 동안 잠이 들 때마다 고통은 여지없이 찾아와 그를 괴롭혔다.

처음에 당했던 것과 똑같은 열기가 눈을 태울 듯이 올라와 정신을 차리지 못하게 만들었다.

견뎠다.

끔찍한 고통이었지만 이를 악물고 참으며 부모님이 눈치채지 못하도록 버티고 버텼다.

고통을 견뎌 낼수록 혹처럼 부풀어 올랐던 눈두덩은 점점 가라앉았고 눈꼬리는 조금씩 올라갔다.

아마, 눈두덩이 가라앉으며 눈꼬리를 끌어 올리는 것 같았다.

그의 눈두덩은 커다란 밤톨을 양쪽에 매단 것처럼 보일 정도였으나 일주일이 지나자 그 크기가 확연히 줄어들고 있었다.

눈두덩의 크기가 줄어 들 때마다 펄쩍펄쩍 뛰며 기뻐했다.

일주일 만에 그의 눈두덩 크기는 10% 정도 줄었는데, 이 정

도 속도라면 정상으로 돌아오는 건 그리 오래 걸리지 않을 것 같
았다.

＊　　　　　＊　　　　　＊

"병웅아, 잠깐 엄마 좀 봐."

"왜 그러세요?"

방학이 끝나고 개학이 시작되는 날.

아침 일찍 세면을 끝내고 화장실에서 나오자 윤미경이 이병웅
을 부르며 다가왔다.

그러고는 곧장 이병웅의 얼굴을 유심히 살피다가 고개를 갸웃
거렸다.

"이상해, 네 얼굴이 조금 달라 보여."

"어디가 이상해요?"

"눈두덩이 조금 가라앉은 것 같아. 안 그러니?"

"기구로 자꾸 문질렀더니 조금 나아졌나? 엄마, 정말 달라졌
어요?"

"응, 확실히 줄어든 것 같아. 그런데 기구란 건 무슨 소리야?"

"눈두덩이 부풀어 오른 사람은 이걸로 계속 문지르면 줄어든
다고 했어요. 이게 중국에서 전통 의술 팀이 개발한 건데, 눈두
덩 근육을 축소하는 데 효과가 뛰어나대요. 그런데 정말 줄어들
었어요?"

"어머, 어머, 정말 줄어들었어. 병웅아, 정말 줄어들었다니까!
그거 나 좀 줘 봐. 이거 정말 효과가 있나 보다."

윤미경이 이병웅의 손에서 뭉툭한 기구를 뺏어서 요리조리 살폈다.

계란처럼 생긴 기구는 아무리 봐도 별게 없어 보였기에 그녀는 기구와 아들의 얼굴을 번갈아 쳐다보며 믿을 수 없다는 표정을 지었다.

당연한 반응이다.

아들의 병을 고치기 위해 안 해 본 짓이 없는데 이런 기구로 쉽게 고쳐진다는 걸 어떻게 믿을 수 있겠는가.

"이 안에 자석 성분의 물질들이 담겨 있대요. 그래서 문지르면 열을 발산해서 근육을 풀어 준다나 봐요."

"정말…이야?"

"내가 봐도 조금씩 효과는 있는 것 같아요. 그래서 계속 가지고 다닐 생각이에요. 이대로 계속 노력하면 언젠가는 다 가라앉을지도 모르잖아요."

*　　　　　*　　　　　*

이병웅은 집을 나온 후 쓴웃음을 지었다.

순진한 엄마는 계속 똑같은 주장을 반복했기에 아들의 말을 믿으며 아이처럼 좋아했다.

속인 건 미안하지만 괜찮다.

이상한 약을 먹었다고 사실대로 말했다면 엄마는 물론 아버지까지 당장 병원에 가자고 난리 쳤을 것이다.

버스에 내려서 잠시 멈춰 정문을 바라봤다.

정문을 통해 걸어가는 수많은 학생들의 모습을 보면서 이병웅은 새로운 감회에 젖었다.

언제나 고개를 숙이고 걸었다.

자신의 못난 외모가 사람들에게 보이지 않도록 하기 위해 얼굴을 든 채 걸은 적이 없다.

하지만 지금부터는 그런 짓을 하지 않을 것이다.

나의 얼굴은 이제 변하기 시작했고, 이미 다른 한쪽은 완벽한 변신을 이뤘으니 예전처럼 등신 같은 짓을 계속할 이유가 없었다.

얼굴이 바뀌기 시작한 것도 중요했지만, 자신의 성격이 변한 것은 정말 기적이나 다름없다.

공항에서 만난 여대생들, 비행기의 스튜디오. 그리고 옆 좌석에 앉았던 30대 여자까지.

자신을 괴롭히던 족쇄는 이미 완벽하게 사라진 상태였다.

비행기 옆자리에 앉았던 여자와 귀국하는 동안 내내 대화를 나누었다.

대화의 모든 주도권은 그에게 있었다.

그녀는 한국에 도착할 때까지 웃음을 참지 못했는데, 적재적소에 터지는 그의 유머에 연신 배가 아프다며 허리를 숙이곤 했다.

머리에서 가슴까지.

두뇌는 그가 살아오면서 읽었던, 그리고 겪었던 재미있는 에피소드들을 계속해서 끌어내 마치 잘 짜여진 각본처럼 순서와 주제를 조화시켰다.

이제 그는 안다.

자신의 왼 손바닥을 통해 사라진 그 물체.

자신의 변화는 그 물체로 인한 것이 분명했다.

문제는 그 존재가 단지 자신의 성격을 개조하는 효능만 있냐는 것이었다.

이병웅은 분명히 봤다.

태울 것처럼 뜨겁게 눈에서 열이 발산할 때마다 자신의 왼 손바닥에 금빛으로 떠오른 단어를.

그것은 바로 '밀애'.

달콤한 사랑을 의미하는 것이었다.

*   *   *

경영대는 정문에서 좌측으로 꺾어 한참 올라가야 된다.

하지만 경사길이 아니기 때문에 힘들지는 않다.

자신과 함께 걷는 사람들, 그리고 반대편에서 내려오는 사람들.

삼삼오오 웃으며 걷는 사람들은 그 누구도 자신의 외모에 신경 쓰지 않고 있었다.

이런데, 왜 그동안 자신은 죄인처럼 고개를 숙이고 다녔던 걸까.

경영대로 가는 계단을 타고 오르자 멀리서 두 놈이 낄낄거리고 있는 게 보였다.

신입생 때부터 친하게 지내던 홍철욱과 문현수였다.

놈들은 오랜만에 만나서 그런지 연신 웃음을 터뜨리며 대화를 나누고 있었는데, 계단을 타고 오르는 이병웅을 보자 반색을 하고 달려왔다.

"병웅아, 이 새끼야. 너 정말 오랜만이다. 무슨 여행을 그렇게 오래 갔다 와!"

"수행이지. 젊은이로서 반드시 해야 하는 고행."

"지랄한다. 전화 통화도 안 되고 답답해서 미치는 줄 알았어."

"왜 나를 찾았는데. 어차피 지방에서 올라오지 않는 놈들이?"

"목소리가 듣고 싶어서……. 난 네 목소리 하루라도 못 들으면 가시가 온몸에 나는 사람이잖아."

"웃기시네."

홍철욱과 문현수가 반가움을 숨기지 못하고 어깨를 감쌌다.

놈은 부산과 광주에서 유학 온 놈들로 방학이 되면 집으로 돌아가 행방이 묘연해지곤 했다.

물론 시시때때 통화는 했지만, 방학 때면 만나기가 어려웠다.

셋은 양지바른 곳에 모여 앉아 방학 동안에 있었던 일들을 이야기하며 떠들었다.

놈들과 친하게 지낸 건 1학년 때 공동 과제를 수행하면서부터였다.

그 과제에서 이병웅의 조는 최고점을 맞으며 톱을 차지했다.

홍철욱과 문현수는 똑똑했다.

하긴, S대 경영학과에 들어올 정도면 고등학교 때 톱클래스를 차지했던 놈들이니 당연한 일이다.

하지만 놈들은 이상한 외모를 지닌 이병웅이 과제의 주도권을 쥔 채 각종 자료를 수집하고 분석하는 과정을 보며 뒤에 서서 구경만 했다.

명석한 그들이 보기에도 이병웅은 특별한 능력과 머리를 지녔기 때문이었다.

그때부터 셋은 몰려다니며 우정을 키워 왔다.

친구들은 그의 외모가 조금 변했다는 걸 전혀 눈치채지 못했다.

어쩌면 당연한 일이다.

아무리 친하다 해도 매일 얼굴만 쳐다보고 다니는 건 아니었으니 눈두덩이 조금 가라앉을 걸 금방 눈치채긴 힘들었을 것이다.

*　　　　　*　　　　　*

"저것들 여전히 붙어 다니는군."

대화를 나누던 도중 문현수가 계단 쪽을 바라보며 불쑥 입을 열었다.

계단 쪽엔 잘생긴 남녀가 정다운 모습으로 다가오는 중이었다.

이병웅은 문현수의 시선을 따라 잠깐 눈을 돌렸다가 남녀의 모습을 확인한 후 몸을 틀었다.

보고 싶지 않은 얼굴들이었기 때문이었다.

악연일까?

어쩌면 악연이었는지 모른다.

그들과 악연이 만들어진 건 이병웅이 복학한 후 얼마 지나지 않았을 때였다.

쉬는 시간 커피를 뽑고 돌아서다가 여자의 블라우스에 커피를 쏟은 적이 있었다.

그녀의 이름은 한서정.

경영학과의 세 명의 꽃이 있는데, 그녀는 그중 하나였다.

S대는 옛날과 다르게 상위층의 자제들이 다수를 차지했다.

당연한 일이다.

개천에서 용 난다는 말은 사라진 지 오래였고, 요즘은 돈이 있어야 용이 되는 세상이었다.

중소기업 사장의 외동딸이라고 했던가.

그리고 그 옆에 걸어오는 놈은 기재부차관의 아들인 장정호였다.

둘이 언제부터 사귄지는 모른다.

그가 아는 오직 한 가지는 다른 놈들보다 심하게 그들이 자신을 혐오하고 있다는 것뿐이었다.

커피가 블라우스에 튀자 두 연놈들은 길길이 날뛰었다.

마치 문둥병 걸린 놈이 뽀뽀라도 한 것처럼 한서정은 울고 불며 난리를 피웠고, 뒤늦게 나타난 장정호는 실수를 한 이병웅을 미친놈처럼 질책했다.

미안하다는 사과는 통하지 않았고 둘은 재수 없다는 소리를 남기며 자리를 떴다.

그 이후로 연놈들은 이병웅의 모습이 보이면 고개를 돌리며 아예 상종조차 하지 않으려 했다.

"씨발 것들. 이젠 대놓고 허리에 손을 올리네."

"더 예뻐졌군. 종아리 봐라. 예술이다."

"이 새끼야. 저것들이 병웅이한테 한 짓 봤으면서 그런 소리가 나와? 이건 항상 허리하학적으로 논다니까!"

"좋은 건 좋은 거야. 싸가지에 밥 말아 먹었어도 내 눈을 호강하게 만든다면 용서할 의지가 있다. 저 가슴 봐. 마치 밥공기를 엎어 놓은 것 같잖아. 잘록한 허리는 어떻고."

"하아, 수준 낮은 새끼."

"아깝다."

"뭐가?"

"저것들 했겠지?"

"그럼 안 해? 사귄 지 오래 됐으니까 당연히 했겠지. 장정호 저 새끼 생긴 거 봐라. 기생오라비처럼 생겨서 밝히기도 엄청 밝힌다고 소문났어. 아마, 저 새끼가 따먹은 여자들만 한 트럭은 될 거다."

"오버하시네."

"오버 아니라고. 저 새끼는 그 분야에선 스페셜리스트야. 우리 같은 떨거지들하고는 차원이 달라."

"알았다. 우리 서로 디스하지 말자. 꼭 사실을 사실대로 밝혀서 젊은 우리가 낙담할 필요는 없잖아."

"그건 그렇지."

"그리고 아까운 것도 사실이니까 시비 걸지 마. 난 저 정도 괜찮은 애를 접수한 정호가 그저 부러울 뿐이야. 안 그러냐, 병웅아?"

슬쩍 몸을 돌린 채 큭큭거리던 문현수가 옆에 있던 이병웅을 향해 동조를 구하다 놀라서 말을 멈췄다.

어이없게도 이병웅이 성큼성큼 옆을 지나가는 한서정에게 다가갔기 때문이었다.

"서정아, 방학 동안 잘 지냈니?"

"……."

너무 놀랐던 것일까?

한서정은 옆에서 불쑥 다가온 이병웅의 인사에 눈만 깜빡거린 채 대답조차 하지 못했다.

담벼락에 서 있는 걸 봤지만, 무시한 채 지나갈 생각이었다.

한두 번 한 짓이 아니었으니 전혀 미안한 마음은 느껴지지 않았다.

이상한 외모를 지닌 선배.

그냥 눈만 마주쳐도 소름이 끼칠 정도로 못생겼고, 커피까지 쏟는 바람에 아예 선배 대접도 하지 않았다.

상종할 필요도, 상종할 이유도 없을 정도로 이병웅은 그녀의 인생에서 제외된 인간이었다.

그런 인간이 갑자기 말을 붙여 오다니.

이놈 미친 거 아닐까?

그녀의 눈에 들어 있는 건 그런 의미가 담긴 시선이었다.

이병웅의 인사에 그녀 대신 나선 건 장정호였다.

놈은 어이가 없다는 얼굴로 대신 나섰는데, 무척 불쾌하단 표정을 짓고 있었다.

"야, 이병웅, 지금 시비 거는 거냐?"

"네 눈에는 이게 시비 거는 걸로 보여?"

"그럼 뭐야, 이 새끼야. 왜 갑자기 나타나서 서정이를 놀라게 만드는 거야!"

"오랜만에 봐서 인사한 것뿐인데, 너무 과한 반응을 보이는군. 인사하는 것도 죄냐?"

"비켜, 말 섞기 싫으니까."

놈이 말을 끝내며 이병웅의 가슴을 밀었다.

장정호의 체격은 이병웅과 비슷했지만 언제든지 제압할 수 있다는 자신감이 그 손길에 담겨 있었다.

그동안 해 왔던 이병웅의 행동이 그에게 그런 자신감을 심어 줬을 것이다.

이병웅은 신입생 때부터 남들과 시비를 벌인 적인 없었고, 말수도 극히 적어 투명 인간 취급을 받아 왔었다.

하지만 이번엔 다르다.

이병웅은 가슴을 밀어 온 장정호의 손을 잡아채서 옆으로 비틀어 슬쩍 뿌리친 후 하얀 웃음을 흘려 냈다.

벌어진 입을 통해 가지런한 이빨이 세상에 나왔다.

상아처럼 느껴질 만큼 아름다운 백색의 이빨이었기에, 누가 본다면 정말 감탄을 자아낼 만했다.

"내 몸에 함부로 손대지 마. 한 번만 더 그랬다간 손목을 부러뜨릴 테니까."

"뭐라고!"

"그리고 욕도 하지 마라. 너하고 나는 친한 사이도 아닌데 왜 욕을 하는 거야. 내가 그렇게 만만해 보여?"

"하아, 이 새끼가 정말 미쳤나?"

장정호의 눈이 뒤집어졌다.

여자 앞에서 당한 게 분했던지 놈은 당장에라도 주먹을 들 기세였다.

그러나 이병웅의 얼굴엔 차분한 미소가 담겨 있었다.

"또 욕을 하는군."

"그래 했다. 어쩔래?"

"다시 해 봐. 그러면 무슨 일이 벌어질지 알게 될 거야."

이병웅의 눈이 새하얗게 빛났다.

잿빛의 눈이 번들거리는 모습에서 살기가 흘러나왔는데 당장에라도 무슨 일을 벌일 것 같았다.

동물들은 일일이 싸워서 순위가 매겨지는 게 아니라, 기세로 모든 것이 결정된다.

맹수 우리에서 살던 놈들이 아니라면 그런 특성은 더욱 커진다.

장정호는 맹수가 아니었고, 약한 동물들을 천대시하며 지내던 똥개나 다름없으니 이병웅의 기세를 감당할 수 없다.

놈이 주춤거리며 한서정을 이끌고 사라진 건 그런 이유 때문이다.

*   *   *

친구들은 돌아오는 이병웅을 보면서 입을 떡 벌린 채 아무 말도 하지 못했다.

이병웅은 그들에게 순한 양과 같은 친구였다.

심한 장난을 걸어도 그냥 웃어넘겼고, 말수도 적어 대답을 들으려면 숨이 넘어갈 정도라 가끔 답답함을 느끼기도 했다.

방학이 끝나고 오늘 처음 만났을 때 평소보다 말이 많은 그를 보며 뭔가 이상하다고 느꼈지만 이런 일을 벌일지는 꿈에도 생각하지 못했다.

그들도 들었다.

이병웅이 장정호를 향해 도발하는 말을.

"병웅아, 너 병웅이 맞아?"

"왜?"

"너 이 자식아, 중국 가서 무술 배우고 왔어? 신성한 학교에서 하마터면 싸울 뻔했잖아."

"저 새끼는 말만 번지르르하지, 배포가 작아서 덤비지 못해."

"우와!"

이병웅의 대답에 친구들은 다시 한번 입을 떡 벌렸다.

말을 들어 보니 계획적이었던 것 같았기 때문이었다.

하지만 금방 정신을 차리고 자신들의 의문점을 해소하기 위해 안달을 부렸다.

"왜 가서 인사한 거야. 소, 닭 보는 연놈들한테?"

"억울해서. 그동안 당한 거 생각해 보니까 이제 돌려줘야 될 것 같다는 생각이 들었어."

"그렇게 하면 원한이 풀려?"

"그럴 리가 있나."

"뭐냐. 다른 음흉한 계략이라도 있단 뜻으로 들리네?"

"당연하지."

"그만둬라. 그게 뭔지 모르지만 그만 둬. 괜히 저런 것들한테 시비 걸어 봤자 너만 더러워져."

"괜찮아, 인마."

"야, 병웅이가 복수를 한다면 난 찬성이야. 그동안 저것들 한 거 생각하면 나도 분한데, 병웅이는 오죽하겠어. 해, 내가 도와줄게!"

소리를 버럭 지르는 홍철욱을 향해 문현수가 눈을 부릅뜨며 노려봤다.

친구를 나락으로 떨어뜨리는 홍철욱의 충돌질이 마음에 들지 않았기 때문이었다.

"장정호와 싸우려는 건 아니지?"

"내가 왜 싸워. 네 눈에는 내가 그렇게 무식해 보여?"

"그럼?"

"복수는 우아하고 해피하게 끝내는 게 가장 현명한 방법이야. 아름답게 해결할 테니까 걱정하지 마."

"그러니까, 그게 뭐냐니까!"

"쟤와 잘 생각이다. 그러면 둘 다에게 복수할 수 있어."

"누굴 따먹어. 설마 한서정?"

"맞아."

"이 새끼야, 강간하다가 걸리면 네 인생 조지는 거야. 이 새끼가 별소릴 다 하고 있네. 정신 차려, 미친놈아!"

"기다려 봐. 6개월 안에 쟤 스스로 옷을 벗게 만들 테니. 어때, 우리 내기할까?"

매일 서서히, 조금씩.

눈두덩의 붓기와 눈꼬리의 각도는 눈에 보이지 않을 속도로 천천히 변화를 일으켰다.

매일 밤 겪는 고통은 지독하게 끔찍했지만, 달라지는 자신의 눈을 볼 때마다 이를 악물고 참았다.

처음에는 전혀 눈치채지 못했던 친구 놈들마저 이병웅의 외모가 변했다는 걸 눈치챈 것은 개학한 후 한 달이 지난 다음부터였다.

눈두덩은 이미 반쯤 가라앉았고, 눈꼬리 역시 그에 맞춰 올라왔기 때문에 예전에 비한다면 이병웅의 외모는 하늘과 땅만큼 커다란 차이가 났다.

물론 그렇다고 멋있게 변했다는 뜻은 아니다.

혹처럼 튀어 올라왔던 눈두덩의 크기는 노인들에게서 흔히 볼 수 있을 정도로 줄어들었으나, 아직도 다른 학생들처럼 정상으로 돌아오려면 시간이 필요했다.

더군다나 가장 중요한 눈의 변화가 없다.

잿빛으로 죽어 있는 눈은 여전히 요지부동이라 친구들은 그의 눈가에 변화가 있었음에도 크게 신경 쓰지 않는 눈치였다.

가장 친한 놈들까지 그 정도였으니 다른 사람들은 오죽할까.

차라리 그게 낫다.

천천히, 조금씩 변해간다는 것은 타인의 관심에서 벗어날 수 있다는 뜻이었고. 그리된다면 그의 변화는 자연스럽게 받아들여질 수 있을 것이다.

언제나 그렇듯 열심히 살았다.

S대생으로 살아간다는 건 경쟁의 연속이었으니 항상 긴장감을 풀지 못했다.

전국에서 난다 긴다 하는 놈들만 모여 있는 이곳은 그야말로 치열한 삶의 경쟁터였기에 학업을 잠시도 소홀할 수 없었다.

하지만 그런 경쟁도 젊음을 이기지는 못한다.

놀 땐 논다.

평소에는 미친놈들처럼 공부에 빠져 있지만, 기회가 나면 언제나 즐길 준비가 되어 있다.

더불어, 친구 놈들은 시간이 날 때마다 그를 꼬셨기 때문에 같이 게임도 즐겼고 미팅에도 나갔다.

3학년 방학이 끝난 후 3번의 미팅을 가졌다.

친구 놈들은 오랜 시간을 사귀었지만 미팅에 대한 말은 가급적 하지 않았었는데, 이병웅의 성격이 백팔십 도로 바뀐 다음부터 미팅을 제안하기 시작했다.

흔쾌히 받아들였다.

여자들이 그를 어떻게 보는지 중요하지 않다는 것을 알게 된 이상 꺼릴 이유가 전혀 없었다.

*   *   *

잿빛인 사안. 죽어 있는 눈.

말로만 들어서는 절대 수긍할 수 없는 혐오감을 아는가.

사안은 그런 것이었다.

이병웅이란 인간 자체를 깊이 알지 못하는 자들에게 사안은 기피의 대상이었고, 다시는 보고 싶지 않은 절대적인 단점이었다.

그럼에도 미팅에 나가면 대화는 그를 중심으로 돌아갔다.

화려한 언변을 자랑한 건 아니었으나, 여자들은 그가 던지는 한마디 한마디에 반응하는 기현상을 보이곤 했다.

눈이 변화를 일으킨 건 3개월이 지나면서부터였다.

눈두덩이 정상으로 돌아오면서 눈꼬리의 처진 각도가 부드럽게 치고 올라와 자리를 잡았던 시기.

그때부터 눈은 잿빛에서 흑색으로 변하기 시작했다.

온몸에서 열이 나기 시작했다.

눈을 중심으로 혐오감을 자아냈던 눈두덩과 눈꼬리가 정상을 찾을 때는 눈을 중심으로 불에 덴 것처럼 뜨거운 열기가 솟구쳤으나 어느 순간부터 온몸으로 열이 퍼져 나갔다.

잠에서 깨면 이불이 흥건하게 젖을 정도로 온몸에서 땀이 흘렀는데, 지독한 냄새 때문에 매번 이불과 요를 갈아야 했다.

공부에 전념하던 시기였으니 운동을 하지 않았으나, 전신에서 열이 나면서부터 어이없게도 몸의 지방이 빠졌고 근육들이 재배치되었다.

기적일까? 그래, 기적이다.

화장실에서 자신의 몸을 볼 때마다 믿을 수 없어 한참 동안 쳐다봤다.

복부를 가르며 나타난 근육.

남들은 이런 걸 식스 팩이라 부른다.

대부분의 연예인들이 식스 팩을 만들기 위해 하루 몇 시간씩

운동한다는 소릴 들었지만, 자신은 아무것도 하지 않았음에도 거짓말처럼 나타났으니 정말 환장할 일이다.

아직 눈이 완벽해지지 않았음에도 그의 외모는 군계일학처럼 빛이 나기 시작했다.

더군다나 피부도 변했다.

전신에 열이 났던 한 달 동안 그의 얼굴과 몸은 영약을 먹은 무협 소설의 주인공처럼 환골탈태를 해 버렸는데, 피부가 윤이 날 정도였다.

원인은 그 단환이 분명하다.

단환의 효력은 눈의 치료에만 있었던 게 아니라, 온몸의 불순물까지 완벽하게 배출해서 피부를 재생산시키는 게 틀림없었다.

이젠 이병웅과 관련 있는 모든 사람이 그의 변화를 감지했다.

당연한 일이다.

불과 4개월 만에 이런 변화를 보였으니 모르는 게 오히려 더 이상했을 것이다.

별별 소문이 다 돌았다.

성형수술을 했다는 둥, 강남에 안과 전문 병원이 있는데 그 병원 원장이 최신 치료법으로 고쳤다는 둥, 백 년 묵은 산삼을 먹었다는 설까지 소문도 다양했다.

그럼에도 그들은 사실을 확인하지 못했다.

이병웅의 외모가 바뀐 이유를 알아내기에는 그들이 그동안 저질렀던 혐오의 무게가 너무 컸기 때문이었다.

*　　　　*　　　　*

"병웅아, 오늘 동아리에 가자."

"언제?"

"시험 끝나고 5시. 오늘 쫑파티 하는 날이야. 동아리에 들렀다가 식사 장소로 가."

"아주 신났구나. 그렇게 좋냐?"

"야, 시험 끝나는 날인데 안 즐거워? 난 하늘을 날아갈 것 같은데 넌 안 그래?"

"유경이가 그리워서 미칠 정도일 테니 하늘을 훨훨 날아가야겠지."

"여우 같은 놈."

"한번 대시 해 보지 그래. 너, 그렇게 먼발치에서 애태우다가 딴 놈이 채가면 말짱 도루묵이다."

"완벽한 예술품은 그냥 지켜보는 것만으로 충분히 즐거워. 함부로 손댔다가 때라도 타면 그건 역적질이나 다름없어."

"놀고 있네. 여자는 예술품으로 다루는 순간 진짜 예술품이 되는 거야. 너 예술품하고 같이 살 자신 있어?"

"흐… 우리 병웅이 마이 컸네."

"원래 키는 너보다 내가 더 컸다 아이가."

놈은 이럴 때마다 금방이라도 기절하고 싶을 거다.

과거에는 여자라면 자지러지던 놈이 이제는 프로페셔널처럼 행동하고 있으니 그야말로 인상무상이란 단어를 외치고 싶은 얼굴이었다.

신유경은 동아리 후배로 영문과 3학년인데 워낙 예뻐서 노리는 놈들이 많았지만 실제 접근한 경우는 보지 못했다.

눈앞에 있는 홍철욱처럼 말이다.

농담처럼 말했지만 홍철욱은 진짜 신유경을 예술품처럼 생각하는 것 같았다.

보기만 해도 즐거운 그런 것.

자신도 예전이라면 그랬겠지. 아니 아예 쳐다볼 엄두조차 내지 못했을 것이다.

그만큼 신유경은 아름다운 여자였으니까.

*　　　　　*　　　　　*

"요즘 여자애들이 너를 예술품처럼 보는데, 그건 아시고?"

"얘가, 요즘 예술품을 너무 많이 갖다 붙이네. 이 자식아, 아무나 예술품이냐!"

"너 자신을 알라고 소크라테스 님께서 그렇게 말씀하셨는데 어째 못 알아 처먹니. 넌 지금 네가 얼마나 무식하게 잘생겼는지 알아야 돼."

"성형 미남이라잖아, 애들이."

"지랄 옆차기 하는 놈들은 내가 요즘 작살내고 있다. 뭘 성형 수술을 학교 다니면서 해! 쥐뿔도 모르는 새끼들이 주둥이질을 하는 거 신경 쓰지 마. 네가 가지고 다니던 만능 치료 기구를 요즘 내가 들고 다닌다. 나도 좀 잘생겨져 보려고."

"그래 열심히 해 봐. 그거 진짜 치료 기능이 좋아."

믿을 리가 없다.

홍철욱은 이병웅이 꺼내 보였던 만능 치료 기구를 뺏으며 펄쩍펄쩍 뛰었지만, 눈치 빠르고 머리 좋은 그에겐 말도 안 되는 변명이었을 것이다.

"됐고, 예술품아. 오늘 우리 가서 에이스의 진면목을 보여 주자. 나… 오랜만에 후배들의 존경을 듬뿍 먹고 싶어."

"리사이틀을 하자고?"

"그렇지, 많이도 말고 딱 두 곡만 해. 오케이?"

"철욱이 소원이라는데 그 정도는 들어줘야지. 난 원래 맘이 태평양이니까."

"네 눈이 변한 것 때문에 동호회 여자애들이 자지러질 거다. 한 달 만에 괴물이 왕자가 되었으니 얼마나 놀라겠어."

"내가 괴물이었냐?"

"말이 그렇다는 거지, 이 자식아. 칭찬한 거야. 질투한 게 아니라."

그들이 가입한 '기타둥둥'은 어쿠스틱 기타를 이용한 반주와 핑거 스타일 연주를 하는 동아리였다.

친구들을 따라 가입했으나 회원들과는 친하게 지내지 않았다.

동아리 회원들 역시 그의 외모로 인해 쉽게 다가오지 못했기 때문에 이병웅은 동아리에 갈 때마다 기타만 치다가 돌아오곤 했다.

최근 들어 성격이 변한 후에도 마찬가지.

시험공부 때문에 한 달 전에 갔을 때도 회원들이 인사하면 그저 고개를 끄덕여 알은체만 했을 뿐, 가급적 대화를 나누지 않았다.

기타를 치면 다른 건 아무런 생각이 나지 않을 정도의 황홀
감에 빠져든다는 것도 회원들과 대화를 나누지 않은 이유였다.

기타를 잡으면 음률에 모든 것을 맡길 정도의 집중이 찾아왔
다.

현의 절묘한 조화를 느낄 때마다 그의 정신은 언제나 기타와
하나가 되었다.

신입생 시절, 타인의 앞에 나서는 걸 극도로 꺼려했음에도 동
아리에 꾸준히 나간 것은 기타를 연주할 때마다 느껴지는 쾌감
이 그러한 불편함을 감수할 만큼 지독했기 때문이었다.

노인의 말대로 사안을 지닌 자는 예술적인 부분에서 탁월한
능력을 지닌 것이 분명했다.

이병웅이 연주를 시작하면 동아리는 단박에 침묵에 사로잡힌
다.

그의 연주는 사람들의 대화를 멈추게 만들만큼 압도적이었는
데, 연주가 끝나고 나면 회원들은 진정으로 감탄에 젖은 박수를
보내곤 했다.

홍철욱이 말한 에이스는 그가 아니라 이병웅이었던 것이다.

＊　　　　　＊　　　　　＊

오후 5시.

이병웅과 홍철욱은 시간에 정확히 맞춰 동호회가 위치한 학생
회관으로 향했다.

'기타등등'의 회원은 많다.

그가 신입생으로 가입했을 때만 해도 50명 정도였는데, 현재는 100명을 훌쩍 넘고 있었다.

문을 열고 들어서자 사무실이 바글바글 학생들로 가득 차 있는 게 보였다.

그들은 고참이다.

복학생 3학년이었으니 여기 있는 대부분이 전부 후배들이다.

홍철욱은 후배들의 인사에 마치 연예인처럼 손을 흔들어 대며 앞으로 걸어 나갔다.

사뭇 선배다운 포스였으나 여학생들의 시선은 온통 이병웅에게 쏠렸다.

손을 흔들고 걸어가는 홍철욱의 뒤에서 이병웅이 마력의 미소를 지으며 따라왔기 때문이었다.

제4장
기타 연주

신유경은 동아리 사무실의 안쪽에서 후배들과 대화를 하다가 이병웅이 들어오는 것을 봤다.

충격?

그래, 충격이란 말이 정확하다.

그녀가 이병웅을 본 건 한 달 전.

그때도 그의 얼굴은 눈을 빼면 완벽하게 정상으로 돌아온 상태였다.

흉측스럽게 부풀어 오른 눈시울, 그리고 마치 낙하하는 것처럼 축 처져 있던 눈꼬리.

잿빛의 눈과 더불어 그 두 가지는 이병웅의 외모를 혐오스럽게 만든 주 원인들이었다.

그 두 가지가 정상으로 돌아왔으나, 그렇다고 달라진 것은 아무엇도 없었다.

그의 눈은 여전히 죽어 있었고, 사람들의 호감을 이끌어 내기엔 너무 무서웠다.

복학을 한 그를 동아리에서 처음 봤을 때 얼마나 놀랐던지 비명을 지를 뻔했다.

눈도 눈이었지만, 이상한 형태의 눈가까지 온통 괴물을 보는 것 같았다.

알고 보니 그는 학교에서 꽤나 유명한 사람이었다.

수재들만 모인다는 경영학과에 수석으로 입학했고, 군대 가기 전까지 과 수석을 놓치지 않았다고 들었다.

그럼에도 불쌍하다.

외모는 흉측했고 가끔가다 어쩔 수 없이 말을 할 때는 더듬거리는 버릇이 있어 사람들과의 대화가 원활치 않았다.

하나님은 천재들에겐 언제나 한 가지씩 혹독한 시련을 주는 모양이다.

그럼에도 더 이상 그에게 관심을 두지 않았다.

이병웅은 동아리에 올 때마다 조용히 왔다가 조용히 사라졌기 때문에 부딪힐 일도 없었다.

*　　　　*　　　　*

눈이 부신다는 표현은 이럴 때 쓰는 게 맞다.

문을 열고 들어온 이병웅의 눈은 잿빛을 상당히 퇴색시켜 검은 눈동자가 어느 정도 자리 잡고 있었는데, 그것만으로도 영화

배우를 연상시킬 정도였다.

병을 고친 건가?

그랬다면 어떻게 고친 거지?

너무나 달라진 그의 외모에 별별 의문이 다 솟구쳤다.

더 커다란 충격은 인사를 해 온 후배들을 대하는 그의 태도였다.

거짓말처럼 흘러나온 부드러운 음성.

솜사탕처럼 달콤했고 물처럼 유연하게 대화하는 이병웅을 보면서 예전의 그가 맞는지 의심스러울 정도였다.

동아리 쫑파티는 학교 주변 식당에서 6시 30분에 시작되는데, 굳이 사람들이 동아리 사무실로 모인 건 다른 이유가 있기 때문이다.

쫑파티 전에 선배들이 즉석 연주회를 열어 시험공부 하느라 고생한 후배들을 위로하는 게 기타둥둥의 전통이었다.

그녀는 1시간 전에 와서 친구인 윤정아와 함께 선배들의 연주를 구경하며 시간을 보내는 중이었다.

기타를 배우고 싶다는 마음을 가지고 있었지만, 고수의 길은 멀고도 험했다.

물론 노력과 재능이 부족했다는 건 인정한다.

그럼에도 기타를 잘 치는 사람을 보면 부러웠고 자신도 그들처럼 잘 치고 싶었다.

"유경아, 저 선배도 기타 치려는 것 같아. 아우, 저 선배 기타 실력은 끝장이지."

"나도 한 번 들어 봤는데, 정말 잘 치더라."

"왜 자꾸 가슴이 뛰는 거지. 예전에는 이러지 않았는데?"

왜 그러겠어?

잘생긴 남자가 기타를 든 것 자체만으로도 여자들에겐 환상이다.

더군다나 저 선배는 과거의 흉측함을 모두 벗어던지고 엄청나게 변화된 모습으로 나타났으니 충격을 받지 않는 게 오히려 이상했다.

"저 몸매 좀 봐. 우와, 외투 입었을 땐 몰랐는데, 완전 예술이잖아."

"얘, 그만해. 남들이 들어."

"네 눈엔 나만 그런 것 같니? 저 옆에 봐 봐. 쟤들 완전히 맛이 갔어."

윤정아의 눈짓을 따라 주변을 둘러보자 여학생들의 시선이 온통 이병웅한테 집중된 게 보였다.

어이가 없다.

이병웅과 홍철욱이 자리에 앉아 현을 고르자 그녀들은 마치 콘서트에 온 것처럼 두 손을 맞잡고 연주가 시작되기를 기다리는 중이었다.

*　　　　　*　　　　　*

이병웅은 자신의 기타를 챙겨 자리에 앉은 후 음을 고르기 시작했다.

한 달 동안 만지지 않았기 때문에 기타의 음은 흐트러진 상태라 시간이 제법 걸렸다.

기타의 종류는 크게 두 가지로 대별되는데, 하나는 어쿠스틱 기타이며 또 하나는 전자 기타다.

어쿠스틱 기타는 줄(String)의 재질에 따라 나일론을 쓰는 건 클래식, 쇠줄을 쓰는 건 통기타로 부른다.

이병웅은 통기타를 들었다.

핑거 스타일의 주법을 연주하기엔 손톱을 사용하는 클래식 기타도 좋지만 피크를 사용해서 음을 청아하게 생성시키는 통기타를 선호했다.

이병웅의 특기는 각 현을 단락마다 튕겨 내 음률을 완성시키는 오부리 주법이었다.

"준비됐어?"

"오케이."

연주를 위해 손가락을 푼 이병웅이 눈짓을 하자 홍철욱이 고개를 끄덕여 반응을 했다.

티리링… 티링… 쫘아앙!

첫 음부터 폭발되는 절묘한 현의 울림.

그들의 연주가 시작되자 구경하던 학생들의 숨소리마저 잦아들었다.

영국의 3인조 밴드 MUSE의 'Time is running out'이란 곡이었다.

국내에서 휴대폰 광고에까지 쓰였을 만큼 유명한 곡이었는데 경쾌한 멜로디와 서정성이 돋보였다.

기타에 조예가 있는 사람들은 누구나 알 만한 명곡.

핑거 연주는 이병웅이, 홍철욱은 화음을 맡았다.

하지만 당연히 눈에 들어오는 건 이병웅의 독보적인 손놀림이었다.

손이 보이지 않을 정도로 빠르게 현 사이를 날아다니는 그의 주법은 관람자들에게 마술을 구경하는 것처럼 현란함 그 자체였다.

선배들은 감탄한 표정을 지으며 두 사람의 연주에 빠져들었으나 1, 2학년 후배들의 감흥은 다른 것 같았다.

기타에 대한 식견이 아무래도 선배들보다 부족했기에 그들이 느끼는 감정은 곡에 대한 해석보다, 그저 환상적인 기타 실력에 대한 감탄 정도였다.

그럼에도 기타 연주가 모두 끝나자 우뢰와 같은 박수갈채가 흘러나왔다.

곡에 대한 해석과 몰입은 둘째치고라도 그들의 연주는 '기타 둥둥'의 그 어떤 선배들이 했던 것과도 비교조차 되지 않을 만큼 뛰어났기 때문이었다.

첫 번째 연주가 끝나고 박수갈채에 답례를 한 이병웅이 천천히 입을 열었다.

그는 자신의 연주에 환호를 보낸 학생들에게 밝은 미소를 짓고 있었는데, 조금 미안한 표정을 짓고 있었다.

"이 곡을 모르는 후배들이 꽤 많았을 겁니다. 먼저 소개를 하고 연주를 하는 게 순서인데 오랜만에 무대에 서니까 조금 긴장돼서 실수를 하고 말았네요. 저희들이 연주한 곡은 뮤즈의 'Time is running out'입니다. 하지만 아무리 명곡이라도 듣는 사람이 모른다면 감흥이 떨어지겠죠. 그래서 두 번째 곡은 여러분도 너무나 잘 아는 곡을 선정했습니다. 바로 엘비스 프레슬리의 'Love me tender'입니다. 후배 여러분, 시험 치시느라 고생 많으셨습니다."

와아!

이병웅의 말이 끝나자 학생들의 입에서 탄성이 터져 나왔다.

의외의 선곡.

학생들의 입에서 탄성이 나온 것은 엘비스 프레슬리에 대한 환상, 또는 노래가 주는 감미로움에 대한 기대 때문일 것이다.

학생들의 환호가 멈추자 이병웅이 사인을 보내면서 기타 현을 훑어 나갔다.

문제는 전주가 끝나고 이병웅의 입에서 노래가 흘러나오기 시작했다는 것이었다.

옆에서 반주를 해 주던 홍철욱이 놀라서 잠시 손을 놨지만, 이병웅의 노래는 멈추지 않았다.

"Love me tender, love me sweet, never let me go.

(부드럽고 달콤하게 사랑해 주세요. 날 버리지 말아요.)

You have made my life complete, and I love you so.

(당신은 나를 완벽하게 만들어 주었어요. 그래서 난 당신을 너무나 사랑해요.)"

……

*　　　　*　　　　*

신유경은 두 번째 연주곡인 엘비스 프레슬리의 'Love me tender'란 소개를 듣고 다른 사람들처럼 박수를 치며 탄성을 흘렸다.

이 노래의 가사를 너무나 잘 안다.

영문학을 전공한 그녀는 이 노래 가사에서 품고 있는 사랑의 의미를 진정으로 좋아했다.

조용한 음률의 조화.

그녀가 알고 있던 어떤 전주보다 부드러운 멜로디가 그녀의 귓가를 파고들며 눈을 감게 만들었다.

그러나 그녀는 감았던 눈을 금방 뜰 수밖에 없었다.

노래를 하고 있었다, 그가…….

너무 놀라 옆에 있는 윤정아의 팔을 붙잡았으나, 이미 그녀는 넋이 나가 있는 상태였다.

이럴 수가… 이럴 수가…….

기타가 주는 감동은 하늘 저편으로 사라졌고, 그녀의 눈은 온통 이병웅의 목소리에 집중되었다.

저절로 입이 벌어졌다.

그의 입에서 흘러나오는 가사와 음률은 온통 감미로움과 사랑으로 가득 차 잠시도 눈을 뗄 수 없게 만들었다.

저 선배 목소리… 완전히 죽음이야.

어떻게 저토록 감미로울 수 있지?

나를 보고 있어, 나를.

저토록 아름다운 목소리로 나를 향해 사랑의 세레나데를 부르고 있어.

Love me tender, love me dear, tell me you are mine.

(당신, 부드럽게 말해 주세요. 당신은 내 사람이라고.)

소름이 끼쳐 움직일 수 없었다.

자신을 바라보며 노래 부르는 그의 시선을 확인하자 온몸의 힘이 다 빠져나가는 것 같았다.

*　　　*　　　*

이병웅은 열화와 같은 앵콜 요청을 받아들이지 않고 무대에서 내려왔다.

회원들, 특히 여자들의 반응은 광적이었지만, 그는 빙그레 웃으며 그녀들의 소원을 들어주지 않은 채 동호회 사무실을 빠져나왔다.

그 뒷모습을 여학생들이 넋 나간 표정으로 지켜봤으나, 이병웅은 뒤를 돌아보지 않았다.

"야, 이 또라이야. 그냥 나오면 어떡해?"

"그럼?"

"이런 반응 처음이잖아. 아직 시간 남았는데 몇 곡 더 했으면 얼마나 좋아. 여자애들이 뻑 간 거 네 눈엔 안 보이디?"

"부족한 것이 넘치는 것보다 낫다. 유명한 격언이야. 성현께서 말씀하신 거지."

"어이구, 일부러 그러셨어?"

"당연한 걸 왜 물어. 시간 남으니까 어디 가서 커피나 한잔하자."

"바로 안 가고?"

"원래, 스타는 늦게 가는 거야."

"와, 너. 정말, 와우……."

홍철욱이 말을 잇지 못하고 두 손을 반짝 들었다.

천지개벽이 이런 경우일까?

아니면, 스승보자 제자가 낫다. 그것으로 부족하면, 장강의 뒤 물결이 앞 물결을 밀어낸다고 말해야 돼!

어쨌든, 이병웅의 변화는 그로서는 감당이 안 될 정도다.

홍철욱의 심문이 시작된 것은 구내식당 자판기에서 커피를 뽑은 후부터였다.

"너 어떻게 된 거냐?"

"또 뭐?"

"노래 말이야, 이 새끼야. 난 지금 이날 이때까지 네가 노래 부르는 걸 들어 본 적이 없어. 요즘 나한테 왜 이러는 거냐. 왜 깜박이도 켜지 않고 마구 들어오는 거냐고!"

"내가 그랬나?"

"하아, 얘 거만해진 것 좀 봐. 지금까지는 농담이었고, 이제 정말 말해 봐. 왜 지금까지 그런 노래 실력을 숨겼던 거야?"

진짜 궁금했나 보다.

홍철욱은 심각한 얼굴로 농담을 지운 채 이병웅을 노려봤다.

이번에도 그냥 어물쩍 넘어가면 그냥 두지 않을 기세였다.

그랬기에 이병웅도 지금까지의 장난스러운 태도를 지우고 천천히 입을 열었다.

"너도 알잖아. 지금까지 내가 어떻게 살아왔는지. 나는 남 앞에서 고개조차 들지 못하고 걸어 다녔다. 처음엔 스스로 부끄럽다는 생각을 하지 않으려고 노력했어. 그런데 세상이 나를 부끄럽게 만들더라. 그래서 고개를 들지 못했지. 그런 내가 남들 앞에서 어떻게 노래를 부를 수 있었겠어."

"끄응!"

홍철욱이 똥 마려운 강아지처럼 신음을 흘렸다.

막상 듣고 보니 당연한 이야기였다. 남과 시선조차 부딪치는 걸 싫어했던 놈이 노래를 부른다는 건 불가능에 가까운 일이었을 것이다.

그럼에도 그의 분노는 쉽게 가라앉지 않았다.

"그래도 나나 현수한테는 그러면 안 됐어. 우린 친구 아니냐. 거기 털이 몇 갠지 전부 아는 우리한테까지 속이다니. 넌 당장 처형을 해도 마땅한 놈이야."

"내 노래, 괜찮았어?"

"그게 어디 괜찮은 정도야. 난 씨발, 프로 가수가 갑자기 튀어나온 줄 알았다고!"

"하하… 다행이네. 이제 슬슬 가 보자. 여기서 걸어가면 대충 시간이 맞을 것 같아."

종이컵을 구겨 휴지통에 던진 이병웅이 도끼눈을 부릅뜨는 홍철욱의 어깨를 감쌌다.

오랜 시간 우정을 키워 온 친구들에게까지 모르게 한 것은 분명 잘한 짓이 아니다.

그럼에도 미안한 표정은 짓지 않았다.

사람마다 누구나 사정이 있고, 그에겐 그 사정이 피치 못한 것이었으니 미안해할 필요는 없다.

*   *   *

천천히 걸어 약속 장소까지 걸어갔기 때문에 그들이 도착한 것은 약속 시간보다 10분 정도 늦은 6시 40분이었다.

그들이 들어서자 회원들의 눈이 동시에 집중되었다.

그런 회원들을 향해 이병웅이 환한 미소를 지으며 늦어 미안하다는 말과 함께 중간으로 걸어 들어갔다.

그곳에서 문현수가 손을 번쩍 들며 오라고 손짓했기 때문이었다.

*   *   *

"야, 너, 아까 무슨 짓을 했길래 이 난리가 난 거야. 노래 불렀다매?"

회장의 인사말씀이 시작되자 문현수가 옆구리를 찌르며 조용한 목소리로 입을 열었다.

놈은 시험 끝나고 주임교수가 불러 학과 사무실에 갔었기 때문에 역사적인 장면을 보지 못했다.

"그냥… 연주하는 김에 한 곡 했어."

"이 새끼야. 지금 애들 난리 났어. 여자애들이 전부 네가 오기를 목이 빠지게 기다렸다고. 저 눈들 안 보이냐?"

문현수가 회장에게 시선을 주는 척하면서 눈짓을 하자 이병웅이 쓴웃음을 지었다.

그렇지 않아도 봤다.

이번 종파티에는 기타등등 회원 60명이 참석했는데, 그중 반은 여자였다.

그 여자들 대부분이 알게 모르게 이병웅을 힐끗거리고 있었던 것이다.

"철욱아, 네가 말해 봐. 여자애들은 이 잘생긴 놈 때문에 맛이 가서 그런다지만, 네가 객관적으로 봤을 땐 어땠어. 정말 잘해?"

"응. 안 들어 봤으면 말을 하지 말어."

"이런, 띠블 눔. 야, 빨리 불어. 어느 정도였냐고?"

"거의 죽음이었지."

"나 답답하게 만들어서 죽일 셈이구나. 좋다, 그렇다면 나도 생각이 있어."

때마침 회장이 인사를 끝내고 건배를 외치는 걸 본 문현수가 의미심장한 미소를 지었다.

여기엔 고문 자격으로 참석한 4학년 선배가 2명뿐이니, 그의 위치로 봤을 때 충분히 말발이 먹힌다.

그가 자리에서 일어난 것은 회장의 건배에 이어 4학년 선배들의 인사말이 끝났을 때였다.

"회장, 제가 한마디 하겠습니다. 그래도 되겠습니까?"

"예, 하십시오, 선배님!"

회장이 황송하다는 표정으로 대답을 하자 문현수가 잠시 어깨를 으쓱한 후 입을 열었다.

현역인 회장은 그렇지 않아도 3학년을 대표해서 선배들에게 한마디 해 달라고 부탁할 차례였기에 문현수의 제안을 즉시 받아들였다.

"선배님, 그리고 후배님들 시험공부 하시느라 고생 많으셨습니다. 이제 오늘이 지나면 또 오랜 시간 동안 헤어져야 되는군요. 내일부터 시작되는 방학 기간 동안 잠시 공부는 접어 두고 최선을 다해 노시길 바랍니다. 저는 일어선 김에 한 가지 제안을 드리고자 합니다. 저기 계신 한용훈 선배님은 우리 동호회의 최고수시고, 오늘이 지나면 졸업하시기 때문에 만나 뵙기 어렵습니다. 본격적으로 시작하기 전에 우리 선배님의 연주를 들어 보는 게 어떻습니까?"

"좋습니다!"

"그럼 먼저 일제히 고난의 행군이 끝난 기념으로 건배를 한후 선배님의 연주를 부탁드려 봅시다. 회장님, 제가 건배를 해도 되겠죠?"

"그러믄요."

"기타등등, 멋지게 살자!"

"멋지게 살자!"

문현수의 제안에 따라 모든 사람들이 잔을 들어 단숨에 목구멍으로 쏟아부었다.

예외는 없다.

회장을 비롯해서 선배들이 감시했기 때문에 남자, 여자 가릴 것 없이 깨끗하게 잔을 비웠다.

목적이 다른 곳에 있으니 한용훈의 연주가 귀로 들어올 리 없다.

치켜세우느라 최고수라 아부했지만, 기타등등의 실제 최고수
는 이병웅이라는 걸 회원들은 전부 안다.

한용훈의 연주가 끝나자 문현수가 다시 일어나 건배를 외치
며 회원들에게 다시 술을 먹인 후 본심을 드러냈다.

"자, 이번엔 우리의 호프 이병웅 군의 연주와 노래를 들어 보
는 시간을 갖겠습니다. 혹시, 반대하시는 분이 있으면 양말 벗고
입에 물기 바랍니다. 여러분 어떠십니까?"

"좋아요!"

이럴 줄 알았다.

술이 몇 잔 들어간 여자들이 방방 뜨면서 소리를 고래고래 질
렀다.

그녀들은 문현수의 제안에 자다가 돈벼락을 맞은 것처럼 기쁜
표정을 감추지 못했다.

"하아, 미친 새끼."

의미심장한 미소를 지으며 자신을 바라보는 문현수를 향해
이병웅이 한마디 하고 천천히 자리에서 일어났다.

대충 짐작은 했지만, 막상 문현수가 일을 벌이자 저절로 욕이
튀어나왔다.

버텨도 된다.

하지만 후배들 앞에서 거절한다면 친구 놈의 체면은 완전히
구겨질 것이다.

그랬기에 이병웅은 어쩔 수 없다는 표정으로 앞에 나가 기타
를 받아 들었다.

"난 원래 많은 사람들 앞에서 노래 부르면 몸에 두드러기가

나는데, 오늘은 어쩔 수 없군요. 오늘은 쫑파티고 회원들이 전부 함께하는 자리니까 제가 혼자 부르는 것보다 같이하는 게 좋겠습니다. 누가 같이 부를까요?"

이병웅의 눈이 좌중을 살피자 여자들의 시선이 일제히 집중되었다.

어이없다.

이런 자리에선 웬만하면 지목되는 걸 피하는 게 당연한 일인데, 여자들의 표정은 자신이 선택되길 바라는 표정을 짓고 있었다.

좌중을 살피던 이병웅의 시선이 마침내 멈춘 것은 여자들이 몰려 앉은 왼쪽 끝선이었다.

"유경아, 나와 함께 부르는 거 어때?"

이왕 시작을 했으니 어디까지 갈 수 있을지 시험해 볼 생각이다.

동호회 무대에서 노래를 부르며 그녀와 계속 시선을 부딪쳤다.

남자들이 쉽게 대시조차 하지 못할 정도의 미모를 가진 여자.

그런 여자에게 변화된 자신의 외모와 내면 깊숙이 틀어박혀 성격까지 바꿔 버린 존재의 능력을 시험해 보고 싶었다.

*   *   *

자신의 이름이 불리는 순간 신유경의 얼굴이 흠칫 굳어졌다.

이병웅의 시선이 움직여 자신 쪽으로 올 때 '혹시'라는 생각이

들었지만 막상 지목이 되자 온몸에서 전류가 흘렀다.

손사래를 치면서 못 하겠다는 시늉을 했다.

같이 노래를 부른다는 건 상상도 하지 않았다.

더군다나, 이렇게 많은 사람들 앞에서 노래를 한다는 건 절대 하기 싫은 일이었다.

음치 수준은 아니었지만 노래를 잘하는 편이 아니라 그 흔한 노래방조차 가지 않았는데, 노래를 같이하자는 제안이 오자 눈앞이 깜깜해졌다.

그러나 상황은 그녀의 마음과 다르게 흘러갔다.

"노래를 못하면 시집을 못 가요. 아, 미운 사람. 노래를 못하면……."

주춤거리며 나오는 그녀의 걸음.

단박에 알 수 있었다.

그녀는 노래에 대한 자신감이 없을 뿐만 아니라, 사람들 앞에 서는 것 자체를 달가워하지 않는다.

그럼에도 나올 수밖에 없었던 것은 상황 때문이겠지.

그렇다면 먼저 안심을 시켜 주는 게 우선이다.

"어서 와. 갑자기 불러서 놀랐지?"

"예. 아니, 그게 아니고… 예, 맞아요."

발갛게 달아오른 얼굴.

그럼에도 할 말을 하는 걸 보니 자아의식이 꽤나 강한 여자다.

"괜찮아. 나도 어쩔 수 없이 나왔으니까 즐겁게 노래 한 곡 부르고 들어가면 돼."

"전 노래를 잘⋯⋯."

"내가 리드할 테니까 그냥 따라서 불러. 혹시 '내가 만일'이란 노래 알아?"

"아⋯ 알아요."

"그럼 그걸로 하자. 편한 노래니까 노래 실력이 탄로 날 일은 없을 거야."

일부러 미소를 지으며 농담을 던졌다.

얼굴이 조금 더 붉어졌다. 그럼에도 신유경은 이병웅의 농담에 반응하며 살짝 웃음을 보였다.

워낙 편하게 만들어 줬기 때문에 긴장이 조금 풀린 것 같았다.

*　　　　　*　　　　　*

"여러분, 지금부터 저는 신유경 양과 함께 듀엣으로 노래를 부르겠습니다. 저희 노래가 듣기 싫다거나 너무 못한다고 생각하면 같이 부르셔도 됩니다. 알겠죠?"

"호호."

"하하."

아직 젊어서 그런가, 아니면 쫑파티를 하는 이 자리가 너무 편해서일까.

학생들은 이병웅의 농담에 격하게 반응하며 박수를 쳤다.

하지만 그들의 눈에 들어 있는 건 기대감이었다.

동호회 사무실에서 직접 들은 사람들은 물론이고, 그렇지 않은 사람들까지 이병웅의 노래 실력 얘기를 들었으니 기대감을 갖는 건 당연했다.

*   *   *

현 위를 부드럽게 날아가는 이병웅의 손길에 따라 아름다운 선율이 흘러나오기 시작하자 좌중의 소음이 일제히 사라졌다.

G장조로 시작되는 '내가 만일'은 모두 합해 다섯 개의 코드만 사용할 정도로 단순해서 통기타 치는 사람들이 꽤나 즐겨 부르는 곡이다.

하지만 이병웅이 기타 현을 만지는 순간 그 단순했던 코드가 현란하게 변했다.

커다란 줄기를 바꾸지 않았음에도 핑거주법과 코드를 번갈아 사용하자 내가 만일의 전주곡은 전혀 새롭게 느껴졌다.

전주가 흐르는 동안 사람들은 이병웅의 기타 실력에 다시 한 번 감탄을 숨기지 못했다.

그들 역시 기타를 치는 사람들이었지만, 이병웅의 기타 실력은 도저히 따라갈 수 없는 무언가가 담겨 있었기 때문이었다.

음악이란 연주를 잘한다고 대가의 호칭을 들은 수 없다.

대가란 음악에 감정을 실어야 하는데 이병웅은 이미 그런 경지에 들어서고 있었다.

*   *   *

"내가 만일 하늘이라면, 그대 얼굴에 물들고 싶어.

붉게 물든 저녁, 저 노을처럼. 그대 뺨에 물들고 싶어……."

전주가 끝나는 순간 신유경을 향해 고갯짓을 한 이병웅이 먼저 노래를 시작했다.

감미롭고 부드러운 목소리.

그 목소리가 신유경을 향해 날아가 함께하기를 바랐다.

이병웅의 노래 위로 신유경의 노래가 합쳐졌다.

당연히 그녀의 노래가 감미로움을 해쳤으나, 이병웅은 여전히 웃음을 지으며 그녀의 얼굴을 바라봤다.

이 노래는 사랑하는 사람을 위해 무엇이든 할 수 있다는 남자의 고백이다.

가사가 주는 아련함.

그 아련함 속에 담긴 진심과 사랑의 세레나데.

남들에겐 박자를 맞추기 위해 신유경을 보는 것처럼 느껴졌겠지만, 이병웅의 의도는 그것이 아니었다.

당연히 신유경도 그것을 느꼈을 것이다.

*   *   *

신유경은 이병웅의 눈길을 닿을 때마다 온몸에서 전류가 흐르는 느낌을 받았다.

어쩜, 눈이 저리 예쁠까.

그의 눈에서 솟아난 미묘한 감정의 물결에 마음이 나뭇잎처럼 흔들거렸다.

더불어 솜사탕처럼 다가온 그의 노래.

'내가 만일'의 가사가 이처럼 달콤했던가.

"오늘처럼 우리 함께 있음이 내겐 얼마나 큰 기쁨인지. 사랑하는 사람아, 너는 아니. 이런 나의 마음을……."

제발 그만 보세요. 떨려서 견딜 수가 없어요.

점점 커져가는 설렘.

그의 눈길이 지속될수록, 그리고 입을 통해 사랑의 고백이 계속될수록 그녀의 얼굴은 더욱 붉어져만 갔다.

노래를 어떻게 불렀는지 알 수 없을 정도로 정신이 혼미했고, 노래가 끝난 후에도 도망치듯 자리를 벗어나야 했다.

무서웠다.

남들이 자신이 느낀 감정의 물결을 눈치챘을까 봐.

*   *   *

"얼마나 노래를 잘 부르나 확인하려 했더니. 다른 짓을 하고 왔네."

"무슨 소리야?"

"신유경, 쟤 완전히 맛이 간 거 안 보여?"

"유경이가 생선이냐, 무슨 맛이 가. 이 자식아!"

문현수가 한숨을 푹푹 흘려 쉬며 중얼거리자 자리로 돌아온 이병웅이 웃었고, 대신 홍철욱이 나서며 눈을 부라렸다.

전혀 아무런 눈치도 채지 못한 것 같았다.

"넌, 그래서 여자를 못 사귀는 거야. 눈치가 그렇게 없으니 네가 무슨 사랑을 하겠냐. 불쌍한 놈."

"이 새끼가. 점점 악담의 수위기 높아지네. 뭔 개소린지 알아듣게 설명해 봐."

"아무래도 병웅이 이 새끼, 카사노바 형님하고 친하게 지낼 모양이다. 네 눈깔로 봐라. 여기 있는 여자애들 상태가 어떤지."

"그건 얘가 노래를 잘 부르니까 그런 거잖아. 기타 실력도 좋고."

"말을 말자."

"한번 디지게 맞아 볼래?"

"술이나 마셔."

"너 지금, 나의 여신 유경이까지 홀라당 넘어갔다고 우기는 중이니?"

"이제 감이 오는 모양이네."

"하아, 말도 안 되는 소리 하고 자빠지셨네. 아… 물로 귀 씻어야겠다. 못 들을 소릴 들었어. 병웅아, 넌 저 새끼 말에 대해 어떻게 생각해?"

두 눈을 부릅뜨고 문현수를 째려보던 홍철욱이 눈을 돌려 이병웅을 바라봤다.

도저히 문현수의 말을 믿기 싫었던 것 같았다.

하지만 이병웅의 표정은 태연하기만 했다.

"쟤는 남자 친구가 있다."

"그건 또, 무슨 개소리야?"

"넌 무슨 예술품 감상하듯 쟤를 봤기 때문에 몰랐겠지만, 난 금방 알겠더라. 쟤 왼손가락에 실반지가 끼어져 있었어. 금으로

된 거."

"그런 건 여자들이 많이 끼고 다녀."

"새끼손가락은 아니지. 너 새끼손가락이 무슨 의미인 줄 알아?"

"약속?"

"그래, 약속이다. 새끼손가락은 사랑을 약속할 때 쓰라고 하나님이 만들어 준 거야."

"하아, 오늘 별별 사이비 이론을 다 듣네."

"안 믿을 거면 저쪽으로 가서 후배들하고 놀아. 왜, 이런 날 꼭 붙어 앉아서 쫑알대고 있냐. 네 여신한테나 가!"

본격적으로 음식이 나오고 술잔이 돌아가는 걸 확인한 이병웅이 홍철욱을 발로 밀어내자 문현수가 킥킥거리고 웃었다.

둘이 하는 짓은 한편의 코미디나 다름없었다.

그랬기에 그는 웃음을 멈추지 못하고 이병웅을 향해 입을 열었다.

"야, 쟤는 내버려 두고 우리 심도 있는 대화를 나눠보자. 신유경한테 남자 친구가 있다고 생각하는 게 단지 실반지 때문이야?"

"그것뿐이겠어."

"다른 건 뭔데?"

"갈등, 그리고 주저하는 몸짓."

"쉽게 말해. 알아듣지 못하겠어."

"넌 설명해 줘도 몰라. 그건 나만의 느낌이었으니까."

"철욱아, 나 대신 이 새끼 한 대 패라. 이게 중국 갔다 오면서

부터 이상해지더니, 점점 도사 흉내를 내고 있어."

문현수의 구타 의지에 옆에서 듣고 있던 홍철욱이 사악한 미소를 지었다.

그로서도 지금의 이병웅은 그냥 내버려 두기 너무 아까운 상태였다.

여자한테 벌레 취급을 받던 놈이 어느 날부터 멋있어지기 시작하더니, 오늘은 환상적인 노래까지 불러 모든 관심을 한 몸에 받는 귀한 신분이 되었다.

지금까지는 무섭게 변하는 이병웅의 외모를 옆에서 지켜보며 눈병이 완치된 걸 축하해 줬지만, 이런 행동까지 참아주기엔 그의 인내심이 한계를 드러냈다.

이럴 땐 당연히 분노의 주먹을 감당해야 한다.

이유?

그건 당연히 싸가지 없기 때문이지.

하지만 그것보다 더 급한 건 궁금증이었다.

"야, 늘 혼자 다니던 건 어쩌고. 쟤가 남자와 같이 다니는 걸 본 놈이 하나도 없어!"

"남자 친구가 꼭 같은 학교에 다녀야 하는 건 아니지."

"끄응."

"저렇게 예쁜 애가 왜 남자 친구가 없다고 생각해? 그게 더 이상한 거 아냐? 너 쟤한테 남자 친구 있는지 없는지 물어봤어?"

"그걸 어떻게 물어봐."

"그런데 왜 그런 확증편향적 사고를 했냐. 바보 같은 놈."

"그런가?"

"기다려 봐. 내가 확인해서 알려 줄게."

"어쩌려고?"

번쩍 눈을 뜨고 물은 홍철욱과 문현수에게 이병웅은 대답해 주지 않은 채 의미심장한 미소를 지었다.

지금은 대답해 줄 타이밍이 아니다.

확인? 남자 친구가 있는지 물어본다고?

그런 바보 같은 짓이 어디 있는가.

남자 친구가 있는지 물어본다는 건 신유경을 포기하겠다는 말과 동의어다.

나는 오늘, 결심한 일이 있다.

과연 남자 친구가 있는 그녀를 어디까지 몰고 갈 수 있는지, 나 자신의 능력을 시험해 볼 생각이었다.

＊　　　　＊　　　　＊

술잔이 돌고 돌았지만 주로 남자들 것이었고, 가끔가다 여자들 것도 섞여 있었으나 대부분의 여자들 술잔은 그대로 남아 있었다.

경계, 아니면 이런 자리에서 흐트러진 모습을 보여 주지 않기 위한 자존심?

그 어떤 이유든 여자들은 가급적 술을 마시는 걸 자제하며 대화에 몰입하고 있는 것이 보였다.

이병웅은 자신의 뒤에서 열심히 쳐다보는 문현수의 시선을 받으며 자리에서 일어나 신유경에게 다가갔다.

이미 홍철욱은 반쯤 맞이 간 상태에서 후배들의 잔을 받느라 정신이 없었다.

＊　　　　　＊　　　　　＊

"유경이는 술을 잘 못 마셔?"

"아, 선배님."

"잠깐 앉아도 될까?"

"그럼요, 여기 앉으세요."

그녀의 단짝인 윤정아가 잠깐 자리를 비운 틈을 파고든 이병 웅이 자리에 앉자 신유경 대신 옆에 있던 여자들이 관심을 보이 며 말을 걸어왔다.

그녀들은 이병웅이 근처에 오자 백마 탄 왕자가 온 것처럼 환 영했는데, 꼭 엄마 닭과 조우한 병아리들 같았다.

"선배님, 오늘 노래 정말 멋졌어요."

"난 선배님 팬이 됐어요. 목소리가 마치 솜사탕 같아요."

앞에 있던 여자들 무리와, 신유경의 옆자리에 있는 여자애들 이 동시에 칭송하는 걸 보며 이병웅이 쑥스러운 표정을 지었다.

그러면서도 그녀들의 칭송에 대해 일일이 대답을 하며 자연스 럽게 대화를 이끌어갔다.

신유경의 옆에 앉았지만, 그가 주로 대화를 나눈 건 근처에 있 는 여자 후배들이었다.

학교생활과 기타 실력 증진에 관한 것들, 유명한 기타리스트 의 일화와 명곡에 대한 소고, 그리고 신변잡기에 대한 자잘한 것들까지.

대화가 진행되는 동안 신유경은 조용히 앉아 후배들과 웃으며 이야기하는 이병웅의 모습만 지켜봤다.

이 자리에 왔지만 이병웅은 지금까지 그녀에게 아무런 질문도 하지 않았다.

그것은 그가 신유경을 여자로 보고 이 자리에 온 것이 아니라는 걸 의미하는 것이었다.

도대체 뭐야.

노래하면서 나에게 던진 그 시선, 그리고 다정했던 그 웃음.

당신 도대체 뭐야.

내가 느낀 설렘과 흥분, 떨림은 전부 나 혼자만의 착각이었어?

옆에 오는 순간 얼마나 긴장했는지 모른다.

무슨 이야기를 할까.

나에 대해서 어떤 것을 물어볼까. 만약 사귀자고 하면 어떤 대답을 해야 되나.

그 짧은 순간 동안 별별 생각이 머릿속을 스쳐 지나갔다.

그런데… 그런데 이 남자는 자신에게 어떤 관심도 보이지 않고 있었다.

더 이상 참을 수 없었다.

그의 본심을 알지 못하고 이 자리를 떠난다면, 그녀는 한동안 혼란 속에서 살아야 될 것 같았다.

"선배님, 오늘 노래할 때 왜 저를 나오라고 하셨어요?"

제5장
사로잡는다

그녀의 질문을 받은 이병웅이 잠시 대화를 멈췄다.

근처에 있던 여자들의 시선은 신유경의 질문이 끝난 후 순식간에 집중되었다.

그녀들도 안다.

동호회에서 압도적인 미모를 지닌 신유경은 남학생들에게 여신이란 칭호를 받을 정도였으니 이병웅의 대답이 무척이나 궁금했을 것이다.

하지만 이병웅은 그녀의 질문을 들은 후 빙그레 웃은 후 자리에서 일어났다.

마침 반대쪽에서 홍철욱이 술에 취해 그를 찾고 있었기 때문이었다.

쫑파티는 그 후로도 1시간가량 더 지속되다가 끝이 났다.

그동안 신유경은 친구들과 함께 남자 후배들 사이를 누비며 대화를 나누는 이병웅의 모습에서 눈을 떼지 못했다.

자연스러운 움직임이다.

쫑파티 자리는 단순히 술만 마시기 위한 자리가 아니라 선배들과 후배들이 간극을 좁히고 동호회의 발전을 위해 마련한 것이니 이병웅의 행동은 당연한 것이었다.

그럼에도 그녀의 머릿속은 한없이 복잡했다.

자신의 질문에 대답을 하지 않고 떠나 버린 그의 행동.

단지 그렇게 간 것이었다면 의문은 남았겠지만, 이렇게 애가 타지는 않았을 것이다.

자리를 뜨면서 그녀를 바라보던 그의 시선.

그의 시선을 받으며 온몸이 타들어 가는 것 같았다.

시선에는 수많은 감정이 담겨 있었는데, 이병웅이 떠나면서 보낸 시선은 그녀를 향한 특별한 뭔가가 있었다.

봤다, 분명히.

그녀를 향해 다가온 그의 시선엔 분명 단순히 후배를 바라보는 것과는 다른 감정이 숨어 있었다.

시간이 어떻게 흘러간 것인지 알 수 없을 정도로 많은 번민에 휩싸였다.

도대체 뭐지?

왜 대답을 안 해 주고 간 걸까?

혹시 주변에 여자 후배들이 있어서 직접 말하기 곤란했을까?

아니면, 자신이 잘못 봤을 수도 있을 거란 생각이 들자 점점 말수가 적어졌다.

예쁜 외모를 가지고 태어나 자라면서 수많은 관심을 받아 왔다.

특히, 그녀를 향한 남자들의 시선은 아무 때나 다가와 그녀를 괴롭히곤 했다.

성인이 된 후에야 그것이 고통이 아니라 즐거움이란 사실도 알았다.

그랬기에 거리를 걷는 게 즐거웠다.

하지만 막상 이런 상황에 처하자 모든 것이 달라지기 시작했다.

관심을 받는 것과 관심을 주는 건 이런 차이가 있는 거구나.

관심을 받을 땐 그저 즐거웠을 뿐인데, 막상 관심을 주게 되자 안타까움과 초조함이 번갈아 찾아와 그녀를 괴롭혔다.

*　　　　　*　　　　　*

"현수야, 철욱이 좀 책임져."

"이 새끼, 무겁다. 같이해."

"난 급히 갈 데가 있어서 그래. 부탁해."

이병웅이 술에 취한 홍철욱을 부축한 채 서 있는 문현수를 향해 손을 흔들며 급히 걸어갔다.

홍철욱이 술에 취해 횡설수설하고 있었기 때문에 문현수는 더 이상 그를 잡지 못한 채 실랑이를 하고 있었다.

횡단보도를 건너 달렸다.

쫑파티가 끝난 후 후배들을 먼저 보내며 선배들이 마지막 인사를 마쳤을 땐 이미 신유경의 모습은 시야에서 사라진 상태였다.

집이 반포라고 들었다.

그렇다면 자신이 사는 구로동과는 반대 방향이다.

하지만 이병웅은 전혀 망설이지 않고 버스 정류장으로 뛰어가 그녀가 막 올라탄 버스에 몸을 실었다.

"…선배님."

옆으로 다가가자 신유경이 얼마나 놀랐던지 말까지 더듬었다.

더불어 순식간에 붉어지는 얼굴. 그러면서 떠오른 기대감까지.

그녀의 얼굴은 이병웅을 발견한 후부터 복잡한 형태로 바뀌어 갔다.

"선배님, 댁이 이쪽이세요?"

"아니, 난. 갈 데가 있어서."

"이 늦은 밤에 어딜 가세요?"

"좋아하는 사람 만나러."

"예?"

이병웅의 대답에 그녀가 놀란 눈을 만들었다.

늦은 시간이었음에도 버스는 만원이라 서서 가야 했기에 주변 사람들이 들었을지도 모른다.

"여자분 만나러 가세요?"

"응, 벌써 만났잖아."

"혹시… 그 사람이 저예요?"

신유경의 목소리가 떨려 나왔다.

자신을 빤히 바라보는 이병웅의 시선에서 뜨거움이 몰려 나왔기 때문이었다.

"그럼 내가 이 버스를 왜 탔겠어. 우리 집은 구로동이야."

"의외네요. 선배님한테 이런 면모가 있을 줄 몰랐어요."

"잠깐 내릴래? 아까 못 해 준 대답도 해야 되니까 어디 가서 커피나 한잔하자."

마침 버스가 정류장에 서는 순간 이병웅이 그녀의 손목을 잡았다.

뿌리쳐야 한다. 그래야 정상이다.

하지만 신유경은 잡힌 손목을 뿌리치지 못하고 이병웅을 따라 버스에서 내렸다.

시간은 벌써 10시가 훌쩍 지났고, 겨울이 다가온 날씨는 쌀쌀했다.

따라 내렸다는 건 이미 반 이상 성공한 것이나 다름없다.

그랬기에 이병웅은 그녀의 손을 놓지 않고 커피점을 향해 걸어갔다.

그녀를 창가 자리에 앉힌 후, 커피를 주문해서 가져왔다.

셀프라 잠시 기다려야 했으나 이병웅은 그녀 쪽으로 고개를 돌리지 않았다.

일어나 사라질 수 있다는 두려움 같은 건 처음부터 없었다.

그녀의 눈이 자신의 대답을 기다리고 있다는 걸 이미 알고 있었기 때문이다.

"이 집 커피 향기가 참 좋네. 이 향기처럼 맛이 있었으면 좋겠어."

그녀의 앞에 커피 잔을 내려놓고 이병웅은 커피를 한 모금 마신 후 눈을 지그시 감았다.

그런 후 음미하듯 조금씩 커피를 마신 후 천천히 눈을 떴다.

"마셔 봐. 입속에 향이 그대로 남아서 여운이 좋아."

"예."

긴장한 걸까?

그래, 긴장한 게 맞다.

자신의 추측대로 그녀에게 남자 친구가 있다면 그녀는 지금쯤 수많은 갈등 속에 사로잡혀 있을 것이다.

그럼에도 나는 내색하지 않는다.

"아까, 왜 너를 지목했는지 물었던 거 지금 대답해 줘도 될까?"

"해 주세요."

"네가 좋아서였어. 그래서 너와 같이 노래를 부르고 싶었어."

"제가… 좋아서 그랬다구요?"

"응."

"선배님은 저와 한 번도 이야기를 나눈 적이 없잖아요."

"사람이 사람을 좋아할 때 가장 중요한 건 자신의 감정이지, 대화가 아니라고 생각해. 난 그동안 유경이를 눈여겨보면서 그런 감정을 키워 왔지만, 말하지 않았어. 언젠가 때가 되면 흩날리는 바람처럼 내 마음이 거기… 그 가슴속으로 들어갈 수 있을 거라 생각했으니까."

"하아……."

이병웅의 말에 그녀의 입에서 뜨거운 한숨이 새어 나왔다.

그래, 그런 거지.

사랑은 어느 순간 거짓말처럼 시작되어 때가되면 결국 하나가 되는 것이니까.

거짓말이 아니야.

저 사람의 눈에서 흘러나오는 나에 대한 감정은 따뜻하고 부드럽잖아.

그녀도 현명하다.

하긴 그랬으니 S대까지 왔을 테지.

그녀의 현명함은 이병웅의 병에 대해 묻지 않았다.

이런 상황에서 호감이 간 상대의 약점을 들춰내는 짓은 멍청이들의 전유물이란 걸 그녀는 너무나 잘 알고 있었다.

이병웅은 그녀와의 연결 고리를 찾아내어 대화를 이어 나갔다.

그녀의 아름다움, 좋은 집안, 학교생활을 묻는 대신, 그녀의 삶에 대한 것들로 이야기를 채웠다.

가장 좋아하는 것, 가장 사랑하는 것, 가장 하고 싶은 것들.

그도 그런 이야기를 그녀에게 해 줬다.

이렇게 현명한 여자들에겐 세속적인 것들보다 마음속의 진심들이 훨씬 효과적이란 걸 몸속의 무언가가 계속 지시를 내렸다.

시간이 지날수록 신유경은 마치 꿈속을 헤매는 것처럼 그와의 대화에서 벗어나지 못했다.

대화를 할 때마다 그녀는 숨쉬기가 거북할 정도의 희열을 느꼈다.

모든 것이 완벽하다.

마치 또 다른 자신을 본 것처럼 이병웅의 이야기는 자신을 천국으로 이끄는 것처럼 행복하게 만들고 있었다.

영혼이 가출하는 느낌이랄까.

하지만 그런 시간들을 깬 것은 이병웅이었다.

야속하게도 그는 시계를 흘끔 보더니 화제를 조용하게 마무리 지었다.

"11시가 넘었어. 이젠 가야 할 시간이야."

"조금 더 있다 가도 돼요."

"통금 시간 없어?"

"우리 부모님은 완고하지 않으셔서 그런 거 만들어 놓지 않았어요."

"그럼 오늘 나와 같이 있을래?"

"네?"

더 이상 말하지 않았다.

놀란 그녀가 반문을 했음에도 이병웅은 조용히 앉아 그녀의 반응을 기다렸다.

바보 같은 놈들은 여자의 어려운 결정을 듣기 위해 재촉하는 짓을 어김없이 하겠지만, 이병웅은 자신을 빤히 바라보는 그녀의 시선을 그대로 받아들이며 차분하게 기다리기만 했다.

그녀의 눈이 흔들리는 게 느껴졌다.

수많은 고민과 번민의 시간이 느리게 흘러가는 중임이 분명하다.

얼마의 시간이 지났을까.

그녀의 눈동자는 그 짧은 순간 쉴 새 없이 흔들리다가 결국 결심한 듯 제자리를 찾았다.

"저와 자고 싶단 뜻인가요?"

"응."

"선배님과 저는 오늘 처음 대화를 나눴는데 왜 그런 생각이 들었죠? 선배님도 다른 남자들처럼 육체적인 본능이 더 급한 건가요?"

"유경아… 난, 동정이야."

"그게… 무슨?"

"내가 오늘 너와 잔다면, 내 영혼을 네가 영원히 가진다는 뜻이야."

"아……."

"너에게 무리한 말을 꺼낸 건 내 영혼을 너에게 주고 싶었기 때문이야."

싫어서 그런 질문을 던진 게 아니란 건 그녀의 눈을 보면 알 수 있었다.

그녀는 이병웅의 제의에서 자존심에 대한 상처와 그에 대한 결과를 두려워했을 것이다.

안다, 그 마음.

그랬기에 그런 것들을 소멸시킬 말을 해 줬다.

이병웅의 말을 들은 신유경이 입술을 지그시 깨물었다.

영혼을 주고 싶다는 남자.

다른 누군가가 그런 말을 했다면 코웃음을 칠 일이지만 그림처럼 앉아 있는 이병웅에게서 흘러나온 음성의 느낌은 완전히 달랐다.

마치 환각을 건 것처럼 몽롱했고 아름다워 도저히 거부할 수 없는 유혹이었다.

그녀가 예상했던 대답이 나왔다면 그냥 일어나 이 자리를 벗어났을 것이다.

그러나 그의 대답은 가슴을 철렁이게 만들 정도로 황홀했다.

그랬기에 그녀는 옆에 두었던 가방을 손에 쥔 후 이병웅을 향해 조용한 목소리로 입을 열었다.

"우리… 가요."

또각 또각.

그녀의 발걸음을 느끼며 이병웅은 가벼운 흥분을 느꼈다.

동정.

그래 맞다.

자신은 26년을 꽉 채운 시간 동안 여자와 한 번도 자 보지 못했다.

그랬기에 가슴이 뛴다.

무슨 생각을 하는 걸까.

옆에서 걷는 그녀의 얼굴에는 어떤 표정도 떠오르지 않았다.

그럼에도 주저 없이 그를 따라 걸어왔다.

주변에 있는 모텔의 문을 열고 들어가 계산을 한 후 방으로 들어섰을 때, 그녀의 몸이 경직되는 게 느껴졌다.

천천히 다가가 조심스럽게 그녀를 안아 주었다.

"유경아, 지금이라도 후회된다면 그냥 가도 돼."

"아뇨, 그럴 거라면 처음부터 따라오지 않았을 거예요."

자신의 눈을 바라보며 대답하는 그녀를 향해 천천히 입술을 가져갔다.

차다.

쌀쌀한 날씨 속에서 거의 10여 분을 걸었기 때문인지 그녀의 입술은 꽤나 차가웠다.

그러나 그 차가움은 이병웅의 입술과 맞닿는 순간 어느샌가 천천히 열기가 피어올랐다.

서두르지 않는다.

천천히, 그리고 그녀의 마음속에 들어 있는 갈등과 고민이 녹아내릴 수 있도록 달래 줘야 한다.

오랜 시간 동안 그녀와 입맞춤을 했다.

열기가 완전히 자리 잡은 그녀의 입술은 달콤함 그 자체였다.

키스할 때 가장 중요한 것은 두 사람의 정신적인 교감이 하나가 되는 것이다.

섣불리 손을 움직인다면 여자의 정신이 흩어지고 진정한 입맞춤의 의미가 퇴색되기에 이병웅은 오로지 입맞춤에만 신경을 집중시켰다.

*   *   *

키스가 이렇게 달콤한 것이었던가.

신유경은 살며시 다가와 자신의 몸을 안은 이병웅이 입술을 가져다 대는 순간 눈을 감았다.

그녀도 그도 입술이 찼다.

처음엔 프렌치로 다가왔던 그의 입술에 열기가 피어오르는 순간 자신도 모르게 입술이 열렸다.

그 입술 사이로 그의 혀가 파고들었다.

꿀이 흐르는 강을 헤엄치는 것처럼 입술 사이로 달콤한 액체가 흘러들어 와 정신을 아득하게 만들었다.

아무런 생각도 나지 않았다.

그녀의 남자 친구인 이철영에 대한 죄책감도, 집에서 딸의 귀가를 기다리는 부모님의 걱정도 지금 이 순간 모두 사라져 버렸다.

얼마나 시간이 지났을까.

그의 몸이 떨어져 나갔다.

아쉬웠다.

그러나 지금의 짧은 이별이 다가올 폭풍우의 시작이란 걸 알기에 그녀는 홍조 띤 얼굴로 이병웅을 바라보았다.

"내가 먼저 씻을게."

짧은 한마디에 얼굴이 더욱 달아올랐다.

남자 친구에게서 자주 들었던 말이었지만, 이런 흥분은 처음이다.

이철영과는 일주일에 한두 번씩 관계를 갖지만, 시간이 지나면서 당연한 행사 정도로 생각했을 뿐이다.

이철영은 S대 법대를 나와 현재 사법 연수원에서 연수를 받고 있었기에 주말에나 겨우 볼 수 있었다.

아빠의 친한 친구 아들이었고, 가족들끼리 자주 만났기 때문에 어려서부터 알던 사이였다.

둘이 사귀게 된 것은 2년 전 이철영이 사법 고시에 합격한 후

정식으로 오랫동안 사랑했다며 고백한 후부터였다.

양가는 두 사람의 결혼을 당연시했고, 그녀 역시 그렇게 생각하고 있었다.

장래가 보장된 남자.

거기에 집안이 지닌 재력, 핸섬한 외모, 자상한 성격.

무엇 하나 빠지지 않은 남자였고, 그녀를 너무나 사랑했으니 신랑감으로는 베스트 중의 베스트다.

　　　　　*　　　　　　*　　　　　　*

이병웅이 옷을 벗는 순간 신유경은 자신도 모르게 헛기침을 하고 말았다.

스웨터와 티셔츠를 동시에 벗어 버리자 나타난 상체.

보는 것만으로도 충격적인 완벽한 몸매가 그의 간단한 손짓으로 인해 나신으로 변해 그녀의 눈으로 들어왔다.

남자의 벗은 몸이 이토록 아름다울 수 있을까.

가슴을 지나 복부로 떨어지는 선이 더없이 정교했고 복부에는 눈으로 확연히 확인할 수 있는 근육들이 가로와 세로로 새겨져 있었다.

그러나 그녀를 더욱 감탄하게 만든 건 균형이다.

어깨서부터 시작되어 복부로 연결되는 상체의 균형은 미켈란젤로의 조각상처럼 완벽 그 자체였다.

그리고 그다음.

천천히 바지를 벗는 그의 행동을 보며 결국 고개를 돌리고 말았다.

차마, 거기까지 눈으로 확인할 수 있는 용기는 없었다.

그럼에도 그가 샤워실로 들어가는 장면을 훔쳐봤다.

어쩌면 저럴 수가 있을까.

완벽하게 벗은 그의 뒷모습은 이철영과 비교조차 할 수 없을 만큼 아름다웠다.

*   *   *

이병웅은 샤워를 마치고 몸을 수건으로 두른 채 다가온 그녀를 조심스럽게 안아 침대에 누였다.

수건 사이로 나타난 그녀의 몸.

새하얀 피부와 군살 하나 없는 몸매를 지녔고 여신이라 불릴 만큼 아름다운 외모를 지닌 여자.

거기에 더불어 수줍음에 젖어 있는 눈.

그 모든 것이 아름다웠다.

지금의 상황이 정말 믿기지 않는다.

외모가 변하기 전이었다면 이런 일들은 꿈속에서나 가능했을 것이다.

그녀의 가슴은 황홀하도록 예뻤다.

크지도, 작지도 않은. 마치 잘 익은 배를 반으로 잘라 덮어 놓은 크기.

그 가슴을 손으로 쓰다듬으며 천천히 그녀의 얼굴로 올라갔다.

그때, 지금까지 아무런 말도 하지 않던 그녀의 입이 거짓말처럼 열렸다.

"오빠, 나 할 말 있어요."

"어?"

눈을 들어 그녀를 향했다.

그녀의 눈에 담긴 것은 바로 의지.

무언가를 반드시 말해야 된다는 의지를 눈으로 나타내고 있었다.

그랬기에 이병웅은 그녀가 말할 수 있도록 움직임을 멈췄다.

"오늘은 같이하지만 나는 오빠와 사귈 수 없어요. 미리 말해줘야 될 것 같아서 꺼낸 이야기니까 너무 화내지 마세요."

"이유를 들어 봐도 돼?"

"전… 사귀는 사람이 있어요. 아주 오래전부터."

"그렇구나, 그 사람 사랑하니?"

"예, 사랑해요. 그리고 그 사람과는 장래를 같이하기로 약속했어요."

"그런 이유라면 이해할 수 있어."

"미안해요."

더 이상 그녀의 이야기를 듣지 않았다.

미리 알고 있었던 일이었으니 충격을 받거나 아쉽다는 생각은 들지 않았다.

어떻게 알았냐고?

그건 나도 모른다. 그저 본능적으로 그녀가 자신을 바라보는 시선에서, 행동을 통해 눈치챘을 뿐이다.

그럼에도 지금의 그녀는 너무나 사랑스럽다.

최후의 순간임에도 냉정해지기 위해 노력하는 그녀의 모습에서 남자 친구에 대한, 그리고 자신에 대한 배려가 느껴졌다.

천천히 그녀와 서로의 눈을 고정한 채 손을 움직였다.

미세한 손가락의 감각.

귀, 그리고 코와 입술. 목덜미를 따라 내려온 손이 양쪽 어깨와 가슴을 스쳐 지나며 배꼽으로 향했다.

그런 후 골반을 지나 다리를 세밀하게 훑은 후 발가락까지 하나씩 터치해 나갔다.

그의 손길에 따라 신유경의 온몸이 움찔거리기 시작했다.

하지만 그것은 시작에 불과했다.

오로지 손가락을 움직였을 뿐인데, 이미 그녀의 허리는 서서히 들리고 있었다.

*　　　　*　　　　*

마치 모든 게 꿈처럼 느껴졌다.

택시를 탈 때까지 풀린 다리를 고정하느라 애를 썼을 정도로 온몸이 탈진되어 창가에 시선을 둔 채 연신 뜨거운 숨결을 뿜어 냈다.

그의 손길 하나하나, 그의 입술이 닿는 모든 곳마다 그녀에겐 형벌이자 천국이었다.

남자와 함께한다는 것.

그것의 의미가 얼마나 대단한 건지 오늘에서야 깨달을 수 있었다.

그의 세심한 배려에 온몸의 솜털이 곤두섰고 움직임마다 온 신경이 반응했다.

처음이다.

마지막 그 순간에 오르는 순간 머릿속은 하얗게 비었고 그냥 죽어도 좋겠다는 유혹이 끝없이 솟아났다.

그런 순간들이 한 번, 두 번, 세 번……

처음의 그 미안함과 갈등은 그의 손길이 닿는 순간 허공 속으로 연기처럼 날아갔고, 자신의 몸은 그의 움직임에 따라 산산이 부서져 버렸다.

후회?

후회 같은 건 하지 않아.

그의 모든 것이 좋았고 나 스스로 선택한 일이었으니 오늘 있었던 일은 영원히 내 가슴속 깊은 곳에 숨겨 둘 추억으로 새겨 놓을 거야.

*   *   *

이병웅은 그녀를 택시 태워 보낸 후 다른 택시를 잡았다.

아직도 생생한 그녀의 얼굴.

자신의 손길에 올올히 반응하던 그녀의 몸.

도대체 자신의 손은 그녀에게 무슨 짓을 한 걸까.

그녀의 몸을 만지는 순간 희미하게 손바닥에 나타난 '밀애'는 그때부터 그녀를 미치게 만들기 시작했다.

손가락으로 전해져 오는 그녀의 반응.

몸 구석구석에 숨겨져 있던 그녀의 포인트는 얼마 지나지 않아 그의 손가락을 피하지 못했다.

어이없는 일.

노인에게서 사안을 가진 자는 특수한 신체적 능력이 있다는 것도 이번 기회에 확실히 확인할 수 있었다.

자신의 눈으로 봐도 이상했다.

신유경의 벗은 몸을 보는 순간부터 자신의 물건은 혼자 할 때와는 비교조차 되지 않을 정도로 웅장하게 변했고, 그 강도 역시 돌처럼 단단해졌다.

그럼에도 아직까지 이해할 수 없는 건 마법처럼 그녀를 연주했던 손길이다.

도대체 자신의 손가락 감각은 어떻게 신유경의 몸속에 숨겨져 있는 신경세포들을 철저하게 찾아낼 수 있었던 걸까.

첫 경험이었음에도 마치 대가처럼 능숙했고, 현란했던 자신의 움직임은 아무리 생각해도 이해할 수 없었다.

모든 게 끝난 후 뜨거운 숨결을 뿜어내는 그녀를 안은 채 한참 동안 움직이지 않았다.

좋았다. 미쳐 죽을 만큼 좋았다.

얼마나 이런 상황을 꿈꾸며 바랐던 말인가.

후회? 후회 같은 건 하지 않는다.

사랑이 없는 행동은 용서받을 수 없는 잔인한 짓이라고?

왜 그렇게 단언하나. 나는 오늘 이 순간만큼은 세상 그 누구보다 그녀를 사랑한 남자였다.

제6장
천재의 가치

또다시 찾아온 방학.

여전히 잠이 들면 온몸이 불타올랐고, 그런 시간이 지속될수록 그의 눈은 완연한 흑색으로 진하게 변해 갔다.

눈이 흑색으로 변한 것도 다행이지만, 그의 육체는 더욱 더 완벽해졌고 몸에서는 은은한 향기가 흘러나오기 시작했다.

오죽하면 스스로 맡을 수 있는 정도였을까.

"병웅아, 너 요새 향수 쓰니?"

엄마의 질문에 그저 빙그레 웃을 수밖에 없었다.

그의 몸에서 흘러나온 향기는 시중에서 파는 그런 것과 근본적으로 유형이 다른 것이었다.

은은하면서도 사람을 기분 좋게 만드는 냄새. 어딘지 모르게 사람의 영혼을 끌어당기는 마력이 담긴 향기다.

　　　　　*　　　　　*　　　　　*

　　최철환 교수에게 전화가 온 것은 방학이 시작되고 일주일이
지났을 때였다.

　　무조건 학교로 찾아오라는 말에 이병웅은 전화를 끊고 옷을
갈아입었다.

　　무슨 일일까?

　　최철환 교수는 미국 펜실베이니아 경영대 출신으로 세계적인
석학의 반열에 올라간 사람이었다.

　　거의 대부분의 증권사와 금융기관이 그에게 세계경제의 흐름
을 배우기 위해 찾아올 정도였으니 그가 금융시장에 미치는 영
향은 막강함 그 자체였다.

　　수업을 받은 건 이번이 처음이었다.

　　그는 워낙 바빴고 경영 쪽에서 지대한 영향력을 가졌기 때문
에 학교 측은 배려 차원에서 3학년에 한해 한 과목만 맡겼다.

　　수업 시간에 강의만 들었을 뿐, 개인적인 만남을 가진 적은 없
었다.

　　그것도 하반기 수업을 들었으니 횟수로 따진다면 스무 번 남
짓이었다.

　　그런 그가 전화를 해 왔다는 게 이해되지 않았지만, 전화를
끊자마자 이병웅은 곧장 학교로 향했다.

　　13층 교수실로 올라가 문을 두들기자 금방 들어오라는 반응
이 왔다.

마치 기다리고 있었다는 듯이.

이병웅이 문을 열고 들어섰을 때 최철환 교수는 책상에 앉아 뭔가를 하다가 이병웅의 얼굴을 확인한 후 자리에서 일어나 다가왔다.

"빨리 왔구먼."

"교수님 호출이신데 늦장을 부릴 수는 없었습니다."

"허허, 고맙군. 자, 앉게. 커피?"

"제가 타겠습니다."

"여긴 내 연구실일세, 자네는 손님이고."

이병웅이 일어서자 최철환 교수가 빙그레 웃으며 손사래를 쳤다.

그런 후 한쪽에 놓여 있던 원두커피를 잔에 따라 가져왔다.

"갑자기 전화해서 놀랐나?"

"예, 교수님."

"그런데 정말 달라졌어. 처음 봤을 때와는 천양지차군. 수술을 받은 거 같지는 않은데, 무슨 일이 있었던 건가?"

자신의 외모에 관한 질문이다.

그런데 뭔가 이상하다.

지금 그의 질문은 처음 봤을 때부터 자신을 알고 있었다는 뜻이다.

"저는 심한 눈병이 있었습니다. 다행히 좋은 약을 처방받아 치료를 했더니 완치되었습니다."

"다행일세. 그런데 너무 다행인 것 같아 걱정되기도 하는구먼."

"무슨 말씀이신지……?"

"사내는 너무 잘생겨도 탈이 나는 법이지. 특히, 자네처럼 공부에 열중해야 되는 사람은 더욱 그렇고."

칭찬이되 칭찬이 아니다.

그의 눈은 진심으로 걱정하는 눈빛이 담겨 있었는데, 처음 들어설 때부터 이병웅의 외모에 놀란 것 같았다.

하지만 곧 그는 다른 주제로 화제를 돌렸다.

"오늘 내가 자네를 부른 건 이번 시험 답안지 때문일세."

"답안지에 무슨 문제라도 있었나요?"

"있었지, 아주 말도 안 되는 것들이 적혀 있더군."

"저는 제가 아는 범위 내에서 최선을 다해 답안을 작성했습니다. 제 답안에 어떤 잘못이 있는지 말씀해 주시면 경청하겠습니다."

"그럼 묻지. 자네는 왜 세계경제의 흐름과 문제점에 대해 쓰라는 시험문제에 그런 답을 적었나?"

"교수님의 요지는 제 대답이 왜 미국에 한정되었는가를 묻는 것이죠?"

"그렇다네."

"저는 미국이 곧 세계라는 생각을 지녔기에 미국을 한정해서 답안을 작성했습니다. 현재 미국이 세계경제에서 차지하는 영향력은 절대적이기 때문입니다. 따라서, 다른 국가들의 경제는 의미가 없다고 판단했습니다."

"음… 다른 학생들은 그렇게 판단하지 않았어. 그들은 미국은 물론이고 유로와 중국, 일본 등 전 세계 국가의 현 상태를 분석하고 문제점을 일일이 제시했네."

"문제지 단어를 그대로 해석했다면 그들의 답안이 맞을 것입니다. 하지만 저는 교수님께서 지금 세계경제에 벌어지고 있는 가장 커다란 문제점이 무엇인지 학생들이 아는가에 대해 궁금하셨을 거라 믿었습니다."

"좋군, 그건 그렇다 치지."

최철환 교수의 질책을 받는 순간 처음엔 눈앞이 깜깜해졌다.

만약 이 과목에서 문제가 생긴다면 전액 장학금이 날아갈 수 있기 때문이었다.

더불어 전 학년 수석이란 영광도 함께 사라진다.

다행히, 교수의 얼굴에 웃음이 담겨 있었다.

전혀 엉뚱한 대답을 기대했다면 이곳에 자신을 부르지 않았겠지.

막상 그런 판단이 서자 서서히 마음을 가라앉히고 자신의 생각을 말할 수 있었다.

"그런데, 자넨 미국 경제가 조만간 커다란 난관에 봉착할 것이라 적었더군. 다른 학생들은 미국의 문제점에 대해서는 거의 적지 않았는데 유독 자네만 그렇게 적었어. 자네가 적은 서브프라임 모기지론은 도대체 어디서 알게 된 건가? 그런 주택 담보 대출 상품은 전문가들도 잘 알지 못하는데."

"미국의 경제 잡지들을 여러 권 구독하고 있습니다. 궁금한 건 인터넷을 샅샅이 검색해서 찾아내며 보강을 했습니다."

"좋아, 그런데 왜 그 부동산 파생 상품이 미국 경제를 위기에 빠뜨릴 것이라고 생각했나?"

"제가 찾아낸 정보에는 서브프라임 모기지론이 무차별적으로 살포되고 있었습니다. 노숙자는 물론이고, 심지어 강아지 이름으로도 대출이 가능했다고 하니 비정상적인 대출이 분명합니다. 더군다나 그 규모가 천문학적입니다. 서브프라임 모기지론의 이자율은 프라임 등급보다 3배나 높았습니다. 그 말은 미국의 부동산 시장이 흔들릴 경우 금융시장 전체가 위기에 빠질 수 있다는 걸 의미합니다. 서브프라임 대출을 받은 자들은 경제적 상환 능력이 거의 없는 사람들이니까요."

"학문과 경제에는 만약이란 가정은 없네. 자네는 한 가지 사실로 너무 터무니없는 상상을 했다고 생각하지 않나?"

"그럴 수도 있겠지만 충분히 가능한 이야기입니다. 미국의 부동산 시장은 2000년대에 들어서 무려 300%나 폭등한 상탭니다. 특정 지역을 따지면 500% 이상 오른 곳도 수두룩합니다. 엄청난 거품이 단시간에 발생한 것이죠. 더군다나 서브프라임 모기지론을 발행한 은행들은 각종 파생 상품들과 엮여 있습니다. 당연히 부동산 대출에 문제가 생긴다면 미국은 금융 혼란에 빠지게 될 겁니다. 아니죠, 미국만의 문제가 아닐지도 모릅니다. 아마, 전 세계가 그 폭풍에 휩쓸릴지 모릅니다."

"훌륭하군."

이병웅이 자신의 생각을 조리 있게 말하자 가만히 듣고 있던 최철환 박사가 기꺼운 얼굴로 박수를 쳤다.

그가 이병웅의 이름을 듣게 된 것은 오래전의 일이었다.

경영대 전체 수석 합격자, 특이한 눈병을 지닌 학생, 다른 교수들이 입에 침이 마르도록 칭찬했으며 경영대 톱을 한 번도 놓치지 않았으니 자연스럽게 이름이 기억되었다.

하지만 그뿐이다.

아무리 뛰어나다 해도 학생은 학생일 뿐.

S대는 최고의 학생들만 모인 곳이고 이병웅은 그중 조금 특별한 학생 정도로 치부하고 신경을 쓰지 않았었다.

그런데 며칠 전 이병웅의 답안지를 본 후 자신의 눈을 의심할 정도로 놀라고 말았다.

너무 기가 막혀 얼마나 반복해서 읽었는지 횟수도 기억나지 않을 정도였다.

세계 최고의 명문 펜실베이니아에 다녔으니 미국에서 내로라하는 경제학자들은 대부분 안면이 있고 그중 상당수와 친분을 맺어 왔다.

이병웅의 답변은 친분의 맺고 있던 토머스 박사와 한참 동안 토론했던 내용들이었다.

토머스 박사는 서브프라임 모기지론의 폐해에 대해서 걱정하며 잘못하면 엄청난 폭풍이 몰아닥칠 거란 말을 했었고, 자신도 그의 추측에 적극 동의했었다.

"좋네, 자네 말대로 그런 상황이 발생되었다고 치자. 그렇다면 우리나라로 엄청난 여파가 미칠 텐데 어떤 영향이 있을 것 같은가?"

"먼저 주식시장이 무너지면서 환율이 급등하겠죠. 그다음 부동산이 폭락할 것으로 예측됩니다."

"왜?"

"제가 처음 말씀드린 것처럼 현재 세계는 미국을 중심으로 돌아가고 있습니다. 미국의 위기는 곧 세계의 위기입니다. 전 세계의 은행과 주식시장은 미국을 중심으로 글로벌 시장을 형성하고 있습니다. 심장이 멈추면 혈관에 피가 돌지 않는 게 세상의 이칩니다."

"허허… 허허. 좋군… 아주 좋아."

최철한 박사가 대답을 들은 후 또다시 박수를 쳤다.

그는 기분이 좋을 때나 만족스러운 대답이 나오면 박수를 치는 게 버릇인 것 같았다.

"놀랍군, 학생과 대화를 나누는 게 아니라 최고의 경제 전문가와 대화를 나누는 기분이었어."

"감사합니다."

됐다.

교수의 표정을 보니 나쁜 점수는 절대 주지 않을 것 같다.

그 후로 최철환 교수는 금리와 환율에 대한 질문을 끝없이 이어 나갔다.

성심성의껏 대답했다.

외모가 병신이었으니 오로지 한 것은 공부와 기타뿐이었다.

수없이 많은 전문 서적을 탐독했고, 경제의 근간인 화폐의 역사부터 최근 발행되고 있는 파생 상품까지 샅샅이 훑었으니 금리와 환율 정도는 달달 외울 정도였다.

최철환 교수의 얼굴엔 시간이 갈수록 점점 웃음이 진해졌고 박수치는 횟수도 그에 따라 많아졌다.

그렇게 3시간이 넘도록 대화를 마친 최철환 교수가 목이 말랐던지 싸늘하게 식은 커피를 물처럼 벌컥벌컥 들이켰다.

그런 후 무언가를 결정한 듯 무겁게 입을 열었다.

"자네, 유학가게."

"예?"

"내가 펜실베이니아 전액 장학생으로 자네를 추천하겠네. 그러니 거기서 박사까지 따고 돌아와. 그러면 내가 여기에 자리를 마련해 놓을 테니까."

"어째서 그런 영광을 저에게……"

"나는 지금까지 한 번도 펜실베이니아에 여기 학생들을 추천하지 않았어. 내 자존심이 허락하지 않았기 때문이야. 하지만 자네라면 괜찮을 것 같다는 생각이 들었네. 자네처럼 우수한 친구는 처음 봤거든. 그러니, 가서 공부해. 모든 건 내가 준비해 주지."

눈물이 나도록 좋았다.

펜실베이니아는 경영 쪽에서는 세계 톱이었고, 모든 학생들이 꿈꾸는 별들의 고향이나 마찬가지인 곳이었다.

오죽하면 하버드의 교수들까지 펜실베이니아에는 한 수 접어 준다는 말이 있겠는가.

그곳에 가는 꿈을 오래전부터 꾸어 왔다.

외모로 인해 세상의 고통을 뼈저리게 경험하면서도 펜실베이니아에 대한 염원은 언제나 가슴속에 남아 있었다.

교수실을 나와 교정을 달렸다.

누가 보면 미친놈으로 봤을 만큼 크게 웃으며 두 팔을 번쩍 들어 올린 채 교정의 곳곳을 뛰어다녔다.

전액 장학금.

더불어 박사 학위를 받아 오면 S대에 교수 자리를 마련해 주겠다는 최철환 교수의 약속.

조금의 의심도 하지 않았다.

그는 그럴 능력이 충분했고, 실제로 학교 측에서도 펜실베이니아의 박사 학위를 가져온다면 마다할 이유가 없기 때문이다.

이 기쁜 소식을 제일 먼저 부모님께 알려 드리고 싶었다.

하지만 전화로는 하기 싫었다.

아버지의 기뻐하는 모습을 보면서 그 품에 안겨 자랑스러운 아들을 오랫동안 만끽하도록 해 드리고 싶었다.

얼마나 힘들어하셨던가.

태어날 때부터 기형아에 버금가는 천형을 달고 나온 아들.

부모님은 자신의 외모가 당신들의 탓이라며 남 몰래 울기를 밥 먹듯 하셨다.

엄마의 울음은 너무 많이 봤지만, 아버지의 눈물은 충격적이었다.

고등학교. 꿈도 많았던 그 시절, 그는 여고생들의 수군거림 속에서 하루하루를 지옥처럼 살고 있었다.

그때 처음으로 아버지의 눈물을 봤다.

아파트 벤치에 앉은 아버지의 손에는 소주병이 들려 있었고, 만취한 상태에서 중얼거리던 모습이 지금도 생생히 기억난다.

"병웅아, 미안하다. 정말… 미안해. 내가… 내가 죽일 놈이야. 미안하다, 아들아……."

아버지의 눈물을 본 후부터 자신의 고통을 밖으로 내보이지 않기 위해 안간힘을 썼다.

그러나 그 안간힘이 부모님은 더욱 괴로웠던 것 같았다.

그렇게 가족들은 점점 말이 없어져 집은 언제나 무덤처럼 조용하게 변해 갔다.

*   *   *

버스를 타고 아버지의 회사로 향했다.

오늘 같이 기쁜 날, 기적 같은 소식을 전하며 엄마와 함께 모든 가족이 외식을 하자고 제안할 생각이었다.

아버지 회사는 구로동에 있었는데 OEM으로 신발을 만들어 수출하는 중소기업이었다.

그곳에서 아버지는 27년을 근무하셨으니 청춘을 다 바친 회사였다.

빌딩이 보이자 마음이 급해졌다.

아버지가 좋아하실 얼굴이 떠올라 발걸음이 저절로 빨라졌다.

현관에 들어서서 경비원에게 아버지의 이름을 말하고 아들이라 소개하자 반갑게 맞아 주며 올라가라는 말을 했다.

아버지는 이 회사에서 제법 높은 모양이다.

단지 아버지의 이름을 말했을 뿐인데도, 경비원은 껌뻑 죽는 시늉을 했다.

엘리베이터를 타고 6층으로 올라갔다.

고등학교 시절 한 번 와 본 기억이 있기 때문에 근무하는 사무실의 위치를 정확하게 알고 있었다.

땡.

엘리베이터가 서는 소리와 함께 문이 열렸다.

그때 복도에서 누군가가 커다란 목소리로 고함을 지르는 게 들렸다.

"도대체 정신이 있는 거야, 없는 거야. 그러니까 이제 그만두라고 했잖아요!"

"죄송합니다, 전무님."

"씨발, 나이를 처먹었으면 나잇값을 해. 새파란 애들 줄줄이 기다리고 있는데 언제까지 버티고 있을 거야. 그렇게 눈치 줬으면 진작에 그만뒀어야지. 꼭 이런 꼴까지 당해야겠어!"

"이번 미국 수출 건은 처음부터 가격이 맞지 않았습니다. 제가 몇 번이나……."

"시끄러워. 핑계는 좆도, 당신 집에 가서 마누라한테나 해."

"전무님, 잘못했습니다. 제가 어떡하든 손실이 나지 않도록 노력해 보겠습니다."

"필요 없으니까 그냥 나가라고. 응, 내가 제발 부탁 좀 합시다. 거머리처럼 그만 달라붙고 눈앞에서 사라져. 이렇게 계속 버티면 당신만 쪽팔린 거야. 당신 눈에는 안 보여? 직원들이 당신을 벌레처럼 보는데 이러고도 계속 버티고 싶어!"

"전무님……."

연신 고개를 조아리고 있는 아버지의 모습.

그 앞에 선 남자는 새파랗게 젊었는데, 이제 겨우 서른 중반을 넘긴 것 같았다.

언젠가 들은 적이 있다.

사장의 아들이 전무로 일하고 있는데 성격이 개차반이라 직원들한테는 염라대왕처럼 군다는 것이었다.

그럼에도 아버지는 사장의 신임이 두터워서 그와 잘 지낸다고 말씀하셨다.

그런데… 그런데…….

이렇게 해서 나를 길렀단 말인가. 나의 아버지께서는 이런 수모를 당하면서!

분노가 머리끝까지 치밀어 올라 부서지도록 주먹을 쥐었다.

주변에 서 있는 십여 명의 직원들은 그 누구도 아버지 편을 들어 주지 않았다.

마음 같아서는 당장에라도 달려 나가 놈의 아가리를 부숴 놓고 싶었지만, 이를 악물고 참았다.

폭행으로 구속되거나 병원비를 물어 주는 건 문제가 아니다.

그 짧은 순간 그의 행동을 가로막은 것은 아버지의 아픔이었다.

만약 자신이 이 순간 나선다면 아버지는 평생 동안 한을 가슴에 안고 살아가실 게 분명했다.

어떤 아버지도 아들 앞에서 약한 모습을 보이게 되면 그 상처가 평생을 간다.

그래서 나서지 않고 다시 엘리베이터를 탔다.

기다려, 이 개새끼야!

언젠가는 내가 꼭 이 원한을 반드시 갚아 주겠다.

*　　　*　　　*

최철환 교수는 이병웅이 나간 후 한동안 문 쪽에서 시선을 떼지 못했다.

정말, 저런 괴물이 어디서 튀어나왔단 말인가.

천재라는 소리를 많이 들었다.

그 스스로도 어릴 적부터 천재라는 소리를 들었고 살아오면서 주변에 널린 게 천재들이었다.

어쩌면 당연한 일이다.

그가 걸어온 길은 최고의 두뇌들과 경쟁을 펼쳤던 맹수들의 세계였으니 천재 아닌 자들이 없었다.

그럼에도 이병웅은 특별했다.

저 나이에 어떻게 그런 지식을 머릿속에 넣을 수 있었을까.

경제는 금리다, 그리고 경제는 환율이란 격언이 있다.

경영학에서 불변의 진리로 삼고 있는 금리와 환율은 경제의 기본이었으며, 모든 것이나 다름없기 때문에 그런 격언이 생겼을 것이다.

이병웅은 금리, 즉 정부의 기준 금리는 물론이고 기업체의 흐름과 은행의 융자 시스템까지 모르는 것이 없었다.

더욱 놀란 것은 그가 환율의 정의에 대해 그 누구보다 해박한 지식을 가졌다는 것이다.

신도 모른다는 것이 환율의 변화였다.

환율은 정치, 경제, 사회는 물론이고 국제 관계까지 총망라된 경제의 총아기 때문이다.

물론 이병웅 정도의 이론을 지닌 자들은 많다.

그러나 그를 특별하게 만드는 것은 이론에 접목된 실제 흐름에 대해 정확하게 핵심을 짚고 있다는 것이었다.

한마디로 단언한다면 거의 불가능한 일이다.

그도 저 나이 때는 그런 지식을 지니지 못했으니 이병웅은 천재라는 단어로도 부족하다는 생각이 자꾸 들었다.

전혀 주저 없이 핸드폰을 꺼내어 단축 번호를 눌렀다.

그와 같이 펜실베이니아에서 수학했고, 현재는 모교에서 석좌교수로 재직하고 있는 윌리엄스교수의 전화번호였다.

윌리엄스는 그가 귀국할 때 누구보다 아쉬워했던 친구였다.

최철환이 떠날 때 눈물까지 보이며 친구의 귀국을 슬퍼했던 그는 펜실베이니아에 교수로 남았는데, 차기 뉴욕연준의장으로 강력히 거론되는 중이었다.

─마이 러브, 최 교수. 어쩐 일이야. 그사이 내가 보고 싶었어?

"그럼 당연하지. 내 친구, 그동안 잘 있었나?"

─하나님과 함께 하는 내 삶에 무슨 고민이 있겠어. 젊은 애인만 있다면 모든 것이 완벽할 텐데 그게 조금 아쉬울 따름이지.

"하하하, 또 그 타령이군. 자네는 이제 양기가 입으로만 올랐어. 막상 하라고 해도 못 할 친구가 맨날 그 소리야."

─해 주고 말하게. 난 아직 창창해. 아침마다 물건이 성을 내서 힘들단 말일세.

"거짓말하지 마."

─사진 찍어서 보내 줘?

"사진은 안 돼. 이왕 보낼 거면 동영상 찍어서 보내. 사진은 억지로 세울 수도 있잖아."

—여전히 치밀하군. 항복, 매일 선다는 거 거짓말이란 거 인정.

"진작에 그럴 것이지."

　두 사람이 유쾌하게 웃었다.

　그런 후 한동안 가족들의 안부를 물었고 현재 진행 중인 논문에 대한 의견과 정보를 나누었다.

　전화를 할 때마다 이렇다.

　국제요금이 꽤 나올 테지만 최철환도, 윌리엄스도 그런 건 신경조차 쓰지 않았다.

　최철환이 본론을 꺼낸 건 윌리엄스가 현재 미국이 처한 상황에 대해 걱정하던 말이 끝났을 때였다.

　"윌리엄스, 내 제자 중에 서브프라임 모기지론이 미국을 쓰러뜨릴 거라고 예상하는 친구가 있다네."

　—하아, 이 사람. 조크타임은 아까 끝났는데, 심각한 얘기를 나누다가 그런 농담을 하다니 여전히 센스가 있구만. 머리 아픈 얘길 하다 보니 답답해서 그래?

　"진짜야. 내가 이런 거 가지고 농담할 사람으로 보여?"

　—농담이 아니라고?

　"사실일세. 내가 이번 학년 말 시험에서……."

　최철환이 그동안 있었던 일들을 상세히 말해 주자 윌림엄스의 입에서 탄성이 나오는 횟수가 많아지기 시작했다.

　그로서는 믿기 힘든 사실이었을 것이다.

　일개 학생 주제에 실물경제의 흐름을 간파하고 경제 위기까지 점쳤다면 누가 믿을 수 있단 말인가.

―다시 한번 묻겠네. 지금 자네가 말한 그 답안이 정말 그 친구가 쓴 게 맞는 거야?

"그렇다니까."

―그렇다면 그 친구에 대해서 말해보게.

"S대 경영대 수석 입학. 3학년까지 톱을 놓치지 않았어. 하지만 그런 스펙이 문제가 아니야. 난 오늘 그와 3시간이 넘도록 대화를 나누며 경제 전반에 대한 질문을 했네. 결과가 어땠는 줄 아나? 믿을 수 없게도 그는 내가 모르던 사실까지 알고 있더군."

―예를 들면 어떤 거?

"환율의 포지션에 관한 것. 그는 정치와 경제의 역학 관계에서 환율이 결정된다는 것을 넘어 투기 자본의 롱, 숏 배팅까지 언급하더군. 다시 말해 국가의 위크 포인트가 어떤 시기에 발생하는지 정확하게 알고 있었어."

―미치겠군. 그게 사실이라면 이건 정말 괴물이 따로 없구만.

"그래서 말인데… 자네가 직접 확인해 주게."

―뭘?

"내가 가르치기엔 그릇이 너무 커. 그러니까 자네가 직접 확인하고 가르쳐 봐."

―무슨 일이야. 똑똑한 놈 보내라고 그렇게 말해도 꿈쩍도 안 하던 친구가.

"금방 말했잖아. 여기에 썩히기 너무 아까운 놈이라고."

―조건은?

"박사 코스까지 전액 장학금과 기숙사. 그리고 자네 밑에서 수학하는 조건이면 충분해."

—후회할 텐데?

"왜?"

—내가 키워서 그냥 보낼 사람 같아? 나 그렇게 손해 보며 장사하는 사람 아니야.

"그건 자네가 알아서 해. 펜실베이니아에 남긴다면 나로서도 영광일세. 제자가 대한민국 최초로 세계 최고의 펜실베이니아 교수가 된다는데, 깽판 칠 사람이 누가 있겠어."

*　　　　*　　　　*

집으로 돌아온 이병웅은 자신의 방으로 들어가 책상에 앉아 눈을 감았다.

경제를 공부하면서 수없이 느낀 것은 이 세상이 점점 더 양극화로 진행된다는 것이었다.

있는 자들은 시간이 갈수록 더 많은 부를 소유하고 없는 자들은 점점 더 나락으로 떨어지는 시스템이다.

당장 그가 다니는 S대의 변화만 봐도 금방 알 수 있었다.

80년대까지만 하더라도 S대는 개천에서 빠져나와 세상을 향해 용틀임하던 이무기들 천지였다.

하지만 지금은 어떤가.

S대에서 흙수저들은 찾아보기 어려웠다.

상위 9, 10분위 잘사는 계급의 아들, 딸들이 좋은 사교육과 전폭적인 지지를 받으며 S대를 꽉 채웠다.

그리고 보면 나는 보기 드물게 개천에서 살아남은 이무기다.

아버지를 향해 소리를 지르며 함부로 대했던 전무라는 놈.

그놈 역시 포식자겠지.

흙에서 태어나 겨우겨우 기어 다니는 지렁이를 밟아 죽이는 포식자.

그놈은 태어날 때부터 포식자였고, 나의 아버지는 태어날 때부터 지렁이였다.

이를 악물었다.

지렁이가 용이 되는 방법은 간단하다.

그 누구도 넘볼 수 없을 만큼 재산을 축적해서 공룡이 되어버리면 전무 같은 잔챙이 포식자들은 한 발로 찍어 터트려 죽일 수 있다.

그렇게 될 것이다. 그렇게······.

이 지겨운 세상을 바꿀 수만 있다면 나는 뭐든지 할 의향이 있다.

*   *   *

집을 잠시 비웠던 엄마가 들어왔는지 인기척이 들렸다.

그럼에도 방문을 열어 알은척을 하지 않았다.

2시간이 넘도록 고민하고 또 고민을 했다.

펜실베이니아를 가게 되면 석사와 박사 코스까지 최소 5년 이상이 걸린다.

자신이 아무리 천재적인 두뇌를 가졌다 해도 명문의 룰까지 바꿀 수는 없다.

학비와 기숙사가 제공된다지만 미국 생활을 하기 위해서는 상당한 금액이 필요할 것이고, 그 부담은 오롯이 부모님의 몫으로 돌아간다.

아르바이트를 하겠다는 생각은 아예 처음부터 버렸다.

접시 닦이를 해서 생활비를 번다는 건 공부를 포기하는 것과 마찬가지고, 그럴 거면 차라리 안 가느니만 못하다.

더군다나, 무엇보다 부모님이 걱정되었다.

오늘 본 광경으로 봤을 때 아버지는 직장을 더 다니시기 힘들 것 같았다.

아버지의 의지가 아니다.

평생을 실컷 부려 먹고 이제는 토사구팽하려는 포식자들의 의지였으니, 아버지가 아무리 용을 써도 이 상황은 타개되지 않는다.

아버지는 평생 동안 한 직장에 다니셨기 때문에 특별한 기술이 없다.

삼류 대학을 나와 사무직으로 직장을 시작해서 신발 영업 계통에만 근무하신 분이 회사를 그만두면 무슨 일을 할 수 있단 말인가.

결국 아버지는 알량한 퇴직금으로 치킨 가게를 차릴 게 분명했다.

당신은 음식 솜씨가 괜찮아 가게를 차리면 잘될 거라며 평상시에도 가끔 말씀하셨으니, 결국 그렇게 될 공산이 컸다.

차리면 망한다.

지금의 상황을 본다면 사양길에 든 자영업, 특히 치킨 가게는 퇴직금을 털어먹기에 더없이 좋은 아이템이다.

세계에서 최고로 자영업 숫자가 많은 나라가 바로 대한민국이다.

더불어, 앞으로는 온라인 영업망이 빠른 속도로 확산될 것이기에 자영업자들은 점점 더 설 곳이 없어질 것이다.

또, 하나의 이유는 아버지의 음식 솜씨가 말씀하신 것처럼 좋은 게 아니란 것이다.

*　　　　*　　　　*

똑, 똑!

방문을 두드리는 소리와 함께 조금 있다가 엄마가 빼꼼 얼굴을 내밀었다.

항상 이렇다.

혹시라도 아들의 사생활을 방해할까 봐 엄마는 충분히 준비할 시간을 준다.

"오늘 교수님이 뭐라고 하셔?"

"연구 논문 쓰시는 데 도와 달라고 하셨어요. 학생들 중에 교수님 연구 논문 도와줄 사람은 저밖에 없답니다."

"호호, 그럼 교수님이 우리 아들 인정해 주신 거네?"

"당연하죠. 똑똑한 엄마 아들이 어디 가겠어요."

"그럼 그럼. 아휴, 그 말을 들으니까 기분이 좋아진다. 아 참, 병웅아. 아버지가 오늘 좋은 일 있다고 외식하자는데, 시간 괜찮아?"

"난, 괜찮아요."

가슴에 칼이 들어오는 느낌.

외식을 하자고 말씀하셨다는 말을 듣는 순간 가슴 한쪽이 무섭게 아려 왔다.

일이 생각보다 빠르게 진행된 게 틀림없었다.

*　　　　　*　　　　　*

엄마는 오랜만의 외식이라 그런지 연신 웃음을 지으며 아버지의 팔짱을 끼었다.

그 모습을 그냥 바라만 봤다.

사실을 알게 되면 누구보다 가슴 아파할 사람이 바로 엄마다.

그렇기에 지금의 행복을 깨뜨리고 싶지 않았다.

아버지는 엄마가 팔짱을 끼자 계면쩍은 웃음을 흘리며 손을 빼지 않고 걸어갔다.

"여보, 여기 비싼 집 아냐?"

"병웅이 방학도 했는데 맛있는 거 사 주고 싶었어. 오늘 돈도 생겼으니까 걱정하지 말고 맛있게 먹읍시다."

갈빗집, 그것도 한우 소갈빗집이다. 지나가면서 여러 번 봤지만 여기서 밥을 먹을 수 있다는 생각을 해 본 적이 없다.

그만큼 가격이 비쌌기에 우리 가족이 외식 장소로 선택할 곳은 아니었다.

그럼에도 아버지는 당당한 걸음으로 가족들을 대동한 채 현관문을 열고 들어갔다.

1인분 가격이 무려 48,000원.

막상 가져온 고기 양을 보자 혼자서도 다 먹을 정도로 손바닥만 했다. 어이가 없었지만 아무 말 없이 아버지의 잔에 소주를 따라 드렸다.

아버지는 억지로 표정을 밝게 하셨지만, 금방 알 수 있었다.

웃음 속에 담겨 있는 진득한 그늘.

지금 아버지는 얼마나 힘들고 괴로우실까.

그 마음이 짐작되자 자꾸 눈물이 새어 나오려고 했다.

"우리 병웅이도 한 잔 받아라."

"예."

거절하지 않고 조심스럽게 잔을 내밀었다.

이 잔에 담긴 아버지의 사랑이 얼마나 큰지 너무나 잘 알기에 조심스럽게 받았다.

"병웅아, 이제 방학 끝나면 4학년이잖아. 넌 진로를 어떻게 할 생각이냐. 혹시 생각해 놓은 거 있어?"

"아직 없습니다."

"난 우리 아들이 언제나 자랑스럽다. 그래서 난 네가 대학원에 진학해서 박사 코스를 밟으면 좋을 것 같아. 생각해 봐. 3년 내리 톱을 차지한 네가 박사가 되지 않으면 누가 되겠니."

"고민해 보겠습니다."

"그래라, 아직 시간이 남았으니까 잘 생각해 봐. 그리고 가급적이면 내 말대로 해. 내가 아직 정정한데 뭐가 걱정이냐."

"호호… 나도 찬성. 난 우리 아들이 박사 되는 게 꿈이야."

아버지의 말씀에 엄마가 박수를 치면서 좋아했다.

그렇게 되기를 저도 소망했습니다.

펜실베이니아.

세상에 있는 모든 경영학도가 꿈꾸는 그곳.

저는 그곳에 갈 수 있어요.

하지만 당분간 그 꿈을 접으려 합니다.

먼저 해야 할 일이 있으니까요.

*   *   *

아버지는 술을 꽤 많이 드셨다.

그럼에도 직장 일에 대해서는 여전히 함구하신 채 식사를 마쳤다.

엄마 대신 아버지의 팔짱을 끼어 부축하며 걸었다.

술을 드셨음에도 발걸음은 정상이었으나, 이병웅은 아버지의 가녀린 등을 부축하며 집까지 걸어갔다.

집에 도착한 후 세면을 하고 안방으로 들어가는 아버지를 따라간 이병웅은 엄마가 들어오지 못하도록 방문을 잠갔다.

아버지가 의아한 표정을 지었지만 이병웅은 천천히 다가가 아버지의 곁에 앉았다.

"오늘 무슨 일 있었죠?"

"무슨 일 말이냐?"

"혹시 회사를 그만두시지 않으셨나요?"

"음……."

이철영은 너무 놀라 아들을 바라봤다.

저절로 신음이 튀어나왔다.

오늘 27년 동안 근무했던 회사를 그만뒀으나 가족들이 걱정할까 봐 내색하지 않기 위해 최선을 다했다.

그런데 아들은 방문까지 걸어 잠그고 대뜸 물어왔으니 정말 기가 막힐 노릇이었다.

아들이 누구보다 총명하다는 건 안다.

그럼에도 지금의 이 상황은 절대 이해할 수 없는 것이었다.

"회사 그만두신 거 알아요. 제가 오늘 회사에 전화했더니 퇴직하셨다고 했어요."

"왜, 왜 전화를……."

궁금증이 일시에 풀린 이철영의 말끝이 흐려졌다.

어떻게 아는지는 의미가 없다. 그저 아들이 회사를 그만두었다는 걸 아는 것이 중요할 뿐이다.

"엄마에겐 당분간 말하지 마. 약속할 수 있어?"

"그럴게요. 그래서 방문을 닫았잖아요."

"고맙다."

갑자기 낮아진 아버지의 음성.

그 음성을 듣자 자신도 모르게 다시 감정이 복받쳐 올랐다. 그럼에도 이병웅은 최대한 차분한 목소리로 말을 이어 나갔다.

"아버지, 퇴직금이 얼마나 되죠?"

"그건 왜?"

"궁금해서요."

"1억 조금 넘어."

"집에 있는 현금까지 전부 합하면요?"

"엄마가 저축해 놓은 것하고 개인연금 들어간 거 전부 합하면 2억 정도 될 거다."

2억. 27년간 일해서 모은 돈이 겨우 2억이라니.

그나마 다행인 것은 이 아파트에 융자가 없다는 것뿐이다.

유학을 간다면 부모님이 가지고 있는 전 재산 2억은 전부 자신이 해먹겠지.

"아버지, 저를 믿으시죠?"

"내가 우리 아들을 안 믿으면 누굴 믿겠어. 세상 사람 전부 못 믿어도 너만은 믿는다."

"그렇다면 저에게 그 돈을 주세요."

"뭐라고!"

"그 돈, 저에게 달라고 말씀드리는 겁니다. 제가 그 돈을 쓰겠습니다.'

"도대체, 그 많은 돈을 어디다 쓰려고 그래?"

"그건 묻지 마시고요. 다만, 한 가지는 약속드릴게요. 1년 안에 반드시 2배를 만들어 드리겠습니다.

"허어……."

이철영의 입에서 저절로 탄식이 새어 나왔다.

아들을 믿느냐고? 당연히 믿는다. 자신의 분신을 믿지 못하면 누굴 믿는단 말인가.

그럼에도 지니고 있는 전 재산을 달라고 말하자 이철영의 얼굴이 하얗게 변했다.

제7장
몸은 뜨겁게,
머리는 차갑게

아버지가 3일 후 통장에 보낸 돈은 정확하게 1억 9천만 원이었다.

이병웅은 그 금액에서 4천만 원을 떼어 아버지의 통장으로 다시 보냈다.

아버지는 퇴직을 하셨으니 돈이 필요할 것이다.

당연히 생활비를 위해 일정 금액 남겼겠지만, 마음의 안정을 위해서라도 적당량의 돈은 지니고 있는 게 좋다.

만약의 실패를 위해서?

그런 건 조금도 생각하지 않았다.

승부는 언제나 냉정하게 할 것이며, 그런 조건도 충분히 갖춰져 있으니 실패할 거란 생각은 아예 갖지 않았다.

"병웅아, 오늘 뭐 해?"

"오늘 교수님을 만나 뵈러 가야 해요."

"언제 갈 건데?"

"왜요, 무슨 일 있어요?"

"호호……. 네 아버지가 웬일로 나 쓰라고 돈을 100만 원이나 줬어. 그래서 우리 아들 옷 한 벌 사 주려고 그러지."

활짝 웃는 엄마의 모습이 아련하다.

아버지는 그 와중에도 평생을 내조하며 고생한 엄마에게 퇴직 선물을 주고 싶었던 것 같았다.

그런 돈을 엄마는 자신을 위해 쓰고 싶어 했다.

엄마는 아직도 아버지가 강제로 퇴직당했다는 걸 모른다.

만약 알았다면, 자신을 위해 그 돈을 쓸 생각은 하지 않았을 것이다.

거절하지 않았다.

엄마를 위해 쓰라는 말이 목구멍까지 올라왔으나, 얼굴을 확인한 후 그저 고개를 끄덕이고 말았다.

아들의 옷을 살 생각에 들떠 있는 엄마의 모습은 마치 고등학생 소녀처럼 상기되어 있었으니 차마 거절할 자신이 생기지 않았다.

그래, 가자.

엄마가 기쁠 수만 있다면 자신의 귀찮음 정도는 아무것도 아니다.

"교수님과의 약속은 오후 3시니까 시간은 충분해요."

당신들은 봤는가.

확실하게 사안에서 벗어 난 이병웅의 눈은 정상인과 또 다른 차이를 보였다.

안개를 담고 있는 그윽한 호수, 밤하늘의 별처럼 은은하게 빛나는 눈동자, 그리고 그 중심에 자리 잡은 신비한 홍채.

세상에는 아름다운 눈동자를 가진 사람이 많지만, 이병웅의 변화된 눈동자는 보면 볼수록 신비롭다는 생각이 들 만큼 특별했다.

윤미경은 아들과 함께 거리를 나서자 너무나 기분이 좋았다.

사랑하는 아들.

그토록 그녀를 힘들게 만들었던 눈병은 어느 날부턴가 서서히 가라앉기 시작하더니 이제는 완전하게 고쳐졌다.

아들에게 이유를 묻지 않았다.

어떤 이유든 상관이 없다.

그녀는 오직 아들의 눈병이 완치된 것만으로도 하나님께 수없이 감사의 기도를 드리며 기뻐했을 뿐이다.

아들은 병이 완치되자 정말 몰라보게 변했는데, 영화배우가 따로 없을 정도였다.

늘씬한 키, 완벽한 몸매, 사람의 혼을 쏙 빼놓을 정도로 잘생긴 얼굴.

어떻게 이런 아들이 나왔을까.

남편도, 그녀도 잘생긴 편이 아니었으니 이병웅의 특별한 외모는 조상들이 보우하사 선물해 주신 게 분명했다.

사람들의 시선을 느끼면 느낄수록 윤미경의 얼굴에 웃음이 진해졌다.

막 자랑하고 싶은 마음.

누군가가 물었다면 아들에 대해서 1시간이 넘도록 설명해 줄 수 있을 것 같았다.

*　　　*　　　*

청바지에 면티, 그리고 후줄근한 외투.

흙수저들의 전형적인 패션.

그럼에도 이병웅의 외모는 백화점에 들어서는 순간 모든 사람의 이목을 끌어모았다.

이병웅은 그런 사람들의 시선을 느꼈으나 최대한 발걸음을 늦춰 엄마의 속도에 맞춰 주었다.

이러고 싶었던 걸까.

엄마는 사람들의 시선에 자부심이 느껴졌는지 어깨가 바짝 올라갔고 얼굴도 조금 붉어진 상태였다.

그들이 간 곳은 백화점 6층에 있는 남성복 매장이었다.

그 넓은 곳이 전부 남자들 옷이었는데, 윤미경은 조금의 망설임도 없이 한 곳을 향해 직진했다.

"어디 가요?"

"응, 저기."

엄마가 가리킨 곳은 신사복 전문점이었다.

자신은 학생인데 무슨 정장이 필요할까.

그럼에도 이병웅은 아무 말 하지 않았다. 예전부터 엄마는 아들에게 정장이 하나 있어야 한다며 노래를 불렀던 것이다.

이윽고 매장에 도착한 윤미경이 반갑게 달려 나오는 여직원을 향해 입을 열었다.

"어제 와서 본 거 있잖아요. 그것 좀 보여 줘요."

"알겠습니다."

여직원의 대답은 즉각 이루어졌으나 행동은 그렇지 못했다.

그녀의 눈은 이병웅을 본 순간 무언가에 홀린 듯 고정되었는데, 저절로 입이 떡 벌어졌다.

"뭐 해요, 정장 좀 보여 달라니까."

"아, 예. 죄송합니다."

윤미경의 닦달에 뒤늦게 정신을 차린 여직원이 당황한 모습으로 급하게 안으로 뛰어들어 갔다.

그 모습을 보며 윤미경이 작게 중얼거렸다.

"우리 아들이 너무 잘생겨서 저 아가씨가 정신이 나갔나 봐. 네가 봐도 그렇지?"

"그만하세요. 남들이 들으면 웃어요."

"사실인데, 뭘."

손을 가리고 웃는 모습.

엄마는 다 큰 처녀가 자신의 아들에게 정신 차리지 못하는 게 너무나 즐거운 모양이다.

여직원이 다시 나온 것은 그리 오래 걸리지 않았다.

손에 든 것은 검은색에 은은한 붉은빛이 도는 고급 슈트였다.

"병웅아, 입어 봐. 아 참 아가씨, 우리 아들 셔츠와 넥타이도 줘요. 어제 골라 놓은 거 있잖아요."

"예, 사모님."

뭘 이렇게 많이 준비하셨을까.

이렇게까지 준비해 놓은 걸 모르고 따라 나오지 않았다면 엄마의 등쌀에 거의 죽을 뻔했겠다.

기대에 찬 얼굴.

엄마는 물론이고 여직원까지.

그 정도면 덜하다.

어느새 슬금슬금 주변 매장에서 다가온 여직원들까지 센다면 6명이나 되었다.

쓴웃음을 지은 채 정장과 셔츠를 챙겨 피팅 룸으로 들어가 옷을 갈아입었다.

역시 엄마다.

아들의 치수는 어떻게 알았는지 셔츠와 바지는 물론이고 슈트까지 완벽하게 맞았다.

*   *   *

윤미경은 아들이 나오기를 기다리며 안절부절못했다.

처음 사 주는 정장.

26살이 되도록 정장 한 벌 사 주지 못한 건 필요 없다는 사실보다, 그만한 여유를 만들기가 쉽지 않았고 아들의 반대가 상상한 것보다 훨씬 강했기 때문이었다.

항상 꿈꾸듯 아들의 정장 입은 모습을 상상하곤 했다.

아들이 병을 고쳐 정상으로 돌아온 이후에는 그런 상상이 훨씬 커졌는데 기어이 기회가 찾아왔다.

슬쩍 주변을 둘러보자 자신 못지않게 이병웅이 나오기를 기다리는 여직원들의 모습이 보였다.

그녀들은 자신보다 훨씬 더 큰 기대감을 가지고 있는 것 같았다.

이병웅이 피팅 룸에서 나온 건 10분 정도 지났을 때였다.

그가 나오는 순간 매장 전체가 환하게 밝아지는 것처럼 느껴졌다.

"와아, 멋있다."

기다리고 있던 여직원들의 탄성.

누가 시켜서 만들어진 탄성이 아니라 그녀들 가슴속 깊은 곳에서 우러나온 탄성이었다.

그만큼 이병웅의 모습은 압도적이었다.

비록 구두를 신지 않았지만 정장을 입은 것만으로도 충분했다.

이병웅은 자신이 나오자 감탄하는 여자들의 얼굴을 보면서 빙그레 미소를 지었다.

봐라, 이것이 차가운 머리와 더불어 나를 세계 최강의 포식자로 만들어 줄 비장의 무기다.

하지만 진정으로 무서운 것은 따로 있지.

이병웅은 미소를 지은 채 자신의 왼 손바닥을 힐끗 바라보았다.

이젠 마음이 움직이면 손바닥에 금빛 글씨가 떠오른다.

'밀애'.

아직 이 보물의 진정한 가치가 어떤 것인지 정확하게 모르나 그 효용성이 얼마나 무서운지는 안다.

여자들의 마음을 사로잡는 신기의 마술.

자신의 왼 손바닥에는 세상 모든 여자들의 마음을 훔칠 수 있는 절대 비기가 담겨져 있었다.

* * *

기어코 윤미경은 구두까지 사야 한다고 귀를 잡아끈 후에야 오늘 산 물건들을 바리바리 싸 들고 집으로 향했다.

최고의 순간, 최고의 행복.

세상 모든 엄마들의 공통점은 자신의 아들, 딸이 남들보다 훨씬 우월하다는 걸 증명하는 순간 최상의 행복감을 느낀다.

흥얼거리며 걸어가는 엄마의 뒷모습을 한참 동안 바라보다 천천히 걸음을 옮겼다.

더 늦기 전에 최철환 교수를 만날 필요성이 있었다.

학교에 도착해서 곧장 연구실로 향했다.

교수들은 만나기 어렵다.

특히, 최철환 교수처럼 저명한 사람들은 얼굴 한 번 보려면 몇 주 전에 예약을 해야 겨우 면담이 가능했다.

하지만 최철환 교수는 이병웅이 전화를 하자 금방 약속 시간을 잡아 주었는데 이틀밖에 걸리지 않았다.

문을 열고 조심스럽게 들어서자 정장을 입은 최철환 교수가 소파에 앉아 있는 게 보였다.

그는 초조하게 시계를 보고 있었는데, 급한 일이 있었는지 서두르는 기색이 역력했다.

"교수님, 안녕하세요."

"어서 와라. 갑자기 학회 모두 연설 시간이 당겨지는 바람에 시간이 별로 없어. 미안하지만 용건만 간단히 하자. 중요한 건 나중에 다시 만나서 얘기하고. 오케이?"

"그럼 간단하게 말씀드리겠습니다. 혹시 교수님께서 헛수고를 하실까 봐 걱정되어 잠시도 미룰 수가 없었습니다."

"뭐가 그렇게 심각해?"

"교수님, 저는 펜실베이니아에 가지 못할 것 같습니다."

"뭐라고!"

어딘가 들떠 급해 보였던 최철환 교수의 행동이 순식간에 싸늘하게 가라앉았다.

그만큼 이병웅의 이야기가 충격적이었던 것 같았다.

하지만 그것도 잠시.

노련하고 섬세한 학자답게 최철환 교수는 자세를 바로하고 잠 갔던 양복 단추를 풀었다.

시간이 걸리더라도 이 사안만큼은 제대로 해결하겠다는 행동이었다.

"자네, 펜실베이니아에 간다는 게 어떤 의미인지 알고 있나?"

"알고 있습니다. 펜실베이니아는 경영 쪽에서 세계 최고의 대학입니다. 국가적으로는 전략적 자원의 육성이며 개인적으로는 더없이 커다란 영광을 갖게 됩니다. 거길 졸업하면 제가 원하는 모든 걸 할 수 있다는 것 또한 알고 있습니다."

"그런데도 가지 않겠다…… 이유는?"

"공부를 할 수 있는 여건이 되지 않기 때문입니다. 저의 아버지께서는 어제 실직을 하셨습니다."

"음……."

"부모님께서는 모아 놓은 재산도 없고, 저를 뒷바라지 할 능력도 없습니다."

"전액 장학금에 기숙사까지 제공하는데도 어렵단 말이냐?"

"교수님께서도 유학을 다녀오셨으니 잘 아시겠지만, 그것만 해결된다고 공부에 전념할 수 있는 건 아닙니다."

"어이가 없군."

"그래서 염치없지만 한 가지 부탁을 드리고자 합니다."

"뭐냐?"

"저에게 3년만 시간을 주십시오."

"3년?"

"제가 교수님의 눈에 들 정도로 정말 괜찮은 놈이라 생각하시면 딱 3년만 기다려 주십시오."

*　　　　　　*　　　　　　*

다행이다.

최철환 교수는 자신의 어려운 상황을 이해해 줬고, 언제든지 준비가 되면 도와주겠다는 약속을 했다.

꿈을 미뤘지만 접은 건 아니다.

자신이 있었다.

3년, 그 시간이면 부모님이 떵떵거리며 살 수 있도록 만들어 드리기에 충분하다.

홀가분한 마음으로 엘리베이터에서 내려 복도를 따라 걸었다.

이제 시간을 벌었으니 본격적으로 작업에 시동을 걸 생각이었다.

그때 맞은편에서 여자가 책을 양손에 안은 채 계단으로 올라오는 게 보였다.

여자는 흰 눈처럼 하얀 코트를 입었는데, 백설 공주를 연상시킬 만큼 아름다웠으나 몸에 밴 도도함이 올올히 솟구쳐 나왔다.

발걸음을 멈추고 그녀가 계단을 오르길 기다렸다.

그녀는 고개를 약간 숙이고 걸어왔기 때문에 이병웅이 계단이 끝나는 지점에서 보고 있다는 걸 눈치채지 못했다.

자신을 벌레처럼 바라보던 후배 한서정.

원수는 외나무다리에서 만난다고 했던가.

잠시 잊고 있었던 친구들과의 내기가 떠올랐기에 저절로 쓴웃음이 지어졌다.

"한서정, 오랜만이야. 잘 지냈니?"

갑작스러웠을까?

한서정의 눈이 놀람에 가득 차는 걸 보며 이병웅은 조용히 서서 미소를 지었다.

"어디 가는 중이야?"

"학과 사무실에……."

그때 이후 처음 말을 건다.

말을 걸지 않았지만 그렇다고 그녀와 눈을 마주치지 않은 건 아니다.

그의 변화는 화제가 될 만큼 놀라웠으니 시간이 지날수록 모든 학생들의 관심이었고, 같은 공간에서 공부했기 때문에 자연스럽게 눈이 마주치곤 했다.

하지만 그 기간이 너무 짧다.

한 달 반 전까지만 해도 그의 외모는 눈시울과 눈꼬리만 변화를 일으켰을 뿐이었고, 눈이 검은색으로 변한 건 얼마 되지 않았다.

그럼에도 그녀에게 나타난 미묘한 변화는 충분히 눈치채고 있었다.

눈이 잿빛에서 검은색으로 변해 갈수록 자신을 바라보는 그녀의 눈은 혐오감 대신 감탄으로 변해 갔다.

속물이다.

지닌 품성의 가치가 사람의 외모로 한정되었다는 건 그녀가 살아온 인생의 가치가 그만큼 저렴하단 뜻이다.

"정호는 잘 지내?"

"요즘 만나지 않아서 모르겠어요."

"항상 같이 붙어 다녔잖아."

"……"

슬쩍 변하는 그녀의 얼굴.

대충 짐작이 갔다.

남자와 여자는 사랑의 정도에 따라 이별의 시간이 결정된다.

한서정과 장정호가 사귄 게 6개월 전이라고 했으니 서로에게 싫증이 날 때도 됐다.

더군다나 장정호는 여자들 킬러로 소문난 놈인데, 지금까지 한서정에게 집중할 리 만무했다.

그녀는 또 어떤가.

그녀 역시 신입생 시절부터 레이더로 불릴 만큼 많은 남자들을 유혹해서 사귀는 남자가 끊이지 않았다고 들었다.

"오늘 시간 어때? 학과 사무실, 시간 많이 걸려?"

"아뇨, 학과 언니한테 자료만 받으면 돼요."

"그럼 우리 저녁 먹을래?"

"저하고요?"

"그래, 그동안 너한테 미안했던 게 많았잖아. 커피 쏟아놓고 제대로 사과조차 못 했으니까 오늘 내가 저녁 살게."

쉽게 대답을 하지 못했다.

하긴, 당연하겠지.

그토록 혐오했던 남자가 저녁을 같이하자고 했으니 망설이지 않는다는 게 오히려 더 이상하다.

스스로 했던 짓에 대한 양심의 가책과 뜨거운 유혹에 대한 호기심의 충돌이 내면에서 부딪쳐 쉽게 대답하지 못하게 만들었을 것이다.

이병웅은 독촉하지 않았다.

아니, 그녀가 단호히 거절하고 가기를 바랐다.

너무 쉬운 건 재미도 없고 복수에 대한 통쾌감도 감소하기 때문이다.

그럼에도 넘어올 거란 걸 안다.

자신을 바라보는 그녀의 눈이 느껴질 정도로 흔들리고 있었으니, 결국 그녀의 대답은 정해진 것이나 마찬가지였다.

"학과 사무실에 갔다 오면 10분 정도 걸릴 거예요."

"알았어, 기다릴게."

＊　　　　＊　　　　＊

한서정이 학과 사무실로 올라간 동안 이병웅은 자판기에서 커피를 뽑아 입에 물고 생각에 잠겼다.

만약, 그녀가 장정호와 문제가 없었더라도 자신과 저녁을 먹겠다고 했을까?

아마, 그랬을 것이다.

이젠 여자의 얼굴만 봐도 성품이 파악되었기 때문에 그녀의 생각은 쉽게 알 수 있었다.

한서정은 자유분방한 여자다.

장정호도 그랬지만, 그녀 역시 한 남자에 얽매여서 살지 않을 것이다.

자유분방한 여자들의 특성은 상황을 자신 쪽에 최대한 유리하게 판단하고 행동하기 때문이다.

얼마 지나지 않아 나타난 한서정의 차를 타고 학교를 빠져나와 서초동 쪽으로 나왔다.

부자들은 전부 강남에 산다더니 그녀의 집 역시 마찬가지였다.

그녀의 차는 흰색 아우디였고 배기량이 3,000cc였는데, 학생이 타기엔 꽤나 비싼 차다.

식사에 대한 선택권을 주자 한서정은 그를 이탈리안 레스토랑으로 이끌었다.

식사를 하는 동안 이병웅은 그녀의 눈에서 시선을 떼지 않았다.

그러면서 그녀의 취미가 영화란 말을 듣자 오로지 영화 쪽으로만 화제를 몰고 갔다.

장정호와의 관계라든가 그동안 그녀가 자신에게 했던 행동에 대해서는 아예 입 밖으로 꺼내지 않았다.

기본 중의 기본이다.

기껏 여기까지 와서 그런 걸 묻는다는 건 바보 같은 놈들이나 하는 짓이다.

"혹시 '해리가 샐리를 만났을 때'란 영화 봤어?"

"아뇨."

"아주 오래전에 만들어진 영화야. 1989년에 만들어졌으니까 벌써 20년이 다 돼 가네."

"어떤 영화예요?"

"남자 주인공 해리는 남녀 사이가 결코 친구가 될 수 없다고 믿지만, 여자 주인공 샐리는 그것이 가능하다고 생각해. 그래서 만날 때마다 그 주제를 가지고 투닥거리며 싸워. 만나고, 헤어지기를 반복하는데 둘의 사이는 언제나 평행선처럼 엇갈리기만 해. 영화 전반에 걸친 유머와 감정의 선이 아주 재밌었어. 하지만 내가 이 영화를 좋아했던 건 마지막 장면 때문이야."

"어떤 장면이었어요?"

"샐리를 사랑했던 해리는 결코 친구로 남을 수 없다고 생각해. 그래서 마지막에 그녀를 찾아가 이렇게 말해. '샌드위치 주문에 도 한 시간 걸리는 당신을', '날 볼 때 미친놈 보듯이 인상 쓰는 당신을', '헤어진 후 내 옷에 배어 있는 향수의 주인인 당신을', '잠 들기 전까지 얘기할 수 있는 당신을 사랑해'라고. 나는 아직도 해리의 역할을 맡았던 남자 배우 빌리 크리스탈의 눈빛이 잊히 지 않아. 사랑하는 여자를 바라보는 그 시선이 너무나 감동적이 었거든."

"아……."

한서정의 입에서 감탄사가 흘러나오는 걸 보며 이병웅은 달콤 한 미소를 얼굴에 담은 채 그녀를 빤히 쳐다봤다.

마치, 이런 눈빛이었다는 듯이.

일부러 그녀가 모를 만한 영화를 골랐다.

그리고 최대한 그녀에게 이야기하는 것처럼 마지막 대사를 부 드럽게 선사해 주었다.

이렇게 하지 않아도 된다는 걸 안다.

하지만 호랑이는 토끼를 잡을 때도 최선을 다한다는 교훈을 잊지 않았다.

술을 마시자고 먼저 제안한 건 그녀였다.

자리를 옮겨 칵테일을 마셨고 많은 이야기를 나누며 그녀를 울고 웃겼다.

자신의 왼손에 담긴 '밀애'는 감정선을 교묘하게 찾아내어 그 녀를 대화에서 잠시도 빠져나가지 못하도록 만들었다.

더불어 몸에서 풍겨 나온 매혹의 체취가 가깝게 다가와 앉아 있던 그녀의 정신을 흔들어 놨다.

그다음은 쉬웠다.

한강변으로 가자는 그의 제안을 한서정은 뿌리치지 않았다.

친구들과의 약속을 지켰다.

자연스럽게 뒷자리로 자리를 옮긴 그녀는 키스를 하자 스스로 옷을 벗었다.

역시 경험이 많아서 그런지 대담했고, 막상 일이 시작되자 조금의 망설임도 보이지 않았다.

복수?

그래, 복수가 맞다.

한서정은 앞으로 그녀가 살아갈 인생 동안 오늘의 경험을 죽어도 잊지 못할 테니 어쩌면 가장 잔인한 복수였을 것이다.

그녀는 이병웅의 손길과 몸짓에 경련을 멈추지 못한 채 여러 번 정신을 잃었는데, 이병웅이 떠나는 것조차 알지 못했다.

장담하건대, 한서정은 두 번 다시 남자와 자면서 오늘과 같은 전율을 느끼지 못할 테니 영원히 이 경험을 후회하게 될 것이다.

*   *   *

이병웅은 대형 증권사 톱클래스 PB들의 신상을 조사하기 시작했다.

거시경제와 미시경제에 관한 것은 그 누구 못지않게 잘 알고 있으나 금융, 특히 주식시장은 그 판이 경제와 판이하게 다르기에 섣불리 접근했다가는 곤경에 처할 우려가 있었다.

주식시장은 아사리 판이다.

특히, 한국의 주식시장은 금투와 투신, 외국인의 작전에 의해 등락이 결정되기 때문에 자신에게 도움이 될 PB가 절대적으로 필요했다.

왜?

지금 상황이 그렇다.

현재 미국의 시장 상황은 최철환 교수에게 제시했던 것처럼 엄청난 폭풍전야에 빠져 있었다.

그것이 언제 터질지 모르는 판에 미련하게 주식시장에 뛰어든다는 건 자살행위나 다름없는 짓이다.

자신의 능력이 본격적으로 발휘되는 건 미국에서 폭탄이 터진 후였지 지금은 아니었다.

최대한 빠르게 치고 빠진다.

그러기 위해서는 자신에게 증권사나 외국인들의 작전을 실시간으로 알려 줄 최고급 PB가 필요했다.

대한민국에서 가장 크다는 대형 증권사를 중심으로 고위직 PB들을 물색해 나갔다.

대상은 처음부터 여자였다.

야비하다고?

뭐가, 야비해.

그렇다면 당신이 해 봐.

증권사의 PB들은 자신들의 최고급 정보를 지키기 위해 비밀 서약을 하기 때문에 심지어 친척들이나 친구들에게까지 철저하게 비밀을 지켜.

그런 마당에 남자 PB들을 언제 설득해서 정보를 얻어 낸단 말인가.

아까 말했잖아.

한국의 주식시장은 미국이나 유럽과 달라서 금투나 투신, 외국인이 개미들의 돈을 빨아먹는 지옥 같은 곳이라고.

더군다나 지금처럼 경기 사이클이 정점에 있는 상황에서 가치 투자나 성장성을 보는 건 미친 짓에 불과해.

그랬기에 내가 지니고 있는 가장 강력한 무기를 쓴다.

미국에서 서브프라임 모기지론이란 폭탄이 터지면 대한민국의 주식시장도 박살이 날 테니, 그때까지 최대한 자금을 끌어모아 다가올 위기를 맞이할 생각이다.

위기는 크면 클수록 엄청난 기회를 준다.

대부분의 사람들은 위기 속에서 치명적인 손실을 입겠지만, 경제를 아는 놈들은 그런 위기 속에서 막대한 부를 축적하는 법이다.

제8장
에이스

　대영증권의 주식팀장 정설아는 하버드를 졸업하고 JP모건에서 근무하다 특채로 대영증권에 스카우트된 케이스였다.

　현재 나이 36살.

　대영증권에 입사한 8년 동안 전체 증권사를 통틀어 최근 5년 연속 수익률 톱을 기록했기 때문에 회사에서는 그녀를 보물처럼 대했다.

　주식은 물론이고 선물 옵션 부분에서도 그녀의 능력은 대단했는데, 핵심을 정확하게 짚고 밀어붙이는 능력은 가히 발군이었다.

　이지적인 외모.

　그럼에도 사람을 대할 때 표정의 변화가 없었으며 언제나 냉철했기에 사람들은 그를 '철의 마녀'라 불렀다.

정설아의 오전 일과는 시계추처럼 정확했다.

일과가 시작되면 점심때까지 세계 각지에서 벌어진 일들이 전부 그녀의 수중을 거쳐 정보화되는 작업이 펼쳐진다.

그런 작업이 끝난 후, 오후가 되면 그 정보를 가지고 수행 중인 전략의 수정과 새로운 프로젝트들을 구상했다.

그녀는 머리고 팀원들은 손발이다.

천재적인 두뇌.

코스피 821개, 코스닥 957개 종목의 당기순이익, 유보율, PER과 PBR이 전부 그녀의 머리에 담겨 있었고, 장에서 펼쳐지는 작전과 외국인들의 움직임도 손바닥 들여다보듯 감지하고 있었으니, 팀원들은 그녀의 지시에 따라 움직이기만 하면 된다.

정설아의 하루는 눈코 뜰 새 없이 바빴다.

기본적인 업무 이외에 사장을 비롯한 임원진과 수시로 미팅이 잡혔고, 이틀에 한 번꼴로 언론과 인터뷰를 했으며, 텔레비전에 출연하는 경우도 많았다.

탁월한 능력과 외모는 물론이고, 경제 상황을 설명하는 토크 능력도 발군이라 방송국에서는 그녀를 섭외하느라 진땀을 흘릴 정도였다.

더군다나 주말까지 약속이 빽빽하게 잡혔다.

그녀를 모시기 위한 사람들은 방송국만 있는 게 아니었다.

돈을 원하는 정치인들, 자사의 주가를 끌어올리고 싶어 하는 경제인들, 그리고 장안의 큰손들까지 그녀를 원했기 때문에 대부분의 주말은 필드에 나가야 했다.

그 정도 능력이 있으면 거절해도 된다고 생각하는 건 오산이다. 아무리 뛰어난 능력이 있어도 힘센 놈들의 세계에서는 그녀 역시 일개 하루살이에 불과하기 때문이다.

이것이 약육강식의 세계다.

돈은 사람을 살리고 죽이는 괴물이기에, 힘센 인간들은 돈이 걸리면 무슨 짓이라도 한다.

그래서 순응하며 산다.

그들과 함께하는 시간이 많을수록 자신에게도 막대한 돈이 생기니까.

*   *   *

JBC 방송국에서 녹화를 마친 정설아는 담당 아나운서의 인사를 받으며 스튜디오를 빠져나왔다.

PD가 현관까지 마중 나오며 오늘 방송이 최고였다고 치켜세웠으나, 그녀는 고개만 까닥 움직여 인사를 한 후 기다리고 있던 윤민아와 함께 방송국을 나와 승용차 쪽으로 걸어갔다.

그때 맞은편에서 한 남자가 걸어오는 게 보였다.

검정색 슈트를 입은 남자였다.

처음에는 무심코 다가오는 남자를 보면서 걸었으나, 점점 거리가 가까워지면서 서서히 눈이 커졌다.

늘씬한 키에 완벽하게 균형 잡힌 몸매.

하지만 진짜 놀라게 만든 것은 눈앞까지 다가온 남자의 얼굴이었다.

저절로 감탄이 새어 나왔다.

텔레비전에 자주 출연하며 잘생긴 남자들을 많이 봤지만, 눈앞으로 다가온 남자는 그들과 격이 달랐다.

'탤런트? 아니면 영화배우?'

그렇겠지.

이곳은 방송국이었으니 분명 그럴 것이란 추측이 들었다.

그럼에도 생소했다.

그녀가 모를 정도라면 신인일 가능성이 컸고, 그게 아니라면 자신의 판단이 틀렸을 수 있다.

슬쩍 옆을 보자 팀원인 윤민아는 입까지 쩍 벌리고 있었다.

문제는 남자가 코앞까지 다가오더니 그녀의 발길을 막았다는 것이었다.

"안녕하세요, 정 팀장님. 처음 뵙겠습니다."

"저를… 아시나요?"

"그럼요, 대영증권의 에이스, 정설아 팀장님이시잖아요."

이름까지 안다는 건 미리 조사했다는 뜻이거나 아니면 방송에서 봤다는 뜻이다.

그녀의 총명한 머리가 빠르게 돌아갔다.

상대는 나를 알지만, 나는 상대를 모른다.

그런 경우의 대부분은 오직 하나.

자신의 능력이 필요한 경우뿐이지.

그랬기에 그녀의 목소리가 건조하게 흘러나왔다.

"조금 바쁜데 용건이 뭐죠?"

"아, 그러신가요. 그렇다면 본론만 빠르게 말씀드리겠습니다. 제가 투자를 하고 싶은데, 어떻게 해야 될지 몰라서요. 그래서 무작정 팀장님을 만나 보려고 왔습니다. 텔레비전에서 말씀하시는 걸 봤는데 무척 신뢰가 갔거든요."

어이없는 이유.

자신도 모르게 실소가 새어 나왔다.

이 사람은 증권사 본사의 팀장이 일개 지점 PB들이 하는 것처럼 고객의 돈을 맡아 운영해 준다고 생각한 모양이다.

그럼에도 남자의 말이 끝나는 순간 찌릿한 전류가 흘렀다.

무슨 남자의 목소리가 이렇게 부드럽고 달콤하단 말인가.

그럼에도 그녀는 자신의 속마음을 표정으로 드러내지 않았다.

어떤 충격이 와도 버틸 수 있을 정도의 단련은 되어 있다.

"미안하지만 저는 위탁 업무를 하지 않아요. 전문 PB가 필요하면 저희 증권사 아무 지점에 가서도 돼요. 찾아가서 지금 저한테 말씀하신 것처럼 이야기하세요. 그러면 친절하게 상담해 드릴 거예요."

"실망이네요. 그런데 왜 팀장님은 왜 그런 일을 안 하시죠?"

"같은 증권사라 해도 맡은 바 임무가 다르니까요."

"큰일이네요. 아버지 퇴직금이라 정말 잃으면 안 되는데……. 그래서 제가 가장 좋아하는 팀장님을 찾아온 건데 안 된다고 하시니……."

심장이 흔들리는 소리가 자신의 귀에까지 들렸다.

남자의 얼굴에 담겨 있는 실망감을 보게 되자 불쌍하다는 생각이 들었다.

아버지 퇴직금?

자신의 돈이 아니라 아버지의 퇴직금이란 말인가.

자신도 모르게 그의 상황과 형편이 궁금해졌다.

그러나 그런 걸 물을 이유가 없다.

증권사 지점을 찾아가 봐야 뻔한 스토리가 펼쳐진다.

PB는 증권사의 이익에 가장 유리한 펀드를 소개해 줄 것이고, 주식에 대해 문외한들은 대부분 그들의 말을 믿고 묻지 마 투자를 하게 되는 것이다.

펀드의 수익률은 뻔하다.

증권사의 운용 수수료를 빼고 나면 투자를 해서 얻는 수익은 한계가 있고, 자칫 잘못하면 손해를 보는 경우도 많았다.

그럼에도 그녀는 같은 이야기를 반복했다.

"어쨌든 저를 찾아왔는데 미안하게 됐어요. 제가 말씀드린 것처럼 저희 지점 전문 PB를 찾아가세요."

"그럼 혹시, 팀장님께서 소개해 주실 수 있나요. 팀장님이 소개해 준 사람은 왠지 믿을 수 있을 것 같아요."

"하아……."

이 남자를 어쩐단 말인가.

말하는 걸 보니 주식에 대한 지식과 정보에 대해서는 문외한인 것 같았다.

더군다나 자신을 좋아해서 찾아왔다니, 그냥 냉정하게 돌아서기엔 양심의 가책이 느껴졌다.

그랬기에 그녀는 작은 한숨을 몰아쉰 후 천천히 입을 열었다.

"여기 명함 받으세요. 나중에 전화하면 제가 괜찮은 PB를 물색해서 알려 드릴게요."

"감사합니다."

*   *   *

남자가 돌아가는 모습을 지켜보지 않고 곧바로 몸을 돌렸다. 옆에 윤민아가 있었기 때문이었다.

증권사도 직장이다.

직장에서 상사는 칼 같은 이성과 행동으로 직원들의 모범이 되어야 하며, 권위를 유지하기 위해서는 조금도 허점을 보여서는 안 된다.

그럼에도 점점 멀어지는 구두 소리를 들으며 아쉽다는 생각이 들었다.

정말 잘생긴 남자.

더군다나 자신의 도움을 간절히 바라던 눈길.

만약 윤민아가 옆에 없었다면 더 많은 조언을 해 줬을 거란 생각이 들었지만, 정설아는 가볍게 머리를 흔들고 그런 생각을 지워 버렸다.

"팀장님, 저 사람 탤런트가 아닌가 봐요. 워낙 잘생겨서 그쪽 분야에 일할 거라고 생각했는데, 아무래도 제 생각이 틀린 것 같아요."

"세상에 잘생긴 사람이 한둘이겠어. 잘생겼다고 연기도 안 되면서 탤런트나 영화배우 하는 애들이 잘되는 거 봤니?"

"하긴, 그렇죠. 하지만 저 사람 목소리 정말 좋았잖아요. 제가 봤을 땐 그쪽에서 일해도 성공했겠어요."

"그만하고 얼른 차 문이나 열어."

"넵."

더 듣기 싫다는 듯 정설아가 지시하자 윤민아가 살짝 입술을 삐죽이더니 반대쪽으로 뛰어갔다.

아직 결혼을 안 한 처녀, 그것도 결혼 적령기에 있는 아가씨였으니 자연스럽게 관심이 갔겠지.

자신마저 가슴이 설렐 정도였으니 어쩌면 당연한 일이다.

그럼에도 하위 직원과 계속 남자에 대해 이야기를 한다는 건 그녀의 자존심이 허락지 않았다.

*　　　　　*　　　　　*

이병웅은 그녀들의 차가 떠나는 걸 보며 쓴웃음을 지었다.

정설아를 찾아내는 건 그리 어려운 일이 아니었다.

몇 번의 검색 끝에 찾아냈는데, 뉴스에서는 그녀를 대영증권의 에이스이며 수익률 톱을 달리는 최고의 PB라 소개하고 있었다.

여러 명의 후보자가 있었으나 다른 사람은 가차 없이 제외해 버렸다.

그만큼 그녀의 스펙과 인지도는 업계 최고였기 때문이었다.

다른 여자 같았다면 자신을 보는 순간 당장 표정이 바뀌었을 텐데, 그녀는 변화가 거의 없었다.

물론 자신은 그녀의 변화를 눈치챘지만, 다른 사람이었다면 알아채지 못했을 것이다.

역시 다르다.

나이가 많아서 그런 건 아니다.

나이가 많아도 웬만한 여자들은 자신을 보는 순간, 넋부터 나가는 경우가 허다하다.

그럼에도 그녀가 당당히 버틸 수 있었던 건 그녀가 지닌 지위의 무게 때문이다.

냉정하고 이지적이며 절대 허점을 보이지 않는 여자.

아마, 평생을 그렇게 살아왔겠지.

골드미스라고 했던가.

더군다나 꽤나 아름다운 얼굴과 몸매를 가졌음에도 36살이 되도록 결혼을 하지 않았다는 건 그녀의 가슴속에 자유에 대한 열망과 자신에 대한 사랑, 구속에 대한 거부감이 크다는 뜻이다.

그럼에도 걱정하지 않는다.

처음의 접근으로 다시 만날 기회를 만들었으니, 그녀를 손에 넣은 건 이제 시간문제일 뿐이다.

정중하게 다가갈 것이다.

그리고 내 편이 되는 순간, 세상에서 가장 소중한 사람으로 대할 것이다.

그녀는 그만한 능력이 있는 여자니까.

이병웅이 정설아를 타깃으로 한 것은 능력도 능력이지만, 그녀가 결혼을 하지 않았다는 점이었다.

목적을 위해 달려간다.

그러나 인간으로서 손가락질 받는 짓까지 가차 없이 할 생각은 추호도 없었다.

최철환 교수에게 2년이란 시간을 제시한 것은 그 기간 동안 세계경제에 폭탄이 터질 것이란 확신이 있었기 때문이었다.

길어야 1년, 그 기간 안에 문제가 생긴다.

그리고 문제가 생기면 전 세계 금융시장이 휘청거릴 만큼 거대한 충격이 오게 될 것이다.

이런 상황에서 공부를 위해 펜실베이니아에 간다면 인생에 한번 올까 말까 한 기회를 놓치게 된다.

꿈과 명예도 좋지만, 나에게 더욱 필요한 건 야망이다.

7개월 전.

내 인생의 전환이 시작된 이후.

내면 깊숙한 곳에서 끝없이 나의 뇌 속을 자극하던 힘의 정체는 바로 야망이었다.

왜냐고 묻는다면 대답하지 못한다.

나는 7개월 전만 해도 여자조차 사귀지 못할 정도의 괴물이었고 소심함의 극치였으니, 이런 변화가 일어난 것에 대한 해명을 할 수 없다.

그럼에도 가슴 깊은 곳에서 생성된 본능이 그를 향해 끝없이 요구하고 있었다.

야망을 가지라고, 그래서 세상을 정복하는 절대자가 되라고!

*   *   *

대한민국의 선물 옵션 시장은 전 세계 2대 메이저리그에 해당한다.

하나는 금융의 중심지 홍콩이었고, 또 다른 하나가 바로 대한민국의 선물 옵션 시장이었다.

거대한 금융 위기는 금융 투자가에겐 막대한 부를 축적할 수 있는 절호의 기회가 된다.

내가 미국으로 떠나지 않은 것도 이런 이유가 있기 때문이다.

칼같이 내리꽂는 하락장에서 단시간 내에 막대한 수익을 올릴 수 있는 방법은 선물 옵션만 한 게 없고, 대한민국은 막대한 자금이 꿈틀거리는 선물 옵션의 보고다.

따라서, 지금은 자금 확보가 필요했다.

어떻게?

당연히 자신의 능력을 최대한 이용해서.

수단과 방법을 가리지 않는다.

천재적인 머리는 기본 수단이고, 자신이 얻은 기적은 향후 주 공격 수단으로 활용할 생각이었다.

대영증권의 정설아는 그 일환에 불과했다.

지금 가진 것은 아버지의 퇴직금 1억 5천만 원이 전부였지만, 최대한 빠른 시간 내에 금융 위기를 대비한 투자금을 확보할 계획이었다.

정설아를 손에 넣는 것과 동시에 투자 전문 회사를 차릴 예정이었다.

투자금이 확보되면 그녀의 정보력과 자신의 지식을 최대한 활용해서 자금을 불려 나갈 것이다.

*   *   *

"근처에서 회식이 있었나요?"

"당신… 이번에도 우연은 아니겠고. 혹시 나를 스토킹해요?"

"계속 따라다닌 건 아니고… 오늘은 꼭 만나 뵙고 싶어서."

"이유는?"

"이전에 말씀드린 것처럼 투자 때문에."

"나는 고객을 상대하지 않는다고 말씀드렸을 텐데요?"

"저도 말씀드렸죠. 전, 꼭 정 팀장님과 같이 일을 하고 싶습니다."

또다시 웃는다.

이 남자는 웃을 때마다 가슴을 설레게 만드는 충격을 준다.

그러나 정설아는 여자이기 이전에 증권사를 쥐고 흔드는 에이스 중의 에이스였다.

남자가 투자란 말을 꺼냈을 때부터 그녀는 여자란 존재에서 벗어나 있었다.

"참, 재미있는 사람이네요. 비켜 줄래요, 아니면 경찰 부를까요?"

"전 그저 서 있을 뿐인데, 경찰까지는 너무 나갔죠."

"나는 본심을 숨기고 다가오는 남자는 관심이 없어요. 왠지 냄새가 좋지 않거든요."

"앞으로는 좋아질 겁니다."

마음이 움직이자 왼손에서 은은한 황금빛 광채가 생성되었다.

그런 후 이병웅의 눈이 정설아의 눈과 마주치는 순간, 그녀의 동공에 황금빛 색채가 전이되었다.

동화다.

이런 현상이 발생하면 여자는 자신의 의지와 상관없이 이병웅의 뜻에 따르게 된다.

언제 알았냐고?

왼손에서 생성되는 '밀애'라는 단어.

마치 낙인처럼 나타났다가 거짓말처럼 사라지는 이 비밀을 풀기위해 별짓을 다 해 봤다.

그러다, 우연한 기회에 알게 되었다.

'밀애'를 생성하고 여자의 눈을 보게 되면 자신의 말을 여지없이 따른다는걸.

그렇다고, 여자가 이지까지 상실한다는 뜻은 아니었다.

한 번 쓸 때마다 한 번씩.

그러고 보면 생산성 측면에서 본다면 그리 효율적인 것은 아니다.

여자가 말을 듣지 않을 때마다 계속 '밀애'의 효능을 꺼내 써야 되니 말이다.

"우리 어디 가서 술이나 한잔할까요?"

*　　　　*　　　　*

그들이 들어간 와인 전문점은 제법 규모가 컸고 분위기도 잔잔해서 대화를 나누기에 더없이 적당한 곳이었다.

정설아는 자리에 앉은 후 맞은편에서 미소 짓고 있는 이병웅을 바라보며 한숨을 길게 내리쉬었다.

처음엔 분명 그냥 가려 했다.

자신보다 어린 남자.

처음도, 두 번째 만남에서도 분명 이 남자에 대한 설렘은 있었으나 그것이 한계다.

이제 막 피어난 꽃봉오리가 아니라 자신은 활짝 만개한 꽃이다.

그것도 생명력이 가장 질기다는 목련이다.

갖은 풍상과 사회 경험 속에서 당당하게 세상을 내려다보는 지위까지 올라섰고, 남자가 유혹한다 해서 훅 넘어갈 정도의 나이도 아니다.

그런데 술 한잔하자는 남자의 제안을 거부하지 못했다.

뭔가, 무조건 가야 한다는 강박관념?

그것보다 더한 느낌이다. 반드시 해야 하는 숙제 같은 것?

아니다, 아니야. 어떤 말로 표현해야 될지 잘 모르겠다.

"뭐 하는 사람이에요?"

어떤 이유로 여기에 앉은 건지 갈피가 잡히지 못했으나, 정설아는 와인이 나오자 검지와 중지 사이에 잔을 끼워 돌린 후 천천히 와인을 입으로 가져갔다.

그런 후 지금까지 품어왔던 의문을 물었다.

그녀는 자신의 예측이 맞는가에 대한 강렬한 욕구와 남자의 정체, 그리고 자신에게 접근한 진정한 이유에 대해서 알고 싶다.

"그러고 보니 정식으로 소개조차 하지 못했네요. 저는 이병웅입니다. 현재 S대 경영학과 4학년입니다."

"당신이… 정말 이병웅 씨라고요!"

정설아가 얼마나 충격을 받았는지 들고 있던 잔을 급히 내려 놓다가 와인을 바닥에 쏟았다.

이병웅.

S대 경영대의 총아.

수석 입학은 물론이고, 한 번도 톱을 내려놓지 않은 남자.

그런 스펙을 지닌 남자였으니 그녀가 모른다는 게 오히려 이상하다.

증권사의 투자팀장은 세계정세는 물론이고, 경제, 사회, 군사까지 특별한 정보라면 깡그리 수집해서 정보화하는 자리다.

더군다나 이병웅은 대영증권의 스카우트 넘버원의 위치에 올라 있는 사람이었다.

국내 경영 쪽에서 독보적인 영향력을 행사하는 최철환 교수가 그를 펜실베이니아 대학원, 그것도 차기 뉴욕연은총재로까지 거론되는 윌리엄스 교수에게 추천했다는 소릴 들은 건 10일 전의 일이었다.

얼마나 놀랐는지 모른다.

그녀 역시 하버드 출신이었으나, 한국에서 추천으로 그것도 최철환 교수의 추천으로 펜실베이니아에 간다는 것은 불가능에 가까운 일이기 때문이었다.

만약 그게 사실이라면 대영증권은 그를 스카우트하려는 계획을 포기하고 다른 사람을 물색해야 한다.

"놀라는 걸 보니 저를 알고 있었던 것 같네요?"

"맞아요."

"어떻게 아셨죠?"

"당신이 정말 이병웅 씨란 걸 먼저 확인시켜 주세요. 내가 아는 그는 당신 외모와 상당히 다르니까요."

"눈 병신이란 소문 말이죠?"

"음……."

그녀의 신음 소리를 들으며 이병웅은 지갑에서 주민등록증과 학생증을 꺼내 그녀 앞으로 내밀었다.

한 가지가 아니라 두 가지를 동시에 꺼낸 것은 불필요한 의심을 완전히 차단하겠다는 뜻이다.

그랬기에 그녀는 두개의 신분증을 확인한 후 한숨을 길게 내리 쉬었다.

어떻게 된 건가.

분명 그녀의 정보로는 이병웅은 외모에 문제가 있다고 들었다.

눈.

그것도 죽어 있는 눈을 가지고 있어 사람들이 피할 정도라고 했는데, 지금 눈앞에 있는 남자는 소문과 천양지차의 외모를 지니고 있었다.

* * *

"저는 학생인데, 팀장님께서 저를 어떻게 알고 계시죠?"

"이병웅 씨는 생각보다 훨씬 유명한 사람이에요. 최근엔 최철한 박사가 당신을 펜실베이니아에 추천했다는 소문까지 증권사에 돌았어요. 그런 소식은 꽤나 충격적이니까요. 내가 알기로는 리쿠르트에서 당신에 관한 특집 기사를 실기 위해 뛴다는 소문도 있어요."

"하아, 큰일이네. 그거… 연기됐는데."

"뭐가 연기됐다는 말이죠?"

"유학. 펜실베이니아는 제가 사정이 좋지 않아 몇 년 연기시켜 달라고 부탁드렸어요."

"아니, 왜요!"

정설아가 너무 놀랐던지 고함을 질렀다가 급히 입을 손으로 막았다.

아무리 그녀가 베테랑이라 하더라도 유학을 연기했다는 말은 너무나 충격적이었던 것 같았다.

펜실베이니아가 어떤 곳이란 말인가.

어떤 사정인지 몰라도 죽을 처지만 아니라면 무조건 가야 하는 곳이 바로 거기다.

이병웅은 천천히 그녀를 자신의 세계로 이끌었다.

태어날 때부터 가졌던 천형.

그로 인해 자신이 감내해야 되었던 고통과 슬픔을 잔잔하게 이어 나갔다.

그리고 최근 들어 아버지가 당했던 강제 퇴직과 엄마는 아직도 아버지가 실직한 것을 모른다는 말로 이야기를 마치며 이병웅은 슬픈 눈으로 그녀를 바라보았다.

진실은 어떤 상황에서도 통한다.

거짓은 그 속에 진심을 담지 못하기에 사람의 감정을 움직일 수 있는 설득력이 부족하다.

그녀의 눈가에 살짝 눈물이 맺혔다.

의외다.

증권가에서는 그녀를 보고 철의 마녀라 불렀는데, 지금 보니 그 말이 틀린 것 같았다.

자신에 대해 이야기했던 10분 동안, 그녀의 감정은 확연히 알아볼 수 있을 만큼 변화가 심했는데 그런 여자가 어떻게 철의 마녀란 별명을 얻었단 말인가.

하지만 이병웅은 모르는 게 있었다.

만약 정설아가 아니라 다른 여자였다면, 아마 지금쯤 울어 대는 통에 실연이라도 당했다고 여겼을 것이다.

그도 모르는 사이에 감정이 기복을 일으켰다.

누군가에게 지금까지 살아오며 느꼈던 슬픔을 처음으로 노출시켰기 때문인지 자신도 모르게 감정이 울컥했다.

그때마다 손바닥에서 '밀애'가 꿈틀거렸고, 그 신비한 기운이 정설아에게 흘러들어 갔다.

결국 그녀는 펜실베이니아에 대한 꿈을 잠시 동안 접어야 했다는 말을 듣는 순간 눈에 가득 찼던 눈물을 찍어 냈다.

"그래서 꼭 투자를 하겠다는 거예요?"

"그렇습니다."

"이병웅 씨 정도의 능력이라면 충분히 성공할 수 있을 텐데요?"

"저는 시간이 별로 없어요. 펜실베이니아에 가야 되니까요. 그리고 서브프라임 모기지론으로 인해 미국이 위험해서 최대한 시간을 아껴야 해요."

"후우… 당신이 어떻게 그걸!"

이병웅을 바라보는 그녀의 얼굴이 하얗게 질렸다.

서브프라임 모기지론.

전혀 생소한 이 단어를 그녀는 불과 3달 전에 알았다.

미국의 경제잡지 한쪽에서 부동산 대출인 서브프라임 모기지론이 남발되며 문제가 발생되고 있다는 뉴스를 발견했던 것이다.

그때부터 조금씩 그와 관련된 뉴스가 흘러나오며 심각성이 커져가고 있었지만, 그 단어를 아는 사람은 국내에서 찾아보기 어려웠다.

"역시 증권사의 에이스답네요. 정 팀장님이라면 알고 계실 줄 알았어요."

"병웅 씨는 그걸 어떻게 알았죠?"

그녀의 질문에 이병웅이 싱긋 웃었다.

그런 후 천천히 입을 열었다.

"정 팀장님도 매일 정보를 수집하잖아요. 저도 마찬가집니다. 경영학도가 세계경제에 관심을 갖는 건 당연한 일이니까요."

"좋아요, 그건 그렇다 쳐요. 하지만 그것만 가지고 미국이 위험해질 거라 예측하는 건 무리가 있는 것 아닌가요?"

"단순히 정보만 가지고 그런 분석을 할 순 없겠죠. 경제의 10년 사이클에서 의심을 시작했고, 모든 경제지표들을 확인한 후 결론 낸 겁니다."

"하아, 당신 정말 대단하네요. 설마 그것까지 알고 있었단 말이에요?"

정설아의 입에서 저절로 감탄사가 새어 나왔다.

경제 위기 10년 주기설.

10년마다 경제 사이클 곡선이 정점을 찍는다.

그 개념 안에는 수많은 경제 이론과 현상, 지표들이 포함되어 있는데, 그걸 정확하게 캐치하지 못한다면 경제 위기에 대한 확신을 갖을 수가 없다.

그녀 역시 하버드에서 10년 주기설에 대한 공부를 했지만, 개념을 정립하기까지는 무려 12년이 걸렸다.

그때부터 두 사람의 전쟁이 시작되었다.

10년 주기설에서 가장 중요한 역할을 맡고 있는 연준의 금리 정책과 현 경제 상황, 환율은 기본이었고 수많은 경제지표들이 두 사람의 입에서 튀어나왔다.

고수는 싸우기 전, 상대의 기세를 안다.

그리고 그걸 증명하는 건 첫 번째 칼이 부딪쳤을 때다.

국채의 장단기 금리 변화를 나타내는 Yield curve는 물론이고 필립스모형에 관한 논쟁이 시작된 후, 정설아는 상대가 절대 자신보다 하수가 아니라는 것을 뼈저리게 느꼈다.

모르는 게 없다.

더군다나 경제지표에 숨어 있는 약점과 변화의 흐름에 대한 것까지 정확하게 짚고 있어 오히려 이론이 딸릴 지경이었다.

시간이 어떻게 가는 줄 몰랐다.

술만 간단하게 한잔하고 가볍게 헤어질 생각이었다.

그러나 눈앞에 있는 남자가 이병웅이란 사실을 알게 된 후, 막상 토론이 시작되자 시간의 흐름을 잊어버리고 말았다.

"당신, 정말 대단하네요. 왜 최철환 박사가 병웅 씨를 펜실베이니아에 추천했는지 알겠어요."

"최 교수님이 추천하신 게 그 정도 대단한 일인가요?"

"당연하죠. 최철환 교수는 한국 경제계에 살아 있는 전설이세요. 더군다나 자존심이 워낙 강해 남을 잘 인정하지 않으시죠. 그런 분이 펜실베이니아에 병웅 씨를 추천했다는 건 정말 믿을 수 없는 일이었어요. 오죽하면 증권가에서 화제가 되었을까요."

"듣고 보니 영광이군요."

이병웅이 다시 한번 싱긋 웃었다.

그러자, 그의 웃음을 바라보던 정설아가 살짝 얼굴을 붉혔다.

이런 상황에서, 이 마당에 가슴이 뛰는 건 뭐란 말인가.

"병웅 씨는 웃으면 안 되겠네요. 여자들이 전부 정신을 못 차릴 정도로 매력적이라 큰일 나겠어요."

"정 팀장님은 아닌 것 같은데요?"

"왜 나는 안 그럴 거라 생각해요?"

"그럼 가슴이 뛰었어요?"

"노코멘트. 나이 많은 여자가 그렇다고 하면 비웃을 거잖아요."

"하하, 그 멘트 너무 웃겨요. 누가 들으면 정 팀장님이 할머닌 줄 알겠어요."

"병웅 씨에 비하면 거의 할머니급이죠."

"이렇게 매력적이고 예쁜 할머니가 어디 있어요. 정 팀장님은 대학생이라 말해도 전부 믿을 거예요."

"거짓말."

"오늘 너무 시간을 많이 뺏어서 미안해요."

"아……."

이병웅의 웃음이 진해졌다.

그러자 뒤늦게 정설아가 시계를 보더니 깜짝 놀라는 시늉을 했다.

와인 바에 들어온 게 8시였는데, 시계는 벌써 12시를 지나고 있었으니 정말 많은 시간이 흘렀다.

"일어날까요?"

"그래요. 너무 늦었네요."

*   *   *

이병웅은 그녀를 에스코트해서 걸어 나가다가 카운터에 들러 계산을 했다.

그녀는 그런 모습을 그냥 지켜만 봤다.

학생이 계산하는 장면을 그냥 지켜본다는 건 아마 그녀가 남긴 마지막 자존심의 흔적이겠지.

그리고 그 이면에는 또 다른 뭔가가 작용했을 것이다.

투자를 하고 싶다며 와인 바로 이끌었지만, 이병웅은 투자에 관해서는 한마디도 꺼내지 않았다.

지금은 아니다.

그녀가 그를 위해 해야 할 일은 무엇보다 중요하고 위험하다.

그러기 위해서는 그녀에게 뭔가를 줘야 한다.

그런 위험을 감수하면서까지 자신을 위해 불구덩이로 뛰어들 수 있는 확신.

그리고 오늘 자신은 그녀에게 벗어날 수 없는 확신을 줄 것이다.

*   *   *

밖으로 나온 이병웅은 그녀를 길가에 세워 놓은 후 택시를 잡았다.

정설아는 오늘 약속이 있었기 때문에 차를 가져오지 않았는데, 12시가 넘자 택시는 쉽게 잡히지 않았다.

혹시 그런 경험 없나?

마음에 드는 여자를 집에 가지 못하도록 만들기 위해, 또는 그런 상황을 연출하기 위해 고의적으로 일을 어렵게 만든 경험 말이다.

와인 바에서 대화를 나누며 2병이나 마셨기 때문에 둘은 적당히 술기가 올라온 상태였다.

더군다나 정설아는 술이 센 편이 아니라 정신은 말짱했지만 얼굴은 붉게 달아올라 있었다.

그럼에도 이병웅은 이리 뛰고, 저리 뛰어 기어코 택시를 잡은 후 그녀가 타자 자신도 그 옆에 같이 탔다.

"병웅 씨 집은 구로동이라면서요?"

"시간이 너무 늦었어요. 집까지 바래다 드릴게요. 누나처럼 예쁜 여자는 잡아가려는 남자들이 많을 거예요."

누나.

이병웅의 입에서 누나라는 말이 나오자 정설아가 놀란 눈으로 바라봤다.

하지만 그뿐이다.

그녀는 얼굴이 조금 더 붉어졌을 뿐, 호칭에 관한 문제로 시비를 걸지 않았다.

다시 말해서 받아들이겠단 뜻이다.

"그래도 병웅 씨가 너무 힘들어요. 그러지 말고 그냥 가세요. 나 술 안 취했으니까 혼자 갈 수 있어요."

"아뇨. 원래 신사는 끝까지 기사도 정신을 지켜야 해요. 아저씨, 가시죠."

＊　　　　＊　　　　＊

그녀의 집은 신사동이었다.

강남의 요지.

거기다 그녀는 신사동 중심가에 위치한 오피스텔에 살았는데 가격만 20억을 호가하는 곳이었다.

걸린 시간은 불과 15분.

그 시간 동안 이병웅과 정설아는 한마디도 하지 않았다.

침묵.

두 사람 사이에서 흐르는 침묵의 정체는 뭘까?

그건 아마도 앞으로 벌어질 일에 대한 기대와 긴장, 그리고 흥분이었을 것이다.

택시에서 내린 그녀가 따라 내린 이병웅을 향해 침묵하고 있던 입을 열었다.

"오늘 대화 즐거웠어요. 늦었는데 이제 가세요."

"배고픕니다."

"예?"

"배고파요. 혹시 집에 라면 있으면 하나 끓여 주세요."

이런 장면 어디서 많이 봤다.

아주 전형적이고 치졸하며 의도가 뻔히 보이는 늑대들의 수작이다.

그럼에도 정설아는 이병웅의 말이 끝나는 순간 즉시 거절하지 못한 채 흔들리는 눈빛으로 떠나는 택시 쪽으로 고개를 돌렸다.

무슨 뜻인지 알겠지?

전형적이며 치졸하고 의도가 뻔히 보인다 해도 여자들은 마음에 드는 남자라면 그 수작에 은근슬쩍 넘어가는 법이다.

그녀와 함께 오피스텔로 올라온 이병웅은 집을 구경하면서 연신 탄성을 질렀다.

집 자체도 고급스러웠지만, 그녀가 치장해 놓은 모든 것이 클래식하다는 표현이 어울릴 정도로 정제되었으며 우아했다.

"여기서 누나가 성격을 알겠네요. 증권가의 철의 마녀란 별명은 아무래도 잘못 지어진 것 같아요."

"어머, 그 별명이 학교에까지 알려졌어요?"

"그럴 리가요. 누나한테 관심이 있어서 내가 알아본 거죠."

"호호, 칭찬으로 들을게요. 그런데 어쩌죠. 우리 집엔 라면이 없는데?"

알아. 이렇게 사는 사람이 라면을 먹을 리 없잖아.

"그럼 커피나 한 잔 주세요."

"잠깐 소파에서 기다려요. 내가 금방 타올게."

외투를 벗은 그녀가 물을 올리러 가면서 이병웅에게 거실 소파를 가리켰다.

너무 쉬운 거 아니냐고?

그럴 리가.

당신들은 모를 거야.

그녀의 집에 들어오기까지 무려 3번의 '밀애'를 썼어.

흔들리면서도 중심을 무너뜨리지 않는 차가운 이성.

세상을 살아오면서 쌓아 온 관록과 그녀의 지위가 그런 이성을 키운 게 분명하다.

만약 다른 남자였다면 처음부터 아예 택시조차 타지 못했을 거야.

지금도 그녀는 고민에 빠져 있겠지.

남자를 집에 들인다는 게 무슨 뜻인지 그녀가 모를 리 없다.

그러니 지금은 소파에 바보처럼 그냥 앉아 있으면 안 돼.

여기 온 이유가 커피나 마시러 온 건 아니니까.

*   *   *

이병웅은 그녀가 가리킨 소파 쪽으로 걸어가다 몸을 돌려 커피포트에 물을 담는 그녀의 등 뒤로 다가갔다.

정상적인 방법으로 여기까지 들어온 건 아니지만, 지금부터는 진짜의 모습으로 그녀를 사로잡기 위함이었다.

'밀애'의 단점은 강제성이 부여된다는 것이다.

그것은 진정으로 여자의 마음을 사로잡지 못한다는 걸 의미하기에 이병웅은 조금도 주저하지 않고 그녀의 등 뒤로 다가갔다.

그런 후 팔을 들어 그녀의 허리를 부드럽게 감싸 안았다.

놀라지 않았다.

그녀는 이병웅이 허리를 잡는 순간 다리에 힘이 풀렸는지 잠시 휘청거렸다.

내면에서 싸우고 있던 수많은 고민들이 이병웅의 손짓 하나에 무장해제 되고 있다는 걸 알려 주는 몸짓이었다.

"고마워요."

"뭐가?"

"날 받아 줘서."

"난 병웅 씨의 투자를 아직 받아들이지 않았는데?"

"그거 말고. 이거."

손이 천천히 움직였다.

그녀의 귀를 향해 부드러운 음성으로 말을 마친 이병웅의 손이 옆구리를 지나 아주 조금씩 그녀의 가슴 쪽으로 향했다.

제9장
작전주

그녀는 울었다.

36살의 인생에서 이런 황홀감과 전율로 몸이 부서질 것 같은 기분을 느낀 건 처음이었다.

그 시간 동안 왜 남자를 몰랐을까.

사귄 남자만 해도 5명이었고, 스쳐 지나간 남자를 따지면 그보다 훨씬 많았다.

그럼에도 이런 경험은 처음이다.

스치는 손길마다 온몸에서 소름이 돋았고, 그의 숨결 하나하나에 육체가 격렬하게 반응하며 정신을 나락으로 빠뜨렸다.

그와 함께했던 1시간이 마치 꿈결 같았다.

산다는 것의 의미.

치열하게 살아왔던 인생.

수많은 경쟁을 치르며 이 자리까지 올라왔고, 더 높은 곳을 향해 전진해 나갈 것이라는 그녀의 의지는 지금 이 순간 산산이 조각났다.

　무엇이 진정한 행복이란 말인가.

　그저 남을 이겨야 한다는 강박관념에 젖어 평생을 살아왔으니 언제나 긴장에 빠져 공부와 일에 치여 온 삶이었다.

　승리에 대한 환희도 있었고, 부러워하는 사람들의 시선도 수없이 받았지만, 이 순간 느끼고 있는 행복과는 비교조차 되지 않는 것들이었다.

　지금까지 살아왔던 자신의 꿈과 삶이 한 순간 연기처럼 사라져 버리는 현상을 보면서 그녀는 이병웅의 품속으로 더욱 격렬하게 파고들었다.

　나는… 이대로 죽어도 좋다.

＊　　　　＊　　　　＊

　"좋았어요?"

　"응."

　"얼마나?"

　"몰라."

　품속으로 파고드는 그녀를 가만히 안아 주었다.

　붉게 물든 그녀의 얼굴.

　그녀는 소녀처럼 행동하며 부끄러움을 숨기지 못했다.

　경제에 관한 토론을 하면서 얼마나 놀랐는지 모른다.

지금 이날 이때까지 자신이 알고 있는 모든 지식을 동원한 경우는 그녀가 처음이었다.

그녀의 입에서 각종 이론이 나오는 순간마다 마치 날카로운 칼이 자신을 겨냥하는 것처럼 느껴졌다.

과연 대영증권의 에이스다운 두뇌와 포스를 지닌 여자였다.

하지만 지금의 그녀는 순한 양이 되어 자신의 품에 안겨 있었다.

"돈이 없어서 유학을 가지 않는다는 거, 난 아직도 이해가 되지 않아."

"누나는 부유하게 살아서 그래요. 없는 사람들에게 돈이란 건 화폐의 가치를 넘어 목숨 줄 그 자체거든요."

"무슨 말인지 대충은 알아. 하지만 펜실베이니아는 그 가치를 뛰어넘어."

"내가 가진 아버지의 퇴직금은 우리 가족이 지닌 마지막 돈입니다. 이 돈을 쓰면 부모님은 힘들게 사실 겁니다."

"병웅 씨… 내가 해 주면 안 될까?"

"뭘요?"

"유학을 연기한 게 단순히 돈 때문이라면 내가 뒷받침해 줄 수 있어."

조심스럽게 말하는 그녀의 눈동자가 흔들거렸다.

혹시라도 자존심을 건드려 이병웅이 화를 낼까 두려워하는 말투와 시선이었다.

하지만 이병웅은 그녀의 말을 듣고 빙그레 웃었다.

"아직도 누나는 나를 잘 모르는 것 같네요. 하긴 만난 지 얼마 안 됐으니 그렇겠지."

"다른 이유가 있다는 뜻이야?"

"당연히······."

이병웅은 그가 생각하고 있는 것들을 천천히 그녀에게 설명해 주었다.

투자회사를 만들어 자금을 확보하고 다가오는 세계적 경제 위기에서 승부를 보겠다는 전략.

세부적인 것은 말하지 않았음에도 정설아는 금방 알아들었다.

그녀는 그 정도로 똑똑한 여자였으니까.

그렇다 해서 수긍했다는 뜻도 아니다.

"병웅 씨는 무척 위험한 생각을 가지고 있네. 잘못하면 정말 큰일 날 수 있어. 특히, 우리나라 선물 옵션은 개인투자가들의 무덤이야. 설마 몰라서 그런 건 아니지?"

"알아요. 하지만 특별한 경우엔 그렇지 않죠. 바로 다가오는 위기 같은 경우가 그렇습니다. 그땐 동등해질 겁니다. 기관이나 외국인이 개인들을 엿 먹일 수 없는 환경이 만들어질 테니까요."

"그런 일은 없어. 내가 증권사에 근무한 경력만 10년이 넘어. 절대 개인들은 기관과 외국인을 이길 수 없어."

"두고 보면 알겠죠."

이병웅이 씨익 웃으며 그녀의 걱정하는 시선과 마주쳤다.

무슨 소린지 안다.

한국이 선물 옵션에서 2대 메이저 시장을 형성하고 있는 건 그만큼 기관과 외국인들에게 유리한 환경이 조성되어 있기 때문이었다.

시가 총액 상위 10종목만 컨트롤해도 자신들의 베팅금액에 맞춰 어마어마한 이득을 볼 수 있으니 외국인과 기관들에겐 황금알을 낳는 거위나 다름없는 곳이다.

이병웅의 손이 걱정하는 그녀의 가슴 쪽으로 향했다.

부드러운 공처럼 예쁘고 탄력적인 그녀의 가슴은 만지는 것만으로도 짜릿한 기분을 느끼게 만들었다.

그녀의 반응도 비슷했다.

정설아는 이병웅의 손이 다가오자 움찔했지만, 손길을 거부하지 못했다.

"누나, 난 이제 투자를 시작할 생각이야. 그래서 빠른 시간 내에 투자회사를 만들려고 해요."

"투자회사를?"

"응, 내가 말했잖아. 내 돈만 가지고 언제 판을 키울 수 있겠어요. 돈이 돈을 굴린다는 거 누나도 잘 알면서 그래."

"그건 그런데… 투자자를 어디서 구해?"

"누나한테서."

"무슨 소리야?"

"나한테 강남의 큰손들 명단만 줘. 그럼 나머지는 내가 알아서 할게요."

"주는 건 문제가 아냐. 하지만 그 사람들이 병웅 씨를 믿고 돈을 맡길까?"

"맡길 거야."

"큰손들은 자기들 스스로 움직여. 그리고 사이드에서 그들을 도와주는 사람들도 많아. 강남의 큰손들은 철두철미해서 조금만 리스크가 있어도 움직이지 않는 사람들이야."

"알아요."

"하아… 도대체 난 무슨 소린지 모르겠어."

"나한테는 남들을 설득시키는 비장의 무기가 있어요. 내 자신감은 거기서 나오니까 걱정하지 말아요."

"그게 뭔데?"

"알려고 하지 마. 다쳐요. 이렇게!"

"아……."

이병웅이 만지고 있던 그녀의 가슴을 조금 세게 움켜쥐었다.

그러자, 그녀의 입에서 탄성이 흘러나오며 대화가 멈췄다.

더 이상 말해 줘도 그녀는 이해하지 못할 것이다.

자신이 지니고 있는 '밀애'의 비밀을.

그 비밀은 죽을 때까지 가슴속에 숨겨 놓아야 할 비장의 무기였고, 남들은 이야기해 준다고 믿을 수 있는 게 아니다.

*　　　　*　　　　*

투자 전문 회사를 만드는 건 쉬운 일이 아니었다.

자본금과 투자자가 필요했고, 그에 따른 행정 서류들도 복잡했다.

하지만 이병웅은 걱정하지 않았다.

어차피 투자자를 확보하는 게 우선이었고, 경제 위기까지는 아직 시간이 남았으니 천천히 준비해 나갈 생각이었다.

최근 들어 잠을 잘 때 이전과 다른 고통이 찾아왔다.

눈에서 생성된 열과 몸에서 발산하는 열은 차이가 있었는데, 눈이 불타는 것처럼 아팠다면 몸에서 나타났던 체열은 그나마 견딜 만했었다.

그런데 며칠 전부터 몸이 불타는 것처럼 뜨거워졌다.

온몸을 송곳으로 찌르는 것 같은 고통에 이병웅은 베개를 끌어안은 채 이를 악물고 버텼다.

1월의 매서운 추위가 창문을 통해 파고들었으나, 차마 창문을 닫을 수가 없었다.

그리고 어제.

절정으로 치달은 체열이 폭발하듯 전신을 짓누르는 순간, 자신의 왼손에서 황금빛 광채가 빠져나오며 벽에 낙인을 찍었다.

어이없게 벽에는 '밀애'란 단어가 선명히 새겨져 있었다.

이럴 수가 있나.

내가 무슨 무림의 고수도 아닌데 장풍을 날려!

벽이 무너졌다면 그나마 이해하겠지만, 벽에는 오로지 황금빛 두 글자가 새겨져 있을 뿐이었다.

크기는 엄지손가락 정도.

한참 동안 머리를 굴리며 원인을 분석하려 했지만, 천재적인 그의 머리로도 도저히 알 수 없는 기사였다.

더욱 골 때리는 건 증권 계좌를 개설하기 위해 나갔다 들어왔을 때 글자가 거짓말처럼 사라져 버렸다는 것이었다.

어이가 없다.

손바닥으로 박박 긁었고 젖은 수건으로도 닦아 봤지만, 낙인

처럼 찍힌 글자는 지워지지 않았는데 불과 몇 시간 만에 사라졌
으니 귀신이 곡할 일이었다.

＊　　　　　＊　　　　　＊

"누나, 언제 와?"

―응… 10분 정도면 도착해.

"빨리 와. 보고 싶어."

―알았어. 금방 갈게.

정설아의 목소리가 날아갈 듯 예쁘게 울려 퍼졌다.

비음이 담긴 그녀의 음성.

여자는 이렇다.

남자에게 사랑받는 여자들은 원래의 목소리에 저절로 애교가
섞이고, 코와 입이 연결된 것처럼 코맹맹이 소리를 한다.

오늘은 그녀에게 내 준 숙제를 받는 날이었다.

숙제를 잘해 왔나 검사를 해야 했고, 만족스러운 숙제였다면
그에 따른 충분한 보상도 해 줘야 한다.

"조금 늦었지?"

"괜찮아. 누나 같은 예쁜 여자들은 원래 늦는 거야. 난 좋았
어. 누나를 만난다는 상상을 하면서 아름다운 야경을 구경하는
것도 꽤 좋더라."

이병웅이 창밖을 가리키자 맞은편에 앉은 정설아가 감탄을 터
트렸다.

18층 스카이라운지에서 바라보는 서울의 전경은 이병웅의 말

대로 천상처럼 아름다웠기 때문이었다.

"병웅 씨, 이런 데를 어떻게 알았어. 정말 예쁘다. 혹시 나 만 난다고 일부러 준비한 거야?"

"당연하죠. 우리 누나는 그럴 만한 자격이 있을 만큼 아름다 우니까. 창밖에 보이는 저 화려한 야경도 누나한테는 반딧불에 불과해."

"하아, 정말 내가 미치겠다."

뻔히 아부라는 걸 알면서도 그녀는 황홀한 표정을 지은 채 이 병웅을 응시했다.

사람만 없다면 당장에라도 달려들어 키스하고 싶은 표정이었 다.

본격적인 숙제 검사가 시작된 것은 와인을 곁들인 스테이크를 먹고 난 후부터였다.

"여기 명단. 우리 증권사에서 가장 큰손 20명과 병웅 씨가 말 한 김철기, 전인철, 이명숙의 신상 명세가 적혀 있어. 주소와 전 화번호가 전부 있으니까 연락하는 건 어렵지 않을 거야."

"땡큐."

"알지? 출처는 비밀이란 거?"

"걱정하지 말아요. 절대 누나한테 피해가 가지 않을 거야. 그 리고 나에겐 비장의 무기가 있다고 했잖아."

"그래, 믿어. 병웅 씨가 잘 하겠지."

무작정의 믿음이다.

그럼에도 그녀의 눈에는 정말 이병웅을 믿는다는 신념이 담겨 있었다.

사랑에 빠진 여자.

그런 여자는 사랑하는 남자가 무슨 짓을 하든 감당할 각오가 생기는 법이다.

"그리고 이거."

"천하바이로로직스?"

"현재 주가 2,800원. 작전 세력은 베스트인베스팅으로 추정되는데 걔들이 3,500원부터 2,800원까지 떨어뜨리며 매집을 하고 있어. 현재 매집 수량은 120만 주. 대주주가 가진 130만 주를 제외하고 남은 주식은 250만 주야."

"얼마까지 올릴 것 같아?"

"통상 이 정도 규모의 회사면 최소 5배까지는 올리는 게 작전주의 특성이야. 그런 후 털고 나오면서 주가는 박살이 나는 거지."

"소스는?"

"간암 치료제 개발."

"진짜야?"

"응, 그런데 우리가 알아본 결과로는 멀었어. 신약 개발을 추진하는 건 맞는데, 임상 실험도 아직 못 했거든."

"그런데 어떻게 올려?"

"올리는 방법은 수도 없이 많아. 작전 세력은 물량을 다 매집하면 그때부터 서서히 소문을 내기 시작해. 그런 후 본격적인 상승이 시작되면 자기들이 매수한 언론을 동원해서 약을 팔지. 임상 실험에 들어갔다는 것부터, 조만간 미국 식품의약국(FDA)에 허가를 신청했다는 등 호재들을 연속적으로 터뜨릴 거야."

"오케이, 이해했어."

정설아는 천하바이오로직스의 회사 상태에 대해서 자세하게 설명했다.

당기순이익 마이너스 12억. 유보율은 불과 10%였고 PER은 주가가 2,800원에 불과했는데, 30에 달했다.

다시 말해 무늬만 있는 빈껍데기 회사란 뜻이었다.

"사려면 조금 있다가 사. 아직 세력이 매집을 다 안 끝냈으니까 주가는 조금 더 하락할 거야."

"타이밍이 되면 전화해 줘."

"그럴게, 그리고 걔들이 던지기 시작할 때 알려 줄 테니까 무조건 빠져나와야 해. 잘못해서 낚이면 빠져나오지 못해. 알았지?"

"오늘따라 누나가 더 예뻐 보이네."

"피이, 거짓말."

"정말이야. 오늘 누나 정말 예뻐. 시간이 벌써 이렇게 됐네. 우리 이제 갈까?"

"응."

이병웅의 그윽한 시선에 정설아가 기다렸다는 듯이 자리에서 일어났다.

가슴 가득한 설렘.

숙제를 잘한 아이에게 주는 선생님의 선물을 그녀는 한참 전부터 간절하게 기다리고 있었을 것이다.

이병웅은 '천하바이오로직스'에 대한 자료를 수집했다.

5년 전 회사를 설립했고, 2년 전 주식시장에 상장했는데 직원수는 겨우 32명뿐이었다.

자본금 30억에 상장 주식 수는 500만 주.

코스닥 쪽에는 소형주들이 많다.

하지만 '천하바이오로직스'는 그중에서도 규모가 가장 작았다.

이런 회사가 어떻게 주식시장에 상장될 수 있었냐고?

그건 이유가 있다.

바로 정부에서 한국의 바이오산업을 적극 육성시키겠다는 욕심으로 바이오 관련 기업의 상장 조건을 대폭 완화해 주었기 때문이었다.

당기순이익이 3년 내리 마이너스인 기업은 상장폐지를 시키지만, 바이오 기업은 그런 규정에서 예외일 정도로 정부는 바이오라면 껌뻑 죽는다.

이병웅은 '천하바이오로직스'에 관한 자료를 전부 수집해서 분석한 후, 기가 막혀 말문이 막혔다.

이런 회사가 버젓이 상장되어 있다는 것 자체도 웃기지만, 썩은 고기를 미끼로 작전을 펼치는 자들이 있다는 게 더 어이가 없었다.

정설아에게서 전화가 온 것은 며칠이 지난 수요일 오전 10시 무렵이었다.

─병웅 씨, 지금부터 들어가야 해. 아무래도 걔들 이번 주에 매집을 끝낼 것 같아.

"지금 가격으로?"

─응, 현재 가격 2,430원이니까. 물량 나오는 대로 받아먹어.

"오케이."

전화를 받은 순간 컴퓨터를 켜고 증권 사이트를 열었다.

그런 후 빠르게 로그인을 한 후 미리 즐겨찾기를 해놨던 '천하 바이오로직스'로 들어갔다.

그때부터 매도가로 베팅을 하기 시작했다.

1억 5천만 원.

몇백만 원짜리 주식을 산다면 수량이 얼마 안 되겠지만, 막상 저가주를 사려고 하자 결코 쉬운 일이 아니었다.

놈의 전략이 눈에 보였기 때문에 저절로 웃음이 나왔다.

매도에 걸린 수량은 전부 합해 20만 주.

그것도 매도가에 5만 주를 걸어 놨으니 파는 놈들은 많고 사는 놈은 적을 수밖에.

개미들을 계속 떨어지는 주가를 보면서 미치고 환장할 테지.

웬만한 강심장이 아니면 버틸 수 없다.

더군다나 이런 주식을 산 사람들은 회사의 성장성을 보고 한 탕을 노린 소액 투자자들이 대부분이라 매도 물량을 잔뜩 쌓아 놓고 가격을 떨어뜨리면 결국 매수가에 던질 수밖에 없다.

어차피 작전주다.

그리고 작전 세력은 개미들을 떨궈 내기 위해 물량을 쏟아 내는 중이었기에 사는 건 그리 어렵지 않았다.

물량이 나오는 대로 매도가에 500~700주 단위로 베팅했다.

작전 세력의 주고받기 전략을 깨기 위해서는 조금 아깝지만 매도가로 사는 수밖에 없었다.

마지막 물량까지 쓸어 담은 이병웅은 한숨을 길게 흘려 내며 냉장고로 향한 후 물을 꺼내 벌컥벌컥 들이마셨다.

평균 매수가 2,390원.

정설아를 만났을 때 가격이 2,800원이었으니 그녀의 조언 덕분에 410원이나 낮은 금액으로 매수할 수 있었다.

이젠 기다리기만 하면 된다.

남은 건 물량을 전부 확보한 작전 세력들이 개나발을 불면서 개미들을 끌어모아 주가를 상승시키는 일만 남았다.

*   *   *

베스트 인베스팅의 팀장 최철규는 인상을 긁으며 컴퓨터로 달려왔다.

자신들이 던지는 물량을 어떤 놈이 가로채고 있다는 게 확인되었기 때문이었다.

위에서 물량으로 찍어 누른 후 조금씩 매도가를 낮추며 기존 주식을 보유한 자들이 던지는 물량을 터는 게 그들의 매집 방식이었는데, 누군가가 매도가로 자신들의 물량을 뺏어 가고 있었던 것이다.

이제 이틀 후면 이 지겨운 짓도 끝나기 때문에 조금 긴장이 완화된 상태였다.

지금까지 35개 계좌를 동원해서 끌어모은 주식 수는 190만 주.

목표가 200만 주였으니, 남은 건 불과 10만 주뿐이었다.

조심스럽게, 그리고 아무도 눈치채지 못하도록 슬금슬금.

그러다 보니 하루에 사 모은 주식 수는 기껏해야 10만 주가 한계였다.

설계에서 실행까지 걸린 기간은 2달.

그 기간 동안 5명의 인원이 달라붙어 매일 작전회의를 하며 생고생을 한 걸 생각하면 두 눈이 튀어나와도 전혀 이상하지 않다.

"아무래도 한 놈인 것 같지?"

"그렇습니다."

"이 씨발 놈. 언제부터 끼어들었어?"

"정확하게는 모르지만 대충 10시경부터였던 것 같습니다."

팀원인 황인규가 입맛을 쩝쩝 다시며 모니터에 시선을 고정시킨 채 대답을 했다.

그 역시 중간에서 계속 물량을 채 가는 놈에게 이를 갈고 있었다.

"정보가 샌 건가?"

"그럴 리가요. 우리가 얼마나 철두철미하게 비밀을 지켰는데요. 찔끔찔끔 무려 한 달에 걸쳐서 샀단 말입니다. 이 정도면 귀신도 몰라요."

"그럼 저 새끼는 뭐야!"

최철규가 소리를 버럭 질렀다.

놈에게 물량을 뺏기는 게 문제가 아니라, 누군가 자신들의 작전을 눈치챘다면 그야말로 회사 전체가 날아가는 수가 있었다.

작전이 노출되는 순간, 직원 전체가 쇠고랑을 차야 한다.

인생 종치게 된다는 뜻이다.

그랬기에 최철규는 안절부절못하며 계속 매도가로 채결되는 물량이 나올 때마다 이를 북북 갈았다.

"사장님한테 말씀 안 드려도 될까요?"

"저 새끼 얼마나 샀어?"

"대충 6만 주 가까이 되는 것 같습니다."

"내가 말씀드릴 테니까 넌 계속 주시하고 있어. 어라, 왜 안 나와?"

"멈췄는데요."

최철규가 화면을 고정시킨 채 말을 하자 황인철이 눈을 잔뜩 오므렸다.

계속 물량을 채가던 놈의 행동이 멈췄기 때문이었다.

둘은 화면에 시선을 고정시킨 상태에서 한동안 움직이지 않았다.

거래가 다시 정상으로 돌아갔다.

매도가 쪽에서 거래되던 수량이 사라졌고, 다시 예전처럼 자신들의 물량만이 매수가에서 거래되고 있었던 것이다.

"씨발, 이거 뭐지?"

*   *   *

이병웅은 옷을 갈아입고 거리로 나왔다.

작전주에 올라탔으나 아무런 감흥도 없었다.

자신의 전 재산이었으니 잃으면 죽는다는 긴장이나 두려움 같은 건 전혀 생기지 않았다.

이건 시작에 불과하다.

진짜 게임은 지금부터야.

강심장으로 변해 버린 자신의 변화.

그런 변화는 며칠 전 온몸이 불타는 것처럼 아픈 후부터 훨씬 더 강해졌다.

그날 이후 자신의 눈은 완벽하게 흑색으로 변했고, 더 이상의 고통도 생기지 않았다.

신비로운 자신의 눈.

거울에 비친 자신의 눈을 볼 때마다 스스로 감탄을 멈추지 못했고, 자신의 육체는 더욱 완벽해져서 흠잡을 곳이 없을 정도다.

오늘 그가 만나려는 사람은 김철기.

명동의 큰손으로 그가 당장 움직일 수 있는 현찰만 3,000억이란 소문이 돌았다.

오죽하면 대기업들까지 그에게 수시로 손을 벌릴까.

하지만 그는 쉽게 만날 수 없는 사람이었다.

돈이 많은 자들은 자신의 신변을 지키기 위해 엄청난 신경을 쓰는데 김철기는 주변에 무술 고수들을 경호원으로 두고 있었다.

미리 약속이 되어 있지 않으면 만날 수 없다는 뜻이다.

그래서 약속을 했느냐고?

아니, 그럴 리가 없잖아.

내가 김철기를 언제 봤다고 약속을 했겠나.

그냥 가는 거지.

차부터 사야겠다.

이제부터 비즈니스를 해야 할 텐데, 맨날 버스나 타고 다니면 사람들이 뭐라고 생각하겠어.

정장을 갖춰 입고 터덜터덜 걸어가는 게 영 폼이 나질 않는단 말이지.

버스 정류장에 가기 위해서는 횡단보도를 건너야 했기 때문에 신호가 바뀔 때까지 기다렸다.

이쪽에는 사람이 없었고 반대쪽에만 4명이 서 있는 게 보였다.

그때 왼 손바닥에서 진동이 울렸다.

지잉.

뭐지?

자신의 왼손을 확인하고 고개를 갸우뚱거렸다.

잘못 느낀 건가.

한참 동안 왼손을 보다가 아무런 이상이 없기에 이병웅은 곧 시선을 돌려 신호등을 바라봤다.

그때 다시 한번 진동이 발생했다.

이번엔 틀림없다.

진동은 자신의 왼손에서 발생한 게 틀림없었다.

다시 손을 들어 살피는 동안 횡단보도의 신호가 바뀌었다.

손을 보면서 걸었다.

그때 진동이 간결하고 빠른 속도로 윙윙거리며 손바닥을 자극했다.

자신도 모르게 다시 걸음을 멈출 수밖에 없었다.

"빠아앙!"

코앞을 무섭게 지나가는 트럭.

너무 놀라 걸음을 멈춘 채 트럭을 바라보았다.

'콰앙!'

트럭은 횡단보도를 무서운 속도로 지나치더니 차선을 벗어나 길가 쪽으로 돌진하다 그대로 가로등과 표지판 지주들을 3개나 들이박은 후 멈췄다.

몰려가는 사람들의 모습들.

트럭의 상태를 보니 운전자에 문제가 있거나 브레이크가 고장 난 것이 틀림없었다.

다시 뒤로 돌아와 자신의 왼손을 바라보았다.

잘못하면 죽을 뻔했다.

만약 왼손에서 진동이 발생하지 않았다면 그냥 걸어갔을 것이고, 트럭에 치어 산산조각이 났을 것이다.

아무리 강심장으로 변했지만 그 광경을 생각하자 온몸에서 소름이 끼쳤다.

우연이냐, 아니면 '밀애'의 신비가 자신을 보호하기 위해 경고를 보낸 거냐?

후자다, 후자가 아니라면 이 상황이 이해가 되지 않는다.

'밀애'가 계속해서 진동을 일으킨 건 자신을 구하기 위함이 분명했다.

'후우, 후우.'

도대체, '밀애'의 공능은 어디까지란 말인가.

이게 말이 된다고 생각해?

목숨이 위험한 상황을 미리 경고 한다는 걸 어떻게 이해할 수 있단 말인가.

하나씩 나타나는 '밀애'의 공능이 이젠 무서워지기까지 한다.

그동안 그에게는 엄청난 것들이 몸 곳곳에 숨어 있다가 튀어 나왔다.

여자의 마음을 사로잡는 기술은 기본이고, 손바닥에서 '밀애' 가 시전되면 사람의 혼까지 일시에 정지시킨다.

그것뿐인가.

눈이 흑색으로 변할 때부터 머릿속에서 계속 떠오른 형태의 움직임은 이름조차 알 수 없는 무술이었다.

일부러 익힐 필요도 없었다.

뇌가 형태를 연상시키면 몸이 자연스럽게 주먹과 발길질을 했 는데, 파공성이 사방을 장악할 정도로 막강한 위력을 지니고 있 었다.

생각해 보면 자신의 몸이 이토록 완벽하게 변한 이유도 그 무 술을 익히도록 '밀애'가 만들어 놓은 장치였던 것 같았다.

뭐가 더 있을까.

그리고 그건 또 얼마나 나를 놀라게 만들 것인가!

*　　　　*　　　　*

명동에 이런 집이 있었나?

거대한 한옥 주택.

누가 사채업자 아니랄까 봐, 이런 집에 살아.

김철기. 나이 65세,

신분에 대해서는 밝혀진 게 없는 신비의 인물이다.

고향이 어딘지, 무엇을 해서 돈을 모았는지 알려진 바가 전혀 없었고, 가족 관계도 명확하지 않았다.

그럼에도 그는 명동에서 황제처럼 산다.

정문에 도착해서 인터폰을 누르고 기다리자 탁한 남자의 목소리가 들려왔다.

"누구십니까?"

"김철기 씨를 만나러 왔습니다."

"약속은 하고 오셨습니까?"

"아닙니다. 약속은 하지 않았고 김철기 씨가 저를 꼭 봐야 한다기에 왔습니다. 이병웅이란 사람이 찾아왔다고 하면 아실 겁니다."

잠시 침묵이 흘렀다.

분명 사실 확인을 하기 위해 시간이 걸리는 것 같았다.

얼마나 시간이 흘렀을까.

성문처럼 굳게 잠겨 있던 대문이 찰칵 소리와 함께 열렸다.

너무 쉬운데.

이 정도 거짓말로 문이 열리다니 조금 이상하단 생각이 들었다.

아니나 다를까.

문을 열고 들어서자 3명의 사내가 기다리고 있는 것이 보였다.

건강한 체구, 잘 다듬어진 몸매. 날카로운 눈빛.

한눈에 봐도 경호원들이었다.

"뭘 그렇게 서 있나. 들어오지 않고."

"이거 조금 무례들 하시네."

"참 재밌는 놈이구만. 회장님은 너를 모르신단다. 장난치기 위해 여기까지 왔을 리는 없고. 네 정체가 뭐냐?"

"이름까지 밝혔고 용건도 말했잖아. 난 김철기 씨를 만나러 왔다니까."

"하아, 이 새끼. 죽고 싶어 환장한 놈일세. 하긴, 우린 말보다 몸으로 대화하는 걸 좋아하는 사람들이지."

하얀 미소.

이것들 이상하다.

이빨을 드러낸 채 웃으며 접근해 오는 사내들의 모습에서 불쾌한 늑대의 음습함이 느껴졌다.

제10장
사채왕

이병웅의 표정이 슬쩍 변했다.

사내들의 태도에서 그냥 경호원이 아니란 게 느껴졌기 때문이었다.

남들을 짓밟고 살아온 자들의 냄새.

암흑가의 악취가 놈들의 몸에서 스멀스멀 새어 나오고 있었다.

이병웅은 사내들이 다가오기 전 먼저 발걸음을 떼어 앞으로 나갔다.

그러자 다가오려던 자들이 어이가 없는 듯 걸음을 멈췄다.

"정말 재밌는 놈이네. 겁도 없고 몸매도 좋은 걸 보니 제법 치는 모양이야."

"다시 묻지. 김철기 씨는 어디 있어? 내가 조금 바빠. 그러니까 쉽게 쉽게 가자고."

"여기서부터 기어서 가면 된다. 저기 대청까지. 그러면 어르신이 나오실 거야."

"더 좋은 방법도 있는데 그걸 쓰면 어때?"

"크크… 나는 다른 건 떠오르지 않는데, 어떤 게 있을까?"

"나 대신 너희들이 기어가는 거야."

"이 씨발 놈이!"

왼쪽에 서 있던 자가 도약하며 공중으로 떠올랐다.

그런 후 날아온 회전 킥.

부웅!

허공을 가르며 돌아간 사내의 발길에 섬뜩한 소리가 동반되었다.

하지만 이병웅은 이미 권각의 사정에서 벗어난 상태였다.

제법 한다.

하지만 그 정도의 속도로 나를 어쩌지는 못해.

공격이 실패하자 두 발자국 물러났던 자가 다시 앞으로 전진해 나왔다.

그런 후.

대뜸 품으로 파고들며 왼쪽 옆구리와 안면을 동시에 노렸다.

이자. 복싱까지 한 놈이다.

이병웅은 이번엔 피하지 않고 오히려 한 발자국 앞으로 나가며 놈의 주먹을 받아들였다.

왼쪽 옆구리는 피했고 안면을 향해 날아온 주먹은 커팅하며 그대로 니 킥이 솟구쳤다.

퍼억!

언제나 공격에 실패한 자는 살아남지 못한다.

남은 해치기 위해 무력을 쓴 자들의 최후는 언제나 죽음뿐이야.

관자놀이를 강타당한 놈이 엎어지듯 쓰러지자, 나머지 둘의 얼굴이 굳어졌다.

단 일격.

그들을 더 놀라게 만든 건 공격을 피하는 순간 터진 공격의 스피드와 타이밍이었다.

전문가다.

그렇지 않다면 이런 싸움에서 방어와 동시에 공격하는 것, 허점을 완벽하게 캐치하고 일격에 쓰러뜨리는 건 불가능에 가까운 일이다.

'삐익!'

가운데 서 있던 자의 입에서 날카로운 휘파람이 흐르자 양쪽 방문이 열리며 5명의 사내가 새로 나타났다.

둘만으로 상대하기가 벅차다고 느꼈던 모양이었다.

이거 참 귀찮군.

사내들이 앞을 막으며 다가오자 이병웅의 입이 권태롭게 열렸다.

"명동, 거기다 시퍼런 대낮에 웬 건달들이 떼거지로 몰려들어 비즈니스를 방해하는 거야. 여기 돈놀이 하는 데 아니었어?"

"뭐 하는 새긴지 모르지만, 넌 여기서 오늘 죽는다."

"너희들은 사람을 죽이는 게 취미냐."

이병웅은 작심을 하고 앞으로 튕겨 나갔다.

김철기. 이자의 정체가 점점 궁금해졌으나, 지금은 눈앞에 있는 자들이 우선이다.

처음 공격을 해 온 자의 주먹을 피해 어퍼컷을 터뜨린 후 곧장 도약하며 오른쪽 사내의 관자놀이를 향해 하이 킥을 터뜨렸다.

한 방이면 끝난다.

묵직하게 걸리는 감각만으로도 사내의 충격이 충분히 느껴졌다.

멈추지 않고 이번엔 회전 킥으로 왼쪽 사내의 정강이를 직격했다.

'빠악!'

정강이를 맞은 사내의 입에서 묵직한 신음 소리가 흘러나왔다.

돌진.

쓰러진 자들을 지나 일직선으로 사내들의 진형 안으로 파고들었다.

그런 후, 중앙에 선 자를 향해 뛰어올라 니 킥을 터뜨리고 반동을 이용해서 공중으로 뛰어올라 양쪽에 있던 자들의 옆구리와 가슴을 향해 연환으로 회전 킥을 날렸다.

설명은 길었으나 눈 깜박할 사이에 벌어진 일이었다.

순식간에 난장판으로 변해 버린 마당에는 쓰러진 자들의 비명 소리가 가득 찼다.

여기저기 쓰러진 일곱 명의 사내들은 각기 다른 곳을 부여잡고 바닥을 기고 있었는데 일어날 수 없을 정도로 충격을 받은 상태였다.

이제 남은 건 하나.

이병웅은 너무 놀라 찢어질 것처럼 눈을 부릅뜨고 있는 사내를 향해 시선을 던지며 천천히 다가갔다.

이런 건 처음 봤겠지.

사실 내가 해 놓고도 믿기지 않는데 넌 오죽하겠어.

"네가 대가리 같아서 일부러 마지막까지 남겨 둔 거야. 원래 대가리는 끝까지 남아 마무리를 멋있게 장식해야 되거든."

"으… 넌 누구냐?"

"내 이름을 몇 번이나 말해야 돼. 이병웅이라니까."

"칠성이냐, 흑룡이냐?"

"재밌는 질문이군."

이병웅이 싱긋 웃으며 사내의 앞으로 걸어 나갔다.

"자, 아무래도 그건 중요한 질문인 거 같으니 잠시 접어두고 일단 우리 문제부터 해결하자. 덤빌래, 아니면 그냥 나를 김철기 씨한테 안내할래? 한 가지 조언을 하면 앞에 걸 선택하는 게 좋을 거야. 뒤에 걸 선택하는 순간 너는 박살이 날 테니까 심사숙고해서 선택 잘해."

"씨발 놈."

"덤비는 걸 선택했어? 좋아, 그 자세. 대가리라면 그 정도는 되어야지."

사내가 이빨을 드러내며 주먹을 치켜올리자 이병웅의 얼굴에서 웃음이 떠올랐다.

인생이란 게 참 재밌다.

자신이 이렇게 변할 줄 누가 알았겠나.

슬쩍 쓰러진 자들을 확인한 이병웅이 돌진해 온 사내의 주먹을 피하며 양쪽 쇼트훅을 옆구리에 찍었다.

그런 후 숙여진 놈의 얼굴을 내리누르며 무릎을 구십 도로 강하게 끌어 올렸다.

＊　　　　　＊　　　　　＊

사내들을 전부 쓰러뜨린 이병웅이 대청마루를 향해 걸었다.

대청의 정적과 사내들의 비명이 묘한 부조화를 이루며 거대한 자택을 기괴하게 만들었다.

하지만 이병웅은 그런 기괴함을 전혀 상관하지 않고 대청에 서서 방 쪽을 바라보며 입을 열었다.

"안에 계신 거 아니까 이제 대충 나와 보시죠."

"들어오게."

허스키한 목소리.

역시 예상대로 김철기는 안에 있었다.

구두를 벗고 대청에 올라선 후 방문을 열고 안으로 들어갔다.

노인이라 보기엔 너무 젊다.

65세라고 들었는데 김철기의 피부는 팽팽했다.

그러나 그를 더욱 놀라게 만든 건 그의 몸에서 올올히 흘러나오는 관록과 여유였다.

옆에 있는 자를 믿는 걸까?

아무래도 그건 아닌 것 같다.

방 안에는 그 외에도 30대 중반으로 보이는 남자가 같이 있었는데, 한 자루 칼처럼 날카로운 기세를 가지고 있었다.

그럼에도 이병웅은 천천히 다가가 김철기의 앞에 앉았다.

무례?

주인이 앉으라는 말조차 하지 않았음에도 그렇게 행동한 것은 무례가 아니라 자신감이다.

"오늘 아침에 안 오던 까치가 찾아와 짖어 대더니 꽤 재밌는 친구가 찾아오셨구먼."

"밖에 무작정 가로막는 사람들이 있어서 잠시 소란이 있었습니다. 죄송합니다."

"자넨 누군가?"

"이병웅이라고 합니다."

"이름은 알겠고. 여기에 찾아온 이유는?"

"투자를 받고 싶어서 왔습니다."

"투자?"

"그렇습니다."

의외의 대답이었을까.

조금도 변화가 없던 김철기의 표정이 슬쩍 변했다.

"요즘 들어 이상한 놈들이 찾아오길래 그중 하나라고 생각했더니 전혀 의외로군. 그래, 어떤 투자를 말하는 건가?"

"제가 투자 전문 회사를 차립니다. 회장님께서 현금 동원 능력이 대단하단 소문을 들었습니다. 그래서 고객으로 모시고자 찾아온 겁니다."

"그러니까, 나보고 자네한테 돈을 맡겨 달라?"

"최고의 수익률을 올려 드리죠."

"투자 전문 회사를 차린다면 그 정도의 능력이 있단 뜻이겠지. 자넨 어떤 능력이 있나?"

"세계경제를 손바닥처럼 들여다보는 능력이 있습니다."

"푸하하하."

김철기의 입에서 폭소가 터져 나왔다.

세상에서 가장 재밌는 농담을 들었을 때 흘러나오는 그런 웃음이었다.

얼마나 웃었을까.

한동안 계속되던 그의 웃음이 멈춘 것은 옆에 있던 사내가 천천히 자리에서 일어났을 때였다.

"세상에는 겁 없는 놈들이 너무 많아. 그러다 보니 시끄러워지는 일들이 많이 생기곤 해. 이병웅이라고 했지. 이봐, 밖에 있는 애들을 처치한 솜씨는 인정하겠네. 하지만 말이야, 나는 이 날까지 힘자랑하다가 죽는 놈들을 많이 봤어. 그러니, 온전하게 살고 싶으면 이쯤하고 그만 돌아가. 성철아, 이 친구 용돈이나 조금 쥐여 줘서 보내라."

"제가 협박이나 해서 코 묻은 돈 받으려고 온 걸로 보입니까?"

"더 시간 끌면 자넨 여길 걸어서 못 나가. 내가 장담하지."

"그럴까요?"

"밖에 있는 애들은 잔심부름이나 하던 놈들이었어. 진짜들은 언제나 내 주변에 있지."

"일을 어렵게 만드시는군요."

"믿기지 않으면 해 보든가."

김철기의 말이 끝나자 일어서 있던 남자가 한 걸음 다가왔다.

단지 한 걸음 다가왔을 뿐인데도 커다란 압력이 느껴지는 걸 보면 확실히 밖에 있던 자들과는 차원이 달랐다.

그럼에도 이병웅은 꿈쩍도 하지 않고 김철기를 응시한 채 움직이지 않았다.

"어이 거기, 한 발자국만 더 떼면 팔다리 중 하나가 부러질 거야. 그러니 잠시만 기다려. 이왕 여기까지 왔는데 대화는 끝내야 되잖아."

* * *

다른 자들에 우선해 김철기를 찾아온 이유는 잉어를 수족관에 가두는 순간 다른 붕어들이 저절로 몰려들기 때문이다.

사채왕으로 불리는 김철기의 결정은 수많은 사람들에게 영향을 미친다.

처음부터 순순히 자신의 제안을 받아들일 거란 생각은 하지 않았다.

어떤 미친놈이 새파란 애송이에게 자신의 재산을 맡긴단 말인가.

그건 김철기가 아니라 세상 어떤 투자가도 마찬가지일 것이다.

이병웅의 눈이 강렬하게 변했다.

이미 왼 손바닥에는 '밀애'가 떠올랐고 그의 눈은 황금빛을 발출하며 김철기의 시선을 사로잡았다.

정확하게 '밀애'의 낙인이 찍힌 곳은 김철기의 가슴이었다.

"그럼 지금부터 저에 대해서 정확하게 소개를 드리죠. 저는 S
대 경영학과에 다니며……."

무언가에 홀린 눈빛.

시간이 지날수록 김철기의 표정은 수시로 변했는데, 세계경제
의 흐름에 대해 설명하고 투자의 운용과 방법까지 끝냈을 땐 감
탄사를 연발하고 있었다.

당연한 현상.

밀애가 가슴에 낙인을 찍은 이상 그는 자신의 말을 믿을 수밖
에 없다.

문제는 아직까지 낙인의 유효 기간이 얼마나 되는지 자신조
차 모른다는 것이었다.

그랬기에 무조건 속전속결이 필요했다.

*   *   *

뭔가 잘못되었다.

속이 뒤엉키며 내장이 찢어질 것 같은 고통이 시작되며 정신
이 아득해졌다.

'밀애'의 낙인을 발출할 수 있게 되면서 글자의 지속 기간을
체크해 봤다.

정확하게 6시간.

그렇다면 효능이 6시간이란 뜻일까?

모든 것이 의문투성이였으나 실험을 한다는 건 쉬운 일이 아니었다.

낙인의 효능이 어떤 결과를 만들어 낼지 장담하기 어려웠다.

하지만 실험을 하지 않을 수 없었다.

앞으로 낙인은 그의 인생에서 커다란 역할을 하게 될 것이고, 투자자를 최단 시간에 모으기 위한 가장 효율적인 방법이기 때문이다.

그랬기에 2명에게 실험을 했다.

한 명은 카페에서 일하는 아르바이트생이었고, 또 한 명은 그가 자주 가는 서점의 점원이었다.

하지만 지금 이 순간. 번뜩 떠오른 실수.

그렇구나. 내가 실험한 사람은 2명 다 여자였어.

*   *   *

"어디 아픈가?"

"으……."

"정말 똑똑한 젊은이군. 호언장담한 것처럼 대단한 재주를 지녔어. 그런데 자네 왜 그러나?"

점점 얼굴이 하얗게 변해 가는 이병웅의 상태를 보며 감탄에 겨워하던 김철기의 표정에서 웃음이 멈췄다.

그만큼 이병웅의 상태가 심각했기 때문이었다.

'우욱… 파악!'

기어코 이병웅의 입에서 피가 분수처럼 솟구쳐 나왔다.

역혈 현상.

피의 흐름이 엉키면서 이병웅의 코와 입에서 피가 흘러나와 바닥을 가득 적셨는데, 그 양이 엄청났다.

*　　　　*　　　　*

눈을 떴을 때 온통 하얀 것들이 시야를 차지했다.

눈앞이 뿌옇게 되는 것까지 기억났으나, 그다음부터는 아무것도 생각나지 않았다.

코끝을 자극하는 소독 냄새.

병원이다.

자신의 몸은 침대에 누워 있는데, 침대가 하나밖에 없는 걸 보니 특실인 것 같았다.

아직도 몸이 부들부들 떨린다.

피는 멈췄지만 내부의 고통은 가라앉지 않았다.

연신 흘러나오는 땀.

고통을 참기 위해 이를 악물었으나, 내장이 잘리는 것 같은 아픔은 그의 정신을 갉아먹을 정도로 대단했다.

도대체 뭔가 잘못된 걸까?

낙인, 낙인을 썼을 뿐인데……. 마치 무협 소설에 나오는 주화 입마처럼 역혈 현상이 발생하다니 도대체 이해가 되지 않았다.

사안이 치료될 때의 고통도 대단했지만 지금의 이 고통은 글로 설명할 수 없을 정도로 끔찍해서 아무런 생각조차 할 수 없었다.

지금 당장 떠오르는 건 자신이 낙인을 남자한테 썼다는 것뿐이었다.

그렇다면 남자에게 낙인을 쓸 경우 문제가 생긴다는 뜻인데…….

문이 열리며 간호사가 들어온 것은 이병웅이 고통으로 인해 몸을 웅크리고 괴로워할 때였다.

"잠깐만 기다리세요. 진통제 놔 드릴게요."

서두르는 움직임.

간호사가 급히 진통제를 투입하자 온몸을 괴롭히던 고통이 조금씩 가라앉기 시작했다.

"여기 병원 맞습니까?"

"예, 환자분께서는 피투성이가 되어 3일 전에 오셨어요. 그 3일 동안 정신을 잃고 깨어나지 못하셨고요."

"그럼 제가… 3일 만에 깨어났단 말인가요?"

"맞아요."

"혹시… 병명은?"

"그게……."

간호사가 말을 잇지 못했다.

그녀는 차트를 봤지만 병명을 말해 주지 않았다.

"죄송해요, 의사 선생님도 지금은 병명을 모르시겠다고……. 정신을 차리시면 정밀 검사를 한다고 하셨어요."

"그렇군요. 고맙습니다."

*   *   *

김철기가 나타난 것은 그날 오후였다.

그의 얼굴엔 걱정하는 표정이 잔뜩 담겨 있었고, 다시 고통에 잠긴 이병웅의 모습을 보며 이해할 수 없다는 듯 고개를 흔들었다.

"지금 자네 상태는 너무 안 좋아 보여. 지병이 있었나?"

"아닙니다."

"어이가 없군. 갑자기 피를 토할 정도면 큰 병이 있었을 거야. 내가 정밀 검사를 의뢰해 놨으니 일단 받아 보게. 투자 이야기는 그다음에 하지. 몸이 다 나으면 그때 이야기하세."

그는 병실에 오래 있지 않았다.

하지만 '밀애'의 낙인이 어느 정도 통했다는 걸 충분히 알 수 있었다.

걱정하는 표정과 이병웅을 바라보는 시선에 애정이 담겨 있었기 때문이었다.

*　　　　*　　　　*

고통이 사라진 건 꼬박 10일이 지난 후였다.

급히 연락을 받고 온 부모님이 정밀 검사 전 과정 동안 함께하며 걱정했지만, 결과는 정상으로 나왔다.

이병웅은 이미 알고 있었다.

자신의 몸에 이상이 생긴 이유가 남자에게 '밀애'의 낙인을 쓰면서 발생한 것이라 예측하고 있었기 때문이었다.

새삼스레 노인의 말이 생각났다.

모든 여자의 마음을 얻을 수 있게 만들어 주겠다는 약속.

결국 '밀애'의 효능은 여자들에게만 해당된다는 뜻이다.

그럼에도 김철기가 낙인에 당했다는 건 확실하다.

그렇다면 효능은 발휘되지만 남자에게 사용할 경우 몸에 금제가 가해진다는 것인데, 이것 또한 어디까지 악화될지 알 수가 없다.

두 번 다시 겪고 싶지 않을 정도의 고통.

단순히 이런 고통뿐이라면 결정적인 순간에 써 볼 수도 있겠지만, 피를 토한다는 건 몸에도 상당한 무리가 따른다는 걸 의미했다.

그리고 그런 현상은 쓸수록 더 악화될 가능성이 컸다.

*   *   *

작전 세력의 행동은 뻔하다.

먼저 증권가에 '천하바이오로직스'가 연구 중인 간암치료제 '미라클' 개발이 거의 완료했다는 소문을 흘린다.

그런 과정을 거쳐 소문이 확산되면 발 빠른 놈들부터 참전을 시작한다.

당연히 그중 일부는 작전을 눈치챘을 것이고, 나머지 떨거지들은 작전이란 걸 모른 채 정보만 믿고 달려든다.

그럼에도 대단한 자들이다.

증권가에서 흐르는 소문을 듣고 재빠르게 참전한 자들은 꼭

대기에서 물릴 가능성이 거의 없는 자들이기 때문이다.

누가 호구가 되냐고?

당연히 언론에서 '천하바이오로직스'가 신약 개발을 완료했다는 뉴스가 나올 때 불나방처럼 달려드는 개미들이다.

그들이 참전했을 때 이미 작전 세력과 일부 발 빠른 자들은 작전의 마지막 단계인 물량 넘기기를 진행하고 있을 것이다.

'천하바이로로직스'의 주가는 이병웅이 입원하고 며칠 뒤부터 급격하게 상승하기 시작했다.

그가 퇴원했을 때 가격이 4,500원이었으니 벌써 2배 가까이 올랐는데, 퇴원 당일은 상한가를 기록했다.

하지만 이건 시작에 불과하다.

앞으로 '천하바이로로직스'의 주가는 불을 뿜으며 상승할 것이고, 소문은 소문을 보태 불나방들을 끌어모으게 될 것이다.

아주 간단한 시장 논리.

살 사람이 많은데 주식 수는 한정되어 있다면 주가는 당연히 오르게 되어 있다.

더군다나 '천하바이오로직스'는 바이오주라 한번 불씨를 당기면 활화산처럼 타오르는 관성을 지닌다.

생각해 보라.

만약 시가총액 1위인 사성전자가 단시간 내에 5배가 오른다면, 그것도 누군가의 작전에 의해 그리되었다면 정부 기관에서 가만있을까?

소형주, 그것도 바이오주라는 특성이 정부를 움직이지 않게 만든다.

정부는 바이오 기업들을 키우기 위해 전력을 기울이는 중이라 웬만한 주가 상승에는 눈 하나 깜빡하지 않았을 뿐만 아니라, 오히려 주가 상승을 부추기는 경향이 있었다.

그래야, 자금을 확보한 바이오 기업들이 보다 나은 환경에서 연구를 할 수 있을 테니까.

*   *   *

이병웅은 퇴원 후 3일 만에 다시 명동을 찾았다.

끔찍한 경험을 했고, 낙인의 효과가 얼마나 지속될지 모르는 상황이라 어떡하든 빠른 시간 안에 일을 마무리 지을 생각이었다.

초인종을 누르자 이번에는 단박에 문이 열렸다.

다른 건 이전처럼 사내들이 기다리고 있었지만 적의를 보이지 않았다는 것이었다.

콧수염을 기른 사내.

마지막에 얻어 터지고 쓰러졌던 사내가 직접 이병웅을 대청으로 안내했는데, 제법 공손한 태도였다.

방문을 열고 들어서자 똑같은 모습으로 김철기가 앉아 있었고, 그 옆에 있던 사내도 같은 자세로 그를 지키는 중이었다.

김철기의 행동이 다르다.

처음과 다르게 김철기의 눈에서 웃음이 흘렀는데 꽤나 반가워하는 눈치였다.

"어서 오게. 이제 몸은 괜찮나?"

"완쾌되었습니다. 병원비를 전부 내 주셨더군요. 신경을 써 주셔서 감사합니다."

"원인이 뭐라던가?"

"병원에서는 정확한 병명을 모른다고 했습니다. 갑작스럽게 충격을 받거나 신경을 많이 쓰면 그리되는 경우도 있는데, 그걸 보고 스트레스성 출혈이라 한답니다."

거짓말이다.

그리고 김철기의 눈을 보니 통하지도 않았다.

그럼에도 김철기는 거기에 대해 더 이상 추궁하지 않았고, 슬쩍 화제를 돌렸다.

"오늘 온 건 저번에 말했던 투자 때문이지?"

"그렇습니다."

"자네에 대해서 알아봤어. 대단한 실력을 지녔더군. 더군다나 최철환 박사의 애제자일 줄이야. 처음부터 그런 사실을 말했다면 훨씬 쉬웠을 걸 그랬어."

펜실베이니아다.

김철기는 어딘가에서 자신이 펜실베이니아에 갈 거란 소문을 들은 게 분명했다.

더군다나 최철환 교수는 금융 쪽에서 막강한 영향력을 가지고 있으니 그와 줄을 댈 수만 있다면 어느 정도의 피해는 감수할 용의가 있었을 것이다.

"어디서 들으셨습니까?"

"나는 발이 넓어. 그리고 가만있어도 자네에 대한 소문이 들어오더군. 이미 증권가에서는 자네가 펜실베이니아에 갈 거란 사실을 알고 있는 사람이 많아."

"그럼 투자해 주실 건가요?"

"그럴 생각이네."

"감사합니다."

"이 짓을 수십 년간 하면서 피도 눈물도 없이 살아온 내가 왜 이런 결정을 했는지 나로서도 이해가 되지 않아. 자네가 아무리 똑똑하다 해도 실전 속에서 산전수전 다 겪은 베테랑들을 이길 수는 없거든. 그런데 이상하게 믿음이 간단 말일세. 그래서 나는 자네에게 베팅해 볼 생각이야."

"금액은 얼마나 하사겠습니까?"

"30억."

"회장님, 생각보다 통이 작으시네요. 그 정도 돈은 저한테도 있습니다. 제가 여기까지 온 건 그런 잔챙이 돈을 투자받기 위함이 아닙니다."

"푸하하하, 확실히 재밌어. 죽다 살아나서 그런가, 간이 배 밖으로 나왔구먼."

"회장님, 저 같은 사람을 옆에 두시는 건 커다란 행운입니다. 그걸 조만간에 증명해 드리죠. 그러니 조금 더 쓰십시오."

"얼마를 원하는 건가?"

"일단, 100억!"

제11장
환상의 파트너

TBS 예능PD 박영찬은 요즘 잘나가는 '환상의 파트너'를 제작하며 최고의 주가를 올리고 있었다.

방송된 지 6개월이 지나면서 '환상의 파트너'는 주말 예능 프로그램 시청률 1위를 찍었는데, 자체 조사 결과 최고 31%까지 나왔다.

예능 프로그램으로 이 정도의 시청률은 그야말로 대박이다.

그랬기에 TBS 측에서는 박영찬이 원하는 것이라면 무차별적으로 지원하는 중이었다.

'환상의 파트너'는 대한민국 최고의 가수들이, 출연한 일반인 중에서 자신의 파트너를 선정해 듀엣곡을 부르는 프로그램이었다.

출연자 중에는 노래를 잘하는 사람도 있고, 음치들도 섞여 있기 때문에 잘못 선택할 경우 마지막 듀엣곡을 음치와 할 수도 있었다.

단순한 노래 프로그램이 아니다.

출연자들이 지닌 삶의 애환과 웃음, 그리고 20명씩 출연하는 패널들의 재밌는 유머, 최고 가수들이 출연자를 한 명씩 탈락시키면서 나타내는 반응 등.

흥미를 유발할 수 있는 요소들이 곳곳에 포진되어 있기 때문에 '환상의 파트너'의 인기는 식을 줄 몰랐다.

박영찬이 프로그램을 이끌면서 가장 고민하는 건 바로 출연자였다.

어떤 출연자가 나오느냐에 따라 프로그램의 시청률이 상승과 하락을 반복했기 때문에 AD들은 좋은 출연자들을 섭외하느라 맨발에 땀이 날 정도로 뛰어다녀야 했다.

출연자들을 섭외하는 방법은 간단했지만, 그 과정이 녹록지 않았다.

프로그램 게시판에는 수많은 사연들이 올라왔고, 출연을 원하는 사람들의 숫자도 많았지만 일일이 확인할 필요가 있었다.

아무리 사연이 좋아도 방송에 적합한 내용과 시청률에 도움이 되는 비주얼이 필요했다.

S대에 다니는 사촌 여동생에게 전화가 온 것은 3일 전이었다.

그녀는 자신이 '환상의 파트너'를 제작한다는 걸 안 이후, 한 번도 빼먹지 않고 시청했다며 수시로 밥을 사 달라는 귀여운 동생이었다.

"또 왜?"

—오빠, 우리 학교에 노래 엄청 잘하는 선배가 있어.

"노래 잘하는 놈이 한둘이냐."

—그런데 이 선배는 기타도 환상이고, 노래를 끝내주게 잘해. 오빠도 알잖아 내가 기타 친다는 거. 그 선배 우리 동아리에서 짱이야.

"우리 프로그램에서는 기타 안 쓴다."

속으로 구미가 당겼지만, 일단 튕겼다.

여동생한테 찰싹 달라붙었다가는 금방 가방이라도 사 내라는 소리가 나올지 몰랐다.

—호호…… 우리 오빠 머리 굴리는 소리가 여기까지 들리네.

"바빠, 인마. 할 얘기 없으면 끊어."

—그럼 이건 어때?

"뭐?"

—그 선배, 죽여주게 잘생겼어. 막 가슴이 떨릴 정도로 잘생겼다니까.

"너 걔 좋아하니?"

—응.

"이 자식아, 짝사랑하는 놈을 왜 나한테 보내. 혹시 내가 몇 대 쥐어박길 바라는 거야?"

—에이, 그게 아니지. 제가요 이래 봬도 공과 사는 구분을 할 줄 안답니다. 생각해 봐. S대에 기타와 노래가 짱이고, 생긴 것도 끝내준다면 최고잖아. 아마, 그 선배가 출연하면 대박 터질걸?

"음……."

—거기다 공부는 어떻고. 그 선배 전체 수석으로 들어왔대.

그리고 지금까지 한 번도 수석을 놓치지 않은 천재야.

"미치겠군."

여동생의 설명을 듣자 군침이 저절로 돌았다.

이런 스펙을 가진 놈이 세상천지에 어디 있단 말인가.

만약 정말이라면 충분히 화제가 될 것이다.

"원하는 게 뭐냐?"

―가방.

"야, 너 정말 이럴래? 내 월급이 얼마나 된다고 명품 가방을 사 달라고 떼를 써. 다른 건 안 되겠어?"

―싫어. 저번에 말했던 가방 사 줘.

"넌 왜 삼촌한테 사 달라지, 꼭 나한테 그러냐. 우리 마누라한 테도 못 사 준 가방을 너한테 사 줬다가 걸리기라도 해 봐라. 그 러면 난 사망이야."

―그래? 싫으면 말고.

"야, 끊지 마!"

―싫다며?

"그럼 우리 이렇게 하자. 걔가 나와서 정말 오빠 프로그램 대 박 터지면 그때 사 줄게. 어때?"

―오호라, 그러니까 공짜로 접수해서 상황 보고 적당한 선에 서 대충 퉁치시겠다?

"인마, 나도 뭔가 떨어지는 게 있어야 되잖아. 그래야 우리 마 눌님한테 할 말이 있지."

―오케이, 알았어. 가방은 대박 터지면 사 주는 것으로 합의 보자.

"그놈 신상 정보 싸악 불어 봐. 조만간에 우리 애들 보내서 타진해 볼게."

*   *   *

통장에 찍힌 100억을 보면서 이병웅은 회심의 미소를 지었다.

100억.

죽다 살아난 대가로는 그리 작은 돈이 아니다.

만약 김철기에게 낙인을 쓰지 않았다면 이렇게 쉽게 내놨을까?

어림도 없는 일이다.

낙인에 당한 상태에서도 그는 꼼꼼하게 계약서를 챙겼는데, 자금의 회수 기간과 수익률 배분, 자금 손실 시 처리 방안에 대한 특약 조항까지 잊지 않았다.

역시 평생을 사채업자로 살아온 자답게 철두철미했고, 절대 손해 보는 장사는 하지 않는다.

손실이 발생했을 때 원금을 무조건 갚아야 한다는 조건을 걸었는데, 낙인으로도 야수의 세계에서 살아온 그의 본능을 장악하지 못한 것 같았다.

김철기에게 받은 돈으로 증거금을 제출한 이병웅은 투자 전문 회사를 차렸다.

사모 투자 전문 회사, '제우스'였다.

한국에서 사업한다는 건 쉽지 않다.

각종 서류를 제출하고 허가까지 나오는 데 무려 1달이란 시간이 걸렸는데, 허가청을 비롯해서 세무서까지 10번도 넘게 뛰어다녔다.

그것도 옆에서 정설아가 도와주지 않았다면 훨씬 더 긴 시간이 걸렸을 것이다.

이병웅이 제우스를 설립하는 동안 '천하바이오로직스'의 주가는 미친 듯 뛰고 있었다.

절대 작전 세력은 한번에 일직선으로 주가를 띄우지 않는다.

올리고 내리기를 반복하며 더 많은 불나방들이 달려들 수 있도록 만들고, 정부의 감시망에서 최대한 벗어나기 위해 시간을 끈다.

현재가 6,700원. 벌써 3배다.

정설아의 분석에 따르면 아직 작전 세력은 매도를 하지 않았는데, 최소 10,000원 이상은 끌어올릴 거라 말했다.

정설아와는 보름에 한 번 정도 만났다.

그녀가 바쁜 것도 있었지만, 이병웅은 가급적 그녀에게 전화를 하지 않았다.

아무리 바빠도 그가 나오라면 정설아는 나왔을 것이다.

하지만 그렇게 하지 않았다.

그녀의 사생활을 충분히 지켜 줄 필요성이 있었고, 자신 역시 시간을 쪼개서 쓰는 형편이라 자주 만날 수가 없었다.

*　　　　*　　　　*

"여보세요?"

―안녕하세요. 이병웅 씨죠?

"그런데요?"

―저는 TBS '환상의 파트너'를 담당하고 있는 AD 김소연이라고 해요. 한번 만나 뵙고 싶은데 시간이 괜찮을까요?

수화기를 통해 들려온 고운 목소리는 전혀 예상외의 신분을 밝혔다.

'환상의 파트너'라면 이병웅도 재밌게 보는 프로그램이다.

노래를 좋아하는 터라, 워낙 최고의 가수들이 출연하는 이 방송만은 바쁜 와중에도 꼬박꼬박 챙겨 봤다.

그런데 왜?

"저를 만나자는 이유가 뭔지 알 수 있을까요?"

"일단, 만나 뵙고 말씀드릴게요. 제가 지금 그쪽으로 갈 수 있는데 시간 괜찮죠?"

이 여자 훅 들어오네.

오겠다는데 오지 말라고 할 수는 없지.

그렇지 않아도 투자 전문 회사 '제우스'의 설립이 완료된 상태였기에 조금 한가해진 상태였고 오늘은 특별한 계획도 없었다.

*   *   *

김소연은 약속한 커피숍에 들어와 자리를 잡았다.

약속한 시간은 오후 3시였지만, 습관처럼 10분 먼저 도착해서 자리를 마련하고 섭외에 필요한 질문과 체크할 내용들을 다시 살폈다.

커피숍은 제법 컸는데, 20여 명 정도가 오후의 여유를 즐기며 대화를 나누고 있었다.

창가 자리는 전부 다른 사람들이 차지했기 때문에 중앙에 있는 탁자에 앉을 수밖에 없었다.

그러면 어때. 데이트하러 온 게 아니라 일 때문에 왔으니 아무런 상관없다.

털털한 모습.

방송국 AD라는 직업은 시간이 갈수록 편한 복장을 강요했다.

여자로서의 외모를 가꾸기엔 방송국 AD는 난공불락처럼 싸가지 없는 직업이었다.

시계를 보며 문을 살폈다.

S대에 다니고 기타를 잘 치며 노래를 잘하는 남자.

거기다가 잘생겼다는 말까지 하는 PD를 향해 입을 오리주둥이처럼 내밀었다가 한 소리 들었다.

세상에 그런 남자가 어디 있단 말인가.

'환상의 파트너'뿐만 아니라 방송국에 입사한 이후 쭉 AD 생활을 하며 수많은 사람들을 만났지만, 그런 완벽한 조건을 갖춘 사람은 만난 적이 없었다.

그녀의 의심에 PD인 박영찬은 일단 가 보라고 큰소리를 쳤지만, 그도 자신이 없어 보였다.

그럼 그렇지.

사촌 여동생 핑계를 대는 걸 보니 결과는 뻔해 보였다.

그나저나 이 인간 왜 이렇게 안 오는 거야.

손목시계가 3시 5분을 가리켰으나 남자는 나타날 기미를 보이지 않았다.

천천히 주변을 둘러보았다.

구석에서 수다를 떠는 30대 후반의 아줌마들, 창가에 앉아 밀어를 속삭이고 있는 연인들, 그리고 어울리지 않게 컴퓨터를 탁자에 올려놓은 채 대화를 나누고 있는 산적 같은 아저씨들.

온갖 군상들이 모여 그들만의 세상에 빠져 있는 걸 구경하는 것도 누군가를 기다릴 땐 좋은 방법이다.

*   *   *

딸랑.

커피숍 문에 달려 있는 방울 소리가 들리자 주변을 구경하던 김소연의 눈이 본능적으로 문 쪽을 향했다.

설마, 아니겠지.

문으로 들어서는 남자.

보는 것만으로도 눈이 부실 정도로 잘생긴 남자가 커피숍으로 들어오자 사람들의 대화가 일시에 멈췄다.

모든 사람들의 시선을 집중시킬 만큼 압도적인 외모를 지닌 남자였다.

어, 어… 어……

내심 비명을 질렀다.

남자가 커피숍을 둘러보다가 천천히 전화기를 들었기 때문이었다.

그리고 남자가 버튼을 누르자 그녀의 핸드폰에서 음악이 흘러나왔다.

이 지랄 맞은 직감.

아니라고, 아니기를 간절히 바랐지만 여지없이 자신의 수화기에서 전화 왔다는 노랫소리가 커피숍에 울려 퍼졌다.

벨 소리를 바꿨어야 했다.

하필 이런 분위기에서 흘러나온 노래가 뽕짝이다.

엄마가 가장 좋아하는 노래라면서 외동딸에게 선물해 준 컬러링이었다.

그것도 어제.

모든 사람들의 시선이 한꺼번에 그녀에게 몰려드는 걸 보며 그녀의 입에서 자동적으로 신음 소리가 흘러나왔다.

눈치 빠른 사람들은 눈부시게 잘생긴 남자가 뽕짝 소리와 함께 외모도 엉망인 여자를 만나기 위해 이곳에 왔다는 게 너무나 신기한 모양이었다.

"김소연 씨 맞나요?"

"아, 예."

핸드폰을 들자 자신의 행동을 확인한 남자가 뚜벅뚜벅 걸어 자리로 다가왔다.

그런 남자를 주변 여자들이 대놓고 쳐다봤다.

눈에 꿀이 뚝뚝 떨어지는 감탄을 담아서.

김소연은 남자가 다가오자 자신도 모르게 자리에서 벌떡 일어섰다.

무슨 남자 목소리가…….

"안녕하세요, 이병웅입니다. 아직 커피를 안 드셨네요?"

"제가 사 올게요. 뭐 드시겠어요?"

"전, 아메리카노."

주변 사람들이 자신의 모습을 보면서 웃는 게 느껴졌다.

아마, 삼십육계 줄행랑치는 것처럼 보였을 것이다.

가다가, 지갑까지 떨어뜨려 동전이 여기저기 뒹굴었기 때문에 급히 줍느라 별꼴을 다 보였다.

아, 쪽팔려.

아메리카노를 두 잔 받침대에 받쳐 들고 헛기침을 하며 용기를 북돋았다.

그래. 일이다, 일.

당당하게, 떳떳하게.

내가 언제부터 남자한테 주눅 든 적 있어.

이래 뵈도 방송국 짬밥이 벌써 7년 차인 베테랑이잖아.

씩씩하게 커피를 들고 자리로 돌아왔다.

그런 후 하나를 남자의 앞에 놓다가 눈이 딱 마주쳤다.

머리가 핑 돌았다.

이 남자, 눈에서 레이저 광선이 나오나.

왜 눈이 마주쳤는데 전류가 흐르는 거야.

"잘 마시겠습니다."

"아… 아니에요."

어쭈, 머리 만지지 마.

이씨, 손이 저절로 올라가 머리를 매만졌다.

누가 보면 예쁘게 보이려고 노력하는 것처럼 생각할 거 아냐!

"자, 그럼 저를 왜 찾아오셨는지 알아볼까요?"

"혹시, '환상의 파트너'란 프로그램을 아시나요?"

"그럼요. 제가 좋아하는 프로그램인걸요."

"다행이네요. 사실 제가 찾아온 건 이병웅 씨를 저희 프로그램에 출연시키고 싶어서예요."

"저를 어떻게 알고 오셨죠?"

"제보를 받았어요. S대에 노래를 잘하는 사람이 있다면서 시청자께서 직접 전화를 주셨어요."

"음, 제가 노래를 잘하는 걸 아는 사람은 별로 없어요. 그 시청자가 혹시 소연 씨나 프로그램 관계자와 밀접한 관계 아닌가요. 그중에서도 예를 들면 S대 '기타둥둥' 동아리 소속의 대학생?"

미친다, 정말.

천재라고 하더니 추리력 하나는 끝내주네.

그나저나, 눈 좀 내 얼굴에서 치워 줘.

일하러 와서 눈도 못 마주치는 내 사정 좀 봐달라고!

"맞아요. 우리 PD님 사촌 여동생이 제보했다고 들었어요."

"하하, 노래 잘한다고 큰소리 친 모양인데 만약 아니면 어쩌려고 오셨어요?"

"그냥은 출연 안 시켜요. 일단 사전에 시험을 봐서 통과해야 출연할 수 있어요. 방송국 프로그램이 그렇게 만만한 곳이 아니거든요."

"좋습니다. 그런데 내가 그런 시험까지 치르면서 출연할 이유가 있나요?"

"그건 아니에요. 본인이 싫다고 하면 저희야 어쩔 수 없거든요."

그렇지.

그런 생각을 왜 안 했겠어.

널 보는 순간 잘못 왔다는 생각이 들었다.

너같이 똑똑하고 잘생긴 애가, 그것도 S대에 다니는 수재가 노래 프로그램에 손들고 나갈 리는 없지.

그동안 프로그램에 출연했던 사람들은 가수의 꿈을 키웠지만 성공하지 못했거나 무명 가수들, 그리고 반드시 출연해야 되는 사정이 있는 사람들이었어.

하지만 눈앞에 있는 이 남자는 그런 부류와 전혀 격이·다른 사람이잖아.

이병웅의 말을 듣자 단박에 포기해야 되겠다는 생각이 들었다.

분위기가 그렇다.

남자에게서 느껴지는 포스는 결코 방송에 출연하고 싶어 안달하는 자세가 아니었다.

그때 이병웅의 얼굴에서 해맑은 웃음이 피어났다.

웃지 마!

웃음을 보자 자신도 모르게 또다시 심장 떨어지는 소리가 들렸다.

"포기하시는 건가요?"

"싫다고… 하셨잖아요."

"싫다고는 안 했죠."

"…그럼?"

"출연하겠습니다. 저도 오랜만에 사람들 많은 곳에서 노랠 불러 보고 싶거든요."

*　　　　　*　　　　　*

집으로 돌아오자 윤미경의 목소리가 주방에서 들렸다.

"도서관에 갔다 와?"

"아뇨, 사람 좀 만나고 왔어요."

"응, 저녁 거의 다 됐어. 조금만 기다려."

"아버지는요?"

"안방에 계셔."

옷을 벗은 후 간단하게 세면을 하고 밖으로 나왔을 때, 아버지는 이미 식탁에 자릴 잡고 앉아 있었다.

아버지의 하루 일과를 볼 때마다 가슴이 아프다.

오전에 등산을 갔다가 오후에는 텔레비전이나 책을 보셨는데, 내색은 하지 않았지만 갑갑해 하시는 게 눈에 보였다.

평생을 직장에 다니던 사람은 회사를 그만 두는 순간부터 급격히 늙는다던데, 아버지가 그랬다.

일부러 밝은 표정을 지으며 말을 붙였다.

"아버지, 오늘은 뭐 하셨어요?"

"늘 그렇지, 뭐."

"심심하지 않으세요?"

"심심하긴, 요새 운동을 많이 해서 그런가 건강해졌어. 안 하던 등산을 계속하니까 허벅지도 튼실해졌다."

"돈 아끼지 말고 쓰세요. 드시고 싶은 거, 하고 싶은 거 마음껏 하셔도 됩니다. 앞으로 돈 걱정 없이 살게 해 드릴게요."

"허허… 그래라. 나도 아들 덕분에 호강하며 살아 보자."

"곧 사무실을 낼 거예요."

"사무실?"

"예, 제가 회사를 하나 차렸거든요."

"네가 무슨 회사를 차려?"

"투자 전문 회사를 차렸어요. 아버지는 재무 쪽에 밝으시니까 사무실이 차려지면 거기서 재무 담당 상무를 맡아 주세요."

"그게… 정말이니?"

밥상을 차리고 윤미경이 의자에 앉자 그동안 해 온 일들을 설명해 줬다.

자신의 능력을 믿고 투자해 준 사람이 있어 사무실을 차렸다는 것과 앞으로 훨씬 거대한 규모로 키워 나갈 거란 포부도 밝혔다.

그러자 두 사람이 놀란 눈으로 이병웅을 바라봤다.

아들이 총명한 건 누구보다 잘 아는 사실이었으나, 너무 엄청난 일이라 쉽게 믿을 수 없었기 때문이었다.

"그리고 저 텔레비전에 나가요."

"텔레비전에는 왜?"

"환상의 파트너란 프로그램에서 저에게 출연해 달라고 찾아왔어요. 그래서 출연하겠다고 했어요."

"어머, 정말?"

윤미경이 펄쩍 뛰면서 아들의 팔을 붙잡았다.

회사를 차렸다는 말을 했을 때보다 훨씬 격한 반응이었다.

그런 엄마를 바라보면서 이병웅이 밝게 웃었다.

텔레비전에 출연하고자 결심한 건 전부 엄마 때문이었다.

아주 어렸을 때, 노래 부르는 자신의 모습을 보면서 기뻐하던 엄마의 얼굴이 아직도 생생하다.

슬프셨을 거다.

그토록 아름다운 노래를 하던 아들이 침묵하고 있던 그 오랜 세월 동안 엄마는 수많은 눈물 속에서 아들의 노래를 기다렸을 것이다.

*　　　*　　　*

"어때?"

"휴우, 미치는 줄 알았어요."

"이게 또 시작이네. 넌 꼭 출연자 섭외하러 갔다 오면 그러더라."

박영찬이 잔소리를 하자 김소연이 두 눈을 부릅떴다.

이번에는 진짜 미치기 일보 직전까지 갔었는데, 담당 PD가 자신의 전과를 몰라줬기 때문에 억울함이 머리 꼭대기까지 치밀어 올랐다.

"이보세요, PD님. 그 남자가 어땠는지 아세요?"

"막 함부로 대하고 그랬어? 그 자식, S대 다니는데 그렇게 싸가지가 없어?"

"그게 아니라니까요."

"그럼 뭔데?"

"그 남자, 너무너무 잘생겨서 눈도 제대로 쳐다보지 못했어요. 인터뷰도 간신히 했단 말이에요."

"크큭, 농담하지 마라. 너 같은 선머스마가 그런 말도 안 되는 소릴 하면 누가 믿어. 김태훈이 왔을 때도 쌩 까고 지 할일만 하던 애가 별소릴 다하고 있어."

사실이다.

김태훈이 '환상의 파트너'에 한 달 전 출연했을 때 다른 여자들은 전부 넋을 잃고 봤지만, 김소연은 일에 정신이 팔려 그를 소 닭 보듯 했었다.

김태훈이 어떤 남자냐고?

여자들이 워너비로 꼽는 톱 탤런트이자 조각 미남이다.

"PD님이 그 남자를 봐야 제 말을 믿을 거예요. 왜 그거 있잖아요. 영화에서 보면 눈에서 광선이 나오는 주인공. 그런데 그 남자한테서 나오는 광선은 뭐랄까, 사람의 영혼까지 녹일 만큼 달콤한 광선이었어요."

"웃기시네. 쓸데없는 소리 말고 결과만 말해. 그래서 출연한대?"

"정말 이러시깁니까. 제 말을 이렇게 안 믿으면 같이 일 못 하죠. 어디 AD 없이 한번 일해 보실래요?"

"하아, 얘 봐. 그 눈 뭐냐. 지금 진짜라고 계속 우기는 거냐?"

"일단 보세요."

"야, 그러지 말고 상세하게 말해 봐. 정말 그 정도야?"

"일단 나오기만 하면 대박 터질 거예요. 그 남자가 커피숍에 들어왔을 때 거기 있는 여자들이 전부 넋을 놓고 쳐다봤어요.

어떤 여자들은 아예 영화 감상하는 것처럼 끝까지 시선을 떼지 못했다니까요."

이걸 믿어, 말아.

워낙 오래 손발을 맞춰 왔기 때문에 수시로 농담을 했고 워낙 털털한 성격을 가져 여자로 느껴지지 않을 정도다.

그런 애가 눈에 하트를 그려놓고 계속 우겨대자 박영찬의 표정이 슬쩍 변했다.

만약 김소연의 말이 사실이라면 그만큼 대단하다는 뜻이다.

"사진 찍어 왔냐?"

"웬 사진?"

"걔 사진 말이야. 그렇게 우길 정도면 사진 정도는 찍어 왔을 거 아냐?"

"왜 이러서. 거기서 어떻게 사진을 찍어요!"

"우와, 네가 날 미치게 만드는구나."

"이제야 감이 온 모양이시네."

"보고 판단하란 건 출연하겠다는 뜻이지."

"당근이죠, 내가 누군데 그냥 왔겠어요."

"아, 궁금해 죽겠네. 그래서 언제 오라고 했어?"

"내일요."

"무슨 소리야. 내일 오는 애들은 2주 후 방송에 나오는 출연자들이잖아."

"저번 주에 비해 이번 주 시청률이 3% 떨어진 거 아시면서 그런 소리가 나와요? 담당 PD가 이렇게 감이 없으셔서 시청률 잘도 오르겠다."

"이 자식아, 그렇다고 네 맘대로 사고를 치냐?"

"최대한 빨리 내보내야 되요. 그동안 계속 줄줄 시청률 떨어져서 국장님한테 얼마나 깨졌냐고요. 더군다나 그 사람, 만약 오래 기다리라고 했다가 마음이 변해서 안 나온다면 어쩔 거예요?"

"흐으."

"이번 출연자 중에 한 명 뺄게요. 그러니까 일단 레츠 고 해요."

*   *   *

이병웅이 방송국에 도착하자 PD인 박영찬이 김소연을 대동하고 직접 마중 나왔다.

그로서는 당연한 행동이었을 것이다.

워낙 김소연이 목청을 높여 기대감을 잔뜩 끌어 올렸기 때문에, 박영찬은 이병웅이 도착했다는 소릴 듣자 총알같이 뛰어왔다.

"우와, 쟤가 이병웅이야?"

"어때요?"

"우리 소현이가 뿅 갈 만하네."

이병웅이 걸어오는 모습을 보면서 박영찬이 한숨을 길게 흘려 냈다.

이건 뭐, 일반 출연자가 아니라 영화배우를 보는 것 같았다.

그것도 외모 면에서 봤을 때, 신급과 별반 차이가 없었다.

하지만 그는 이병웅이 다가와 눈앞에 섰을 때 자신의 판단이 잘못되었다는 것을 느꼈다.

분위기가 달랐다.

그동안 16년간의 방송 경력과 오랜 제작 관록, 그리고 뛰어난 감각이 경고음을 계속 날리고 있었다.

이놈 물건이다.

그저 시선이 부딪쳤을 뿐인데 눈에서 흘러나오는 유려함과 부드러움이 마치 초콜릿으로 만든 풀장에 빠진 느낌이다.

"어서 오세요, 전 PD 박영찬입니다."

"안녕하세요, 이병웅입니다."

"자, 들어갑시다."

마치 두 다리가 붕붕 뜨는 느낌.

사촌 여동생의 제보에 의해 우연히 섭외했지만, 대어를 낚았다는 확신이 들자 표정 관리가 제대로 되지 않았다.

*   *   *

방송이란 게 보는 건 간단했지만, 제작 과정은 무척 복잡했다.

별짓을 다 했다.

어린 시절부터 성장하기까지의 과정을 전부 인터뷰했고, 데모 버전의 노래를 불러 립싱크 장면까지 찍었다.

거기에 스튜디오로 들어갔을 때 자리 배치부터 표정 관리까지 전부 체크하며 지시를 내렸는데, 마치 꼭두각시가 된 기분이었다.

'환상의 파트너'는 12명이 출연하는데, 각자가 비슷한 장소에서 똑같은 짓을 반복했고 거의 3일 동안 리허설을 끝낸 다음에야 방송을 촬영했다.

이병웅의 자리는 맨 앞 중앙이라 패널과 방청객들에게 가장 잘 보이는 곳이었다.

3백 명이 이렇게 많았나.

녹화가 시작되기 전부터 방청객이 전부 자리를 차지했는데, 앉은 모습이 시루에 담긴 콩나물처럼 보였다.

다른 출연자들과 함께 천천히 걸어 스튜디오에 들어 선 후 자신의 자리에 선 이병웅은 주변을 가득 메운 방청객과 20명의 패널들을 향해 시선을 보냈다.

오늘 하루, 참 의미 있는 시간이 될 것이다.

내 이름 석 자를 대한민국 전체에 내보이는 첫 무대가 될 테니 오늘 하루 즐겁게 보낼 생각이다.

* * *

김혜선은 PD의 극진한 보호 속에서 대기석에 머물며 촬영에 관한 설명을 들었다.

오랜 시간 가수 활동을 했기 때문에 관객 앞에 선 경험이 많았고 예능 프로그램에도 자주 출연해서 방송의 흐름에 관해서는 누구보다 잘 알았다.

그녀는 걸 그룹에서 출발했으나, 솔로 가수로 데뷔하며 전 국민의 사랑을 받는 대형 가수로 성장했다.

걸 그룹에 머물기엔 그녀의 가창력은 어울리지 않았다.

엠프를 찢어 버릴 것처럼 폭발하는 고음과 듣는 이들을 눈물 짓게 만드는 감성, 그리고 탁월한 기교까지 갖춘 그녀가 걸 그룹에 머문다는 건 진주를 똥통에 처박아 놓은 것과 마찬가지였다.

그녀가 사랑받는 또 다른 이유는 아름다운 외모와 걸 그룹 출신답지 않게 절제된 사생활을 유지한다는 것이었다.

"오늘 출연자들 어때요?"

"좋아요. 호호… 노래 잘하는 사람 반, 음치가 반이니까 잘 선택하셔야 될 거예요."

"전, 자신 있어요. 노래를 못하는 사람은 전부 특성이 있거든요."

"에이, 너무 그러지 마세요. 그러다가 당한 가수들 많아요."

김소연이 웃는 얼굴로 김혜선을 바라봤다.

조금 아쉽다.

쟤처럼 예쁜 얼굴을 가졌다면 그놈 안다리라도 걸어 봤을 텐데.

"이제 시간 됐네요. 나갈까요?"

그녀를 데리고 스튜디오에 들어서자 그놈이 서 있는 게 보였다.

슬쩍 김혜선을 보자 그녀는 방청객과 패널들에게 인사를 하느라 그놈을 아직 못 본 것 같았다.

어디 두고 보자.

내가 눈이 멀어 혼자 미친 건지, 아니면 다른 여자들도 마찬가지인지 꼭 확인해 볼 거야.

김혜선이 자리에 서자 메인 MC인 이종혁이 PD의 사인을 받은 후 멘트를 날리기 시작했다.

"안녕하십니까, 시청자 여러분. 오늘은 발라드의 여신 김혜선 씨를 모시고 언제나 그렇듯 선택의 험난한 과정과 감동의 하모니를 연출하는 여정을 시작하겠습니다."

멘트가 끝나고 김소연이 부지런히 팸플릿을 든 손을 열심히 돌리자 방청객들의 입에서 환호성이 흘러나왔다.

약속된 연출이다.

요즘은 이런 건 기본이지.

집에서 보는 시청자들도 연출이란 걸 알지만, 환호성이 주는 쾌감을 그대로 받아들인다.

"오늘도 12명의 출연자를 모시고 음치를 골라낸 후 최종적으로 파트너를 선정하도록 하겠습니다. 김혜선 씨, 그리고 방청객 여러분도 같이 골라 보십시오. 과연 누가 음치일까요?"

이종혁의 말이 끝나자, 출연자에 대한 소개가 하나씩 이어지기 시작했다.

성우의 음성으로 시작된 소개는 한 사람마다 진짜 정체와 가짜 정체가 담겨 있었고, 마지막으로 출연자가 노래 부르는 장면이 흘러나왔다.

그리고 마지막 이병웅의 순서가 나오자 방청객이 술렁거리기 시작했다.

성우는 이병웅의 원래 정체인 S대 천재와 전문 모델이란 두 가지를 소개했는데, 패널들은 물론이고 방청객들까지 전부 한목소리로 모델이라는 사실을 의심치 않았다.

문제는 시간이 지날수록 여자들의 시선이 그에게 집중되었다는 것이다.

정체를 숨기기 위해 이병웅은 모델들이 입는 것처럼 세련된 옷을 받쳐 입었는데, 그 때문인지 외모가 평소보다 훨씬 빛났다.

옷이 날개란 말은 그냥 나온 게 아닌 모양이다.

수많은 사람들 속에서 은은하게 빛나던 그의 외모는 결국 관심이라는 괴물을 먹은 후부터 압도적으로 발산되기 시작했다.

김혜선이 느낀 감정도 다른 사람들과 마찬가지였다.

성우의 소개가 끝나고 MC인 이종혁이 진행을 하면서 말을 붙였음에도 자꾸 그에게 시선이 갔다.

그를 발견하고 처음엔 잘생겼다고만 생각했었다.

가수 생활을 하면서 대한민국에 있는 잘생긴 남자들을 만난 적이 어디 한두 번이겠는가.

하지만 소개를 통해 그의 얼굴이 대형 화면에 가득 찬 순간부터 심장이 두근거리기 시작했다.

이건 뭐지?

그리고 저 남자에게서 흘러나오는 후광은 또 뭐야?

*   *   *

패널로 참석한 개그우먼 유명선과 탤런트 신소유는 꽤나 친한 사이였다.

대학 동창일 뿐만 아니라 다른 분야에서 활동했지만, 연예계에 진출해서도 수시로 만나 술을 마실 정도로 친하게 지냈다.

'환상의 파트너'에 신소유가 출연한 것도 유명선 때문이었다.

워낙 유명선이 요즘 핫하게 뜨고 있는 상태라 말발이 먹혔는데, 신소유의 출연을 PD인 박영찬도 반색했다.

워낙 인지도가 있는 탤런트였으니 마다할 이유가 없었던 것이다.

"소유야, 저 사람은 맨 처음 탈락하겠다. 그렇지?"

"그러겠네. 김혜선이 힐끔거리며 저 사람을 쳐다보고 있잖아. 제일 먼저 지목될 것 같아."

"아… 그러면 안 되는데."

"뭐가?"

"얘가 또 모른 체하네. 넌 그게 문제야."

"호호……."

유명선이 눈알을 부라리자 신소유가 재밌어 죽겠다는 듯 입을 가리며 웃었다.

척 하면 착.

친구가 무슨 소릴 하는 건지 왜 모르겠나.

그녀 역시 이병웅에게서 눈을 떼지 못하고 있었으니 유명선의 걱정이 뭔지 너무나 잘 안다.

그때 김혜선이 첫 번째 탈락자를 지명했다.

하지만 그녀가 지명한 것은 이병웅이 아니라, 가장 왼쪽에 서 있던 턱수염 남자였다.

마치 찐빵 광고에 나오는 것처럼 잔뜩 턱수염을 기른 남자는 앞으로 멋있게 걸어 나와 무대에 섰지만 결국 음치로 판명 났다.

역시 가수가 보는 눈은 달랐다.

김혜선은 노래를 부를 때 그의 구강 구조와 입 모양이 어색하다는 걸 정확하게 짚어 내 음치를 골라냈다.

차례대로 탈락자가 발생해서 이제 3명만 남았다.

탈락자 중에는 음치가 5명이었고, 진짜 실력자가 4명이었는데 뒤로 갈수록 김혜선은 선택에 신중을 기했음에도 실수를 반복했다.

재밌는 건 그녀가 선택을 할 때마다 이병웅이 남자 패널들로부터 음치 후보로 강력하게 지목되었다는 것이다.

그럼에도 선택되지 않은 건 여자 패널들과 방청객들의 열화와 같은 거부 때문이었다.

"웬만하면 저 사람은 그냥 내버려 둡시다!"

"다른 사람 골라요. 저 사람은 안 돼요!"

"김혜선 씨, 나 같은 노처녀가 오랜만에 눈 호강하는데 꼭 그래야 되겠수. 우리 인간적으로 그러지 맙시다."

별별 소리가 다 나왔다.

화면에 이병웅이 비출 때마다 방청석에서는 야유가 나왔고 여자 패널들은 김혜선이 그를 선택하지 못하도록 갖은 압박을 자행했다.

그랬기에 이병웅은 마지막 3인 안에 포함되어 서 있을 수 있었다.

마지막 3인은 이병웅과 한복을 입은 20 초반의 여성, 그리고 머리를 길게 길러 머리띠로 묶은 남자였다.

누가 봐도 이번엔 이병웅의 탈락이 확정적이었다.

한복을 입은 정경선과 머리띠 남자 윤철학은 방송이 시작될 때부터 모든 사람들이 실력자라고 인정했었기 때문이었다.

반면에 대부분의 방청객과 패널들은 이병웅을 음치로 지목했다.

방송을 위해 PD가 은근히 마지막까지 남겨 달라는 지시를 내렸고 패널들과 방청객들이 난리쳤기 때문에 선택되지 않았을 뿐, 누가 봐도 이병웅은 나머지 두 사람에 비해 이번 라운드에서 탈락할 가능성이 컸다.

이제 막바지에 달하자 여자 패널들도 더 이상 김혜선에게 압박을 가하지 못했다.

방송의 재미는 물론이고 사심에도 한계가 있기 때문이다.

'환상의 파트너'는 결국 실력자를 골라내어 가수와 함께 훌륭한 노래를 선사하는 것이 기본 콘셉트였으니 이젠 음치를 제외시켜 시청자들에 방송 본래의 목적을 지켜 나가야 한다.

*　　　　*　　　　*

다시 선택의 순간.

김혜선의 시선이 좌에서 우로 이동하다가 이병웅에게서 멈췄다.

두두두두…….

긴장되는 음악이 흘렀다.

시청자들이나 방청객들은 음치와 실력자의 숫자가 어떻게 구성되었는지 모른다.

그러나 그녀는 이미 설명을 들었기에 이중 한 명만이 음치라는 걸 알고 있었다.

그녀가 고민하는 장면이 클로즈업되면서 긴장감을 더했다.

결국 그녀의 입이 어렵게 열린 것은 효과음이 멈췄을 때였다.

"저는 저분을 선택하겠어요."

김혜선이 이병웅을 지목하자 패널들과 방청석에서 탄식 소리가 울려 퍼졌다.

예상은 했지만 막상 이병웅이 지목되는 순간, 여자들의 탄식은 생각보다 훨씬 컸다.

"저 지지배, 끝내 사고를 치네."

"어쩔 수 없잖아. 뻔히 보이는데 더 이상은 안 되었을 거야. 쟤 표정 좀 봐라. 엄청 잘못한 것처럼 쩔쩔 매고 있는 거 안 보여?"

"그래도 아쉽다. 환상이 깨지는 순간이 너무 빨리 찾아왔어."

신소유가 아쉬움을 숨기지 않았다.

저렇게 잘생긴 남자의 정체가 세상을 향해 드러나는 순간 느껴야 할 실망감을 생각하자 가슴이 다 아팠다.

음치, 노래를 못 부르는 사람.

음치들이 노래를 부를 때마다 패널들과 방청객들은 폭소를 멈추지 못했다.

하지만 이병웅의 입에서 흘러나올 형편없는 노래를 듣게 되었을 때, 과연 자신은 웃을 수 있을까.

아마, 그러지 못할 것 같았다.

자신만 그런 게 아니라 여기 있는 모든 사람들이 그럴 것 같았다.

심지어 이병웅을 음치로 지목했던 김혜선까지도.

여자 패널들은 대부분 그녀와 같은 표정이었으나, 남자 패널들은 음치를 확신하며 웃고 까불어댔다.

그 모습이 미웠으나 동조를 할 수밖에 없었다.

이런 게 모두 방송의 한 과정이었고, 그들은 그런 행동을 하면서 돈을 받기 때문이다.

*   *   *

이병웅이 지목되는 순간 메인 MC 이종혁의 표정이 슬쩍 굳어졌다.

오직 그만이 이병웅의 정체를 알고 있었기 때문이다.

다른 사람들은 모두 이병웅이 음치라 판단했기에 김혜선이 이번에 지목할 거라 예상했겠지만, 그만은 아니었다.

메인 MC란 자리는 프로그램을 끌고 나가는 지휘자다.

그랬기에 김혜선의 표정 변화를 수시로 살피며 그녀가 마지막 파트너로 이병웅을 선택할 것이라 판단했다.

방송 경력이 벌써 20년.

수많은 여자 연예인들을 상대했기 때문에 그녀들의 생각이 어떤지 짚어 내는 능력은 타의 추종을 불허했다.

김혜선은 자신의 감정을 부단히 숨기기 위해 노력했겠지만, 그를 속일 수는 없었다.

이병웅을 바라볼 때마다 슬쩍슬쩍 붉어지는 얼굴.

그리고 진행 과정에서 부지불식간에 고정되는 그녀의 시선.

이종혁은 그녀의 반응을 지켜보며 이번 회는 대박이 터질 거란 예감을 했다.

예상대로 그녀가 이병웅을 최종 선택하는 순간 '환상의 파트너' 최고의 장면이 연출될 것이기 때문이었다.

하지만 김혜선이 음치로 이병웅을 지목하자 자신도 모르게 탄식이 새어 나왔다.

받아들일 수 없지만, 자신의 판단은 틀렸고 물은 이미 엎질러진 상태였다.

왜 그랬을까?

절대 자신의 눈은 잘못 보지 않았다.

그렇다면 김혜선은 무겁게 다가온 진실의 무게를 더 이상 견디지 못했다는 뜻이다.

아무리 사심이 있어도 그녀는 베테랑이었고, 마지막 순간까지 끌고 나가기엔 양심이 허락하지 않았던 모양이다.

*   *   *

"예, 김혜선 씨가 이병웅 씨를 선택했군요. 한번 물어보겠습니다. 왜 이병웅 씨를 선택했죠?"

"음… 사실 믿기지 않잖아요. 저분은 S대생보다는 모델이 훨씬 더 잘 어울려요. 키나 몸매, 얼굴까지 천생 모델인걸요."

"그 이유 때문인가요?"

"사실, 립싱크만 가지고는 알 수 없었어요. 워낙 입 모양이 좋고 감정 표현이 살아 있어 진짜로 부른 것 같았어요."

"만약, 이병웅 씨가 실력자라면 어떨 것 같나요?"

"그게… 그렇다면 전 꽤나 오랫동안 후회할 것 같네요."

"왜죠?"

"저렇게 잘생긴 분과 듀엣할 수 있는 기회를 놓친다는 건 여자로서 꽤나 안타까운 일이니까요."

"아이고, 정말 솔직하시군요. 자, 그렇다면 지금부터 이병웅 씨의 정체를 알아보는 시간을 갖겠습니다. 이병웅 씨는 준비해 주십시오."

                    *   *   *

이종혁의 멘트가 끝나자 이병웅은 자리에서 벗어나 천천히 무대로 걸어 나왔다.

그러자 스태프들이 의자를 세팅했고 그 뒤를 이어 기타가 등장했다.

그 모습을 본 패널과 방청객 들이 술렁거리기 시작했다.

이런 준비는 대부분 실력자들이 하는 것이기 때문이었다.

"뭐야, 저 사람… 설마 실력자는 아니겠지?"

"기타까지 나왔어. 그렇다면 기타를 진짜 잘 친다는 거잖아."

"에이, 아닐 거야. 저건 방송 재미를 위한 각본일 거야."

"진짜 실력자라면 첫 번째 정체가 맞다는 건데, 그건 불가능해. S대 다니는 학생이 공부하느라 정신없었을 텐데 기타에다 노래까지 잘하면 그게 사람이냐고!"

패널들이 이구동성으로 떠들어 대는 장면이 고스란히 화면에 잡혔다.

출연자들의 정체가 밝혀지는 순간마다 나타난 반응이었고, 이것이 시청자들에게 보여 주는 커다란 재미였으나, 이번엔 그 소음이 훨씬 컸다.

그만큼 이병웅의 정체가 패널들과 방청객들의 관심을 한 몸에 끌어당겼기 때문이었다.

김혜선은 이병웅이 앞으로 걸어 나온 순간 침을 꼴깍 삼키며 시선을 떼지 못했다.

무대에 선 포스가 너무나 강렬해서 베테랑 가수를 보는 것 같았다.

진짜라면?

후우… 후우.

이병웅이 자리에 앉자, 그녀의 시선이 심하게 떨리기 시작했다.

아, 제발… 제발.

*   *   *

이병웅은 자리에 앉아 기타를 들고 방청석과 패널들을 바라보다가 김혜선에게 시선을 맞췄다.

소란스러웠던 실내의 소음은 멈췄고 그가 기타를 드는 순간 정적이 찾아왔다.

김혜선과 시선을 맞추며 싱그러운 미소를 보냈다.

미안해하지 마세요.

누구라도 그렇게 생각했을 것이고 나 역시 당신과 함께 노래 부르는 것보다 이것이 더 좋으니까요.

띠리링… 디잉… 딩, 딩, 딩.

이병웅의 손이 움직이는 순간 정적에 잡혀 있던 방청객과 패널들의 입에서 비명이 흘러나왔다.

처음에는 천천히 움직이던 그의 손이 점점 빠르게 진행되면서 현 위를 자유자재로 날아다녔기 때문이었다.

부드럽게 스튜디오를 장악한 기타의 음률.

배경음악 하나 없는 날것 그대로의 기타 음률이 공간을 넘어 흐르기 시작하자, 비명을 질렀던 사람들의 눈이 그의 손가락에 집중되었다.

전주가 선사해 준 마력.

누구나 아는 노래.

그리고 누구나 슬퍼했고, 눈물 흘리며 불렀던 그 노래.

이병웅의 손길이 지나는 곳마다 울려 퍼진 환상의 음률은 영원한 가객의 명곡 '너무 아픈 사랑은 사랑이 아니었다오'였다.

전주가 끝나고 난 후 굳게 닫혀 있던 이병웅의 입이 열리는 순간, 긴장된 시선으로 바라보던 패널들과 방청객들이 동시에 일어섰다.

"그대 떠나고 멀리, 가을새와 작별하듯. 그대 떠나보내고, 돌아와 술잔 앞에 앉으면… 눈물이 나오……."

천상의 목소리.

누구도 예상하지 못했던 목소리가 스튜디오에 울려 퍼지자 모든 사람들은 일어선 채 말을 잊었다.

이런 순간마다 패널들은 소리를 치면서 자신의 감정을 나타내야 한다.

그것이 PD가 원하는 것이었고 시청자들이 원하는 것이었으나, 모든 패널들은 이병웅의 노래가 시작된 순간 벙어리가 되어 무대만 바라볼 뿐이었다.

절묘한 기타음과 어울리며 노래가 정점을 향해 나아갔다.

그냥 포크스타일의 연주가 아니라, 핑거 스타일의 정교한 연주가 노래를 뒷받침하자 원곡과 전혀 다른 분위기가 실내를 완벽하게 장악했다.

누구도 숨조차 제대로 쉬지 못한 채 귀를 기울일 때 노래가 멈추고 이병웅의 신들린 기타 연주가 다시 시작되었다.

음 하나하나에 영혼이 담긴 것 같은 무시무시한 음률이 공간을 따라 울려 퍼질 때마다 사람들은 소름끼치는 마력에 젖어 온몸을 움츠렸다.

어떻게 저런 연주가 가능할까.

수없이 들었던 노래였고 기타 연주였으나, 원곡의 가수가 보여줬던 것과는 완전히 차원 자체가 달랐다.

후우, 후우…….

더 이상 참지 못하고 겨우 숨을 쉴 때, 이병웅의 노래가 다시 시작되었다.

"어느 하루 바람이 젖은 어깨, 스치어 지나가고. 내 고된 시간들이 창에 어리면, 그대가 미워져. 너무 아픈 사랑은, 사랑이 아니었다오……"

감정에 몸을 맡긴다는 게 이런 것일까.

이병웅의 노래에는 연인과 헤어진 슬픔이 그대로 담겨 있었고, 다시 만날 수 없다는 절망과 눈물에 겨운 고통이 절절히 표출되었다.

노래가 절정으로 치달아 갈수록 방청객 속에서 훌쩍거리는 소리가 들려오기 시작했다.

이병웅이 선사해 준 전율의 감정에 동화되어 저절로 나타난 반응이었다.

이윽고 노래가 끝났을 때 아무도 움직이지 않았다.

박수 소리도, 환호성도…….

그저 홀린 듯 기타를 내리고 있는 이병웅의 모습을 지켜볼 뿐이었다.

천천히 일어나 방청객을 향해 고개를 숙여 인사했다.

나는 이렇게 노래를 부르고 싶었다.

그러나 천형을 지닌 채 태어난 외모 때문에 내가 가진 천상의 노래를 사람들에게 보여 줄 수 없었어.

엄마, 그리고 아버지.

그동안 오래 기다리셨습니다.

이렇게 당신들께 아들의 노래를 들려줄 수 있어 저는 너무나 행복합니다.

낳아 주시고 길러 주셔서 정말 고맙습니다.

제12장
항해를 시작하다

"예, 아쉽게도 이병웅 씨는 실력자였습니다."

이병웅이 노래를 끝내고 정중하게 인사를 하자 지켜보던 MC 이종혁이 제일 먼저 정신을 차린 후 멘트를 이어 나갔다.

역시 노련하다.

패널들은 물론 방청객까지 아직 정신을 못 차릴 정도의 충격을 받은 채 움직이지 못했지만, 오직 그만은 무대로 걸어 나오며 이병웅의 정체를 밝혔다.

뒤늦게 패널들이 정신을 차리고 소리를 지르기 시작했다.

"그럼, 정말 저 사람이 S대생이에요?"

"그렇습니다. 이병웅 씨는 S대 경영학과 4학년입니다. 이병웅 씨, 자신의 소개를 간략하게 해 주시죠."

"방금 MC께서 말씀하신 것처럼 저는 S대에 다니는 학생입니다. '기타둥둥'이란 동아리에 소속되어 있으며, 동아리 후배의 추천으로 이 자리에 나오게 되었습니다."

웃는 얼굴로 이병웅이 자신에 대한 소개를 하자 개그맨 유병두가 불쑥 나서며 의구심을 나타냈다.

"그 정도의 기타 실력이라면 동아리 수준이 아닌데요. 혹시 전문적으로 기타 훈련을 받은 거 아닙니까?"

"저는 취미로 기타를 오랫동안 쳐 왔습니다. 그러다 보니 실력이 늘었을 뿐이에요."

"우와, 그럼 난 뭐야. 난 기타를 20년이나 쳤는데 아직도 기본 코드밖에 못 잡는다고!"

유병두가 억울하단 표정으로 소리를 지르자 패널들의 폭소가 터졌다.

하지만 곧 폭소가 멈추며 또 다른 질문이 이어졌다.

"노래도 정말 끝내줬어요. 혹시 다른 곳에서 노래 활동도 하시나요?"

"아닙니다. 공부할 시간이 부족해서 노래는 거의 하지 못합니다."

"여자 친구는 있어요?"

이번에 나선 건 신소유였다.

그랬기에 사람들의 시선이 단박에 그녀 쪽으로 몰렸다.

떠오르는 탤런트였고 아름다운 외모를 지녔기 때문에 그녀의 질문은 상당히 이례적이었다.

많은 의미를 함축하고 있었기 때문이었다.

"어허, 그런 질문을 왜 해요?"

"궁금하잖아요. 아마, 다른 분들도 저와 같은 생각일걸요?"

이종혁이 중간에서 가로막자 신소유가 전혀 당황하지 않고 주변에 있는 여자들을 바라보며 동조를 구했다.

그러자, 어이없게도 수많은 방청객들의 입에서 답변을 하라는 요구가 빗발쳤다.

"이병웅 씨, 안 되겠는데요. 아무래도 답변을 해야 될 것 같습니다. 여자 친구는 있습니까?"

"안타깝게도 아직 없습니다."

"아니, 지금까지 뭐 했는데 여자 친구가 없어요. 혹시 며칠 전에 헤어진 건 아니죠?"

"저는 지금까지 한 번도 여자 친구를 사귄 적이 없었어요."

"그렇게 잘생긴 얼굴로 여자 친구를 한 번도 없었다면 누가 믿어요!"

"에이, 거짓말!"

이종혁이 말도 안 된다는 표정과 말투로 의문을 나타내자 방청객에서 야유 소리가 나왔다.

주로 여자들의 입에서 나온 건데 절대 믿지 못하겠다는 의사 표현이었다.

그럼에도 이병웅은 얼굴에 핀 미소를 지우지 않았다.

"정말입니다. 방송에 나와서 금방 들킬 거짓말을 왜 하겠어요. 저는 정말 여자 친구를 사귄 적이 없어요."

"그렇죠, 금방 알려질 거짓말을 할리가 없죠. 그렇다면 정말 여자 친구가 없다는 건데……. 누군지 모르지만 이병웅 씨의 첫 여자 친구는 정말 행복할 것 같네요. 얼굴 잘생겼지, 노래 잘하지, 기타 잘 치지, 공부 잘하지. 이런 남자 누가 채 갈 사람 없나요?"

"저요, 제가 데려갈게요!"

난리도 이런 난리법석이 없다.

이종혁이 장난스럽게 방청석 쪽을 향해 제안을 하자 방청객에 있던 여자들이 일어서며 서로 손을 번쩍 치켜들었다.

더 재밌는 건 패널로 출연했던 연예인들까지 자리에서 벌떡 일어났다는 것이다.

거기엔 신소유도 포함되어 있었다.

"신소유 씨 진심입니까?"

"저도 남자 친구 없어요. 아직 미혼이니까 자격 있잖아요."

"그러다 스캔들이라도 나면 어쩌려고 그래요. 정말 괜찮겠어요?"

"다 큰 성인 남녀가 만나는 건데, 뭐 어때요. 전 괜찮아요."

이종혁의 질문에 신소유가 뻔뻔하게 대답했다.

가끔가다 시선을 끌기 위해 튀는 행동을 하는 연예인들을 볼 수 있다.

그런 짓을 해야 언론에 주목을 받고 기사 한 줄이라도 더 나가기 때문이다.

하지만 신소유다.

그녀는 PD가 '환상의 파트너'에 출연하는 걸 고마워해야 할 정도로 인기가 많은 탤런트였으니 그런 것과는 어울리지 않는다.

더 굉장한 일은 그다음에 일어났다.

"사회자님, 저도 한마디 해도 되나요?"

"예, 말씀하십시오."

"오늘 방송은 제가 주인공이잖아요. 더군다나 저분이 음치라고 뽑은 것도 저니까 제일 먼저 제가 저분께 미안하단 말을 해야 될 것 같아요."

"그렇죠, 당연한 말씀입니다."

이종혁이 빠르게 김혜선의 의도를 눈치채고 한발 뒤로 물러났다.

그러자 그녀가 이병웅을 향해 몇 걸음 걸어 나와 미안하다며 고개를 숙여 인사했다.

"죄송해요. 이렇게 굉장한 실력을 가졌는데 몰라봐서 너무 미안해요."

"아마, 다른 분이라 해도 그랬을 거예요. 미안해하실 필요 없어요."

"그래도 미안한 건 미안한 거니까, 제가 나중에 식사 한번 대접할게요."

*   *   *

신소유는 자신의 말을 중간에서 가로막고 나섰을 때부터 김혜선을 향해 레이저광선을 쐈다.

그러자 옆에 있던 유명선이 옆구리를 꾹 찔렀다.

"김혜선이 채 가겠네. 어쩐지 계속 저 남자를 바라보더라. 우리 소유, 닭 쫓던 강아지 신세가 되었어. 안타까워 어쩐대?"

"시끄러워, 이것아."

"그런데 너도 정말 저 남자한테 관심이 있는 거니?"

"이씨, 내가 독수공방한 게 벌써 2년째야. 나도 이제 남자 친구가 필요해."

"그런데, 왜 꼭 쟤냐. 돈 많고 잘생긴 놈들 많은데. 너 정도면 그런 남자들 만나야지. 쟤처럼 가난한 대학생 만나 봤자 너만 손해야."

"돈이 전부가 아냐."

"그럼?"

"사랑이지. 난 지금까지 살아오면서 진짜 사랑을 한 번도 해 보지 못했어. 너도 알다시피 사는 게 참 힘들었잖아."

"그래서, 진짜 사랑을 해 보고 싶다고?"

"저 사람 정도면 그러고 싶어. 막 보고 있으면 가슴이 뛴단 말이야. 이 정도면 대시할 만하지 않니?"

"단단히 미쳤네. 단단히 미쳤어."

"저 사람, 정말 멋있어."

"너, 얼른 가서 찬물에 세수하고 와. 잠시 눈에 콩깍지가 씌어서 그런 거니까 세수하고 오면 좋아질 거야."

"싫어."

"이쯤에서 그만해. 더 나가면 진짜 스캔들 터져. 다른 애들은 스캔들 터지면 도움이 되지만, 넌 아니잖아. 잘못하면 탤런트 생활 종칠 수도 있으니까 정신 차리라고!"

사라지는 이병웅의 모습을 보면서 유명선이 신소유의 무릎을 소리 나게 후려쳤다.

뭔가에 홀린 것 같았다.

아무리 잘생긴 남자라 해도 신소유의 반응은 너무 과했는데 그냥 두면 금방이라도 자리에서 일어나 쫓아갈 기세였다.

이병웅은 무대에서 내려와 출연자 대기실에 잠시 들렀다가 인사를 나눈 후 방송국을 빠져나왔다.

녹화가 끝나면 모든 출연자가 인사를 한 후 방송국 관계자들과 식사가 예정되어 있었으나, 이병웅은 바쁘다는 핑계를 대고 불참 의사를 밝혔다.

이쯤에서 정리하는 게 맞다.

비록 자신의 소망을 위해 방송에 출연했지만, 굳이 계속 엮일 필요가 없다는 생각이었다.

*　　　　　*　　　　　*

그때 이후로 이병웅은 구로 쪽에 사무실을 얻고 컴퓨터와 각종 기기들을 세팅했다.

이미, 만반의 준비를 끝냈기 때문에 '제우스'를 출범시키는 건 그리 어려운 일이 아니었다.

대부분은 아버지가 준비했으나, 필요한 것들 대부분은 그의 머리에서 나왔다.

사무실을 오픈하는 날.

이병웅은 사람들을 초대했다.

친구들인 홍철욱과 문현수가 제일 먼저 도착했는데 어안이 벙벙한 얼굴들이었다.

"이게 뭐냐?"

"뭐긴, 사무실이지."

"어떤 사무실?"

놈들에게 지금까지 있었던 일들에 대해 설명하자 점점 얼굴이 시커멓게 변해 갔다.

어차피 수강 신청 때문에 상경할 시간이었고 오랜만에 이병웅의 보고 싶다는 말에 아무런 생각 없이 달려왔다.

그런데 이병웅은 정말 믿기 힘든 말을 하고 있었다.

"돈을 100억이나 투자받았다고?"

"그래."

"그 거짓말 정말 믿어도 되냐?"

"진짜다. 이 사무실도 그분 돈으로 차린 거야."

"우와, 환장하겠네."

두 놈이 입을 떡 벌린 채 사무실을 다시 둘러봤다.

최신 기종의 컴퓨터들이 책상마다 놓여 있었고, 사방 벽면에 설치된 스크린에는 국내외 주식시장과 외환시장, 심지어 원자재와 농산물 시장의 시세가 표출된 채 반짝거리는 중이었다.

"너희들을 여기에 부른 건 나를 도와달라는 부탁을 하기 위해서였어."

"뭘 도와줘?"

"너희 둘, 제우스의 직원이 되라."

"미친놈, 우린 이제 4학년이다. 가장 중요한 시기에 무슨 소릴 하는 거야?"

"상주하란 뜻이 아니야. 시간 날 때마다, 그리고 중요한 일이 발생하면 도와달라는 거지."

"아르바이트?"

"일단은 그렇게 보면 되겠네."

"그 정도야… 뭐."

두 놈의 얼굴에서 슬며시 웃음이 피어났다.

하지만 놈들은 알까.

수렁에 발을 들여놓으면 쉽게 빠지지 못하는 것처럼, 홍철욱과 문현수는 앞으로 '제우스'에서 벗어나지 못할 것이다.

*　　　　*　　　　*

투자가인 김철기가 사내들을 대동하고 들어서자 아버지와 친구들의 몸이 경직되었다.

그만큼 사내들에게 풍기는 냄새가 위압적이었기 때문이었다.

"어서 오세요."

"사무실이 조금 작은 거 아닌가?"

"이 정도면 됩니다. 물건을 만드는 공장도 아닌데 클 필요는 없죠. 회장님, 죄송하지만 경호원들은 내보내 주십시오. 여긴 회장님을 해칠 만한 사람들이 없으니까요."

이병웅이 웃으며 말하자 김철기의 얼굴이 찡그려졌다.

역시 대담한 놈이다.

자신 앞에서 이렇게 당당히 말을 할 수 있는 놈이 몇이나 될까.

김철기의 지시에 의해 경호원들이 나가자 이병웅이 친구들과 아버지를 소개했다.

그때, 정설아가 문을 열고 들어오는 게 보였다.

"아니, 이게 누구신가. 정 팀장 아니시오?"

"회장님, 오랜만에 뵙겠습니다."

김철기가 반색하자 정설아가 공손한 자세로 인사를 했다.

대영증권의 에이스.

그녀의 출현은 천하의 사채왕 김철기마저 놀라게 만들 정도로 의외의 일이었다.

증권사의 에이스들은 개인 고객의 자금을 담당하지 않으나 그 명성만큼은 쩌렁쩌렁하게 울렸고, 정설아는 그중에서도 독보적인 지위를 구축한 여자였다.

그랬기에 김철기는 다가온 그녀를 향해 의문을 가감 없이 드러냈다.

"정 팀장, 바쁘지 않소?"

"바빠요."

"그런데 여긴 어쩐 일이요?"

"병웅 씨가 사무실을 연다는데 당연히 와야죠. 만약 안 왔으면 무척 많이 서운해했을걸요."

"그렇구려."

그녀의 대답에 김철기가 활짝 웃었다.

순식간에 회전된 머리가 회심의 미소를 짓게 만들었다.

둘의 관계가 어떤 이유로 맺어졌든 상관없다.

중요한 건 정설아가 여기에 나타났다는 것뿐이다.

이병웅에 대한 투자를 해 놓고 어떨 때는 잠을 들지 못할 정도로 불안에 빠졌다.

아무리 생각해도 이해가 되지 않았다.

자신에게는 반드시 지키며 살아온 철칙이 있었는데, 이번 투자는 그런 철칙들을 전부 위반하고 말았다.

잘못된 판단에 대한 후회가 들 때마다 수족들을 보내 계약서를 찢어 버리고 자금을 회수해야 된다는 생각이 들었지만, 결정적인 순간마다 고개를 흔들었다.

이병웅이 보여 준 자신감과 지금도 이해하기 힘든 신뢰가 자꾸 그의 행동을 방해했기 때문이었다.

그리고 오늘.

정설아를 보는 순간 그런 불안감은 일시에 하늘 저편으로 날아갔다.

"한 가지만 물어봅시다. 정 팀장도 제우스와 관련 있는 사람이오?"

"그렇지 않았다면 여길 왜 왔겠어요."

"어느 정도?"

"제우스의 실무 책임자 자격입니다. 지금은 아니지만 나중에는 제가 제우스를 총괄 관리하게 될 거예요."

"지금은 아니다?"

"당분간 저는 외부에서 지원 업무를 맡을 거예요. 아직 제우스는 데이터베이스가 구축되어 있지 않거든요."

"언제 올 거요?"

"제가 오는 시기는 병웅 씨가 결정하겠죠. 하지만 아무리 길게 잡아도 1년은 넘지 않을 것 같네요."

단박에 상황을 파악한 김철기의 얼굴에서 웃음이 진해졌다.

'제우스'의 안주인이 정설이란 사실이 알려진다면 상당수의 투자자들이 물 만난 물고기들처럼 달려들 것이다.

그랬구나.

이병웅이 자신을 끌어들인 후 다른 자들을 끌어들이는 데 적극적이지 않은 이유가 여기에 있었어.

케이크를 자르고 샴페인을 따서 마신 후, 본격적인 회의에 들어갔다.

아버지와 엄마는 건물 주인을 만날 일이 있다면서 가셨기 때문에 남은 사람은 5명뿐이었다.

당연히 회의를 주도한 건 김철기였다.

원래 그런 거지.

투자회사는 언제나 투자자가 말발이 제일 센 법이니까.

"자, 이제 회사도 차렸으니 자네의 생각을 들어 보세. 앞으로 무슨 방법으로 돈을 벌 텐가?"

"회장님, 저는 회장님의 돈을 벌써 40억이나 썼습니다. 회사를 차리는 증거금으로 30억을 납부했고, 10억으로 사무실과 집기를 마련했죠."

"그건 이미 들었으니 남은 돈의 사용처를 말해 봐. 증거금이니, 사무실 비용이니 이런 건 상관없어. 나는 내 돈 100억의 투자 이익금만 확보하면 된단 말일세."

"남은 돈은 주식과 선물 옵션에 투자할 생각입니다. 하지만 커다란 수익률은 기대하지 마십시오."

"무슨 소리야. 수익률을 기대하지 말라니?"

"지금 장에서는 대박을 터뜨리기 어렵습니다. 현재 세계경제는 사이클의 상승 마지막 봉우리에 와 있습니다. 먹을 건 별로 없고 자칫 잘못하면 패가망신하는 장이죠. 더군다나 내년부터 시작되는 강력한 하락장에서 우린 대박을 터뜨려야 하기 때문에, 최대한 조심스럽게 운용할 필요성이 있습니다."

"세계경제가 위험하단 뜻인가?"

"그렇습니다."

"나도 사방에 귀가 있지만 처음 듣는 소리군. 왜 그렇게 생각하는지 물어봐도 될까?"

궁금해하는 그를 위해 현재 세계시장, 특히 미국이 겪고 있는 파생 금융의 위험성을 설명해 줬다.

아무리 그가 사채왕이라 불린다 해도, 경제와 금융에 대한 지식은 한계가 있을 테니 반쯤은 못 알아들었을 것이다.

그럼에도 설명이 끝났을 때 그의 표정은 밝아진 상태였다.

사막의 여우가 그 험난한 자연환경 속에서 살아남는 비법은 생존에 대한 강한 본능과 숨겨진 이빨이 있기 때문이다.

김철기도 그런 자다.

"다는 알아듣지 못했지만 자네 생각은 충분히 알겠군. 오케이, 이제부터 나는 자네를 믿고 투자에 대한 것은 묻지 않겠네. 대신 월말에 한 번씩만 성과를 알려 주게."

"수익률이 적을 거란 말에 실망하시지 않으셨습니까?"

"상황이 그렇다는데 실망할 필요가 있겠나. 나는 한번 돈을 맡기면 끝까지 믿는 스타일이야."

"수익률이 적을 거란 말은 제 기준에서 드린 말씀입니다. 다시 말해 내년 이후와 비교해서 적을 거란 뜻이었습니다."

"그렇다면 그 적다는 표현의 기준은 얼만가?"

"최소 100% 이상."

"뭐라고!"

전혀 의외의 대답에 김철기의 입에서 탄성이 터져 나왔다.

100% 이상.

그게 적다고 표현했단 말이지?

그의 시선이 탐색하듯 이병웅의 얼굴을 살폈다.

오랜 세월 동안 쌓아 온 그의 관록이 진실 여부를 알아내기 위해 열심히 움직였다.

하지만 이병웅의 얼굴에선 어떤 것도 찾아낼 수 없었다.

"년 말까지 수익률을 100%이상 만들어 드리겠습니다. 대신 제가 그 약속을 지킨다면 투자를 더 해 주십시오."

"음… 100억으로도 부족하다고?"

"내년부터 거대한 장이 설 거라 말씀드렸습니다. 그리고 저는 그 장에서 막대한 돈을 끌어당길 생각입니다. 그러기 위해서는 돈이 필요합니다. 코 묻은 돈으로는 백날 굴려 봤자 한계가 있으니까요."

"자넨 간덩이가 정말 크군. 얼마까지 생각하고 있는지 말해 봐."

"회장님이 가지고 계신 현금 전부!"

*   *   *

김미숙은 치킨과 맥주를 세팅하고 신희연을 불렀다.

둘은 같은 아파트에 동거하는 오피스레이디로 대기업에 다니는 재원들이었다.

벌써 회사 생활 5년차.

이젠 쓴물 단물 다 겪어 봤기 때문에 웬만한 일에는 눈도 하나 깜박하지 않는다.

"빨리 와라. 치킨 바삭거릴 때 먹어야 맛있어."

"다이어트 한다면서 맨날 치킨에 맥주. 참, 고거 침 넘어가서 안 먹을 수도 없고."

신희연이 화장실에서 나와 폴짝 주저앉으며 닭다리를 치켜들었다.

사회에서는 바늘로 찔러도 들어가지 않을 것처럼 완벽한 자세를 견지했지만, 집에서는 털털을 넘어 완전 무방비 상태다.

"우리나라는 저놈의 광고가 문제야. 무슨 프로그램 하나에 광고가 15개씩 붙어. 아주 지겨워 죽겠어."

"광고 보는 거 좋아하는 애들 많아."

"어떤 미친 애가 광고를 좋아해?"

"광고에 예쁘고 잘생긴 애들이 많이 출연하잖아. 그래서 새로 나온 광고만 찾아보는 애들도 있어."

"헐!"

"이제 시작할 때가 됐는데……"

김미숙이 맥주를 입에 가져가며 중얼거리는 순간, 그녀들이 기다리던 '환상의 파트너'가 시작되었다.

예고편은 일부러 안 본다.

방송은 본방 사수를 해야만 진정한 재미를 느낄 수 있다는 게 그녀들의 생각이었다.

"호오, 김혜선이네. 쟤가 노래는 끝내주지."

"노래뿐이냐. 쟤 걸 그룹 때 춤도 끝내줬어. 아마 걸 그룹 출신 중에서 제일 잘된 케이스일걸?"

MC의 소개로 김혜선이 소개되고 패널들과 인사하는 장면들이 나오자 두 여자는 뒷담을 까기 시작했다.

역시, 이런 방송 볼 때는 뒷담이 최고다.

"쟤, 소속사 사장이 달라는 거 거부했다가 찍혀서 걸 그룹 탈퇴했다며?"

"말도 안 되는 소리 하고 있네. 쟤가 뭐 춘향이냐. 수절하다가 밥그릇 뺏기게. 요즘이 어떤 세상인데 그런 소릴 해."

"정말이야. 한동안 인터넷에서 시끌벅적했다니까."

"얼굴 봐라. 얼마나 잘하게 생겼니. 내가 봤을 때 너 정도는 될 것 같아."

"호호… 사돈 남 말 하시네. 남자라면 자다가도 벌떡 일어나는 게 어디서 까불고 있어."

인생에서 이런 친구가 있다는 건 정말 좋다.

할 말, 못 할 말 다 해 가면서 치킨에 맥주를 마실 수 있는 사이.

그런 친구가 있다는 것 자체만으로도 충분히 행복할 수 있다.

김혜선과 패널들의 소개가 끝나고 화면에 출연자가 비쳤을 때 깔깔거리며 장난치던 두 여자가 약속한 것처럼 움직임을 멈췄다.

화면을 가득 채우며 이병웅이 나타났기 때문이었다.

"우와, 쟤 뭐야?"

"에이, 설마. 척 봐도 모델이잖아. 쟤는 제일 먼저 탈락하겠다. 그런데, 모델이라도 너무 멋있는걸. 안 그러니?"

"눈이 예술이네. 몸매도 환상이고."

"아이, 뭐야. 사라졌잖아."

신희연이 아깝다는 듯이 소리를 쳤다.

화면이 바뀌면서 이병웅의 모습이 사라졌고 대신, 김혜연이 탈락자를 선정하는 과정과 패널들의 진행, 그리고 출연자들의 노래 실력 검증이 계속 이어졌기 때문이었다.

하지만 화면은 시간이 지날수록 이병웅을 집중 조명하기 시작했다.

모든 방송이 그렇다.

화제의 인물은 화면을 차지하는 횟수가 증가하고 세인들의 관심을 집중시키는 법이다.

드디어 세 명의 출연자만 남기고 결국 김혜선이 이병웅을 지목하는 순간이 찾아오자 두 여자가 침을 꼴깍 삼키며 잔뜩 긴장한 모습으로 화면을 노려봤다.

계속 남길 원했지만 이젠 할 수 없다.

그녀들 역시 이병웅이 음치라고 추측했기 때문에 그가 망가지는 순간이 다가오자 얼굴이 일그러졌다.

그러나 이병웅의 손에서 기타 연주가 시작되는 순간, 두 여자의 표정이 순식간에 바뀌었다.

"엄마야."

"저거, 저거… 진짜 치는 거야?"

"에이, 씨. 저 새끼들 저거 하지 말라니까!"

김미숙의 입에서 아리따운 처녀가 하지 말아야 할 욕이 튀어 나왔다.

이병웅이 노래를 시작하는 순간, 화면이 잠깐 멈추면서 사람들의 궁금증을 증폭시켰기 때문이었다.

그러나 그것도 잠시.

이병웅의 입에서 노래가 흘러나오는 순간 두 여자는 서로의 몸을 끌어안았다.

천상의 목소리다.

그리고 사람의 영혼을 사로잡을 만큼 감미롭고 가슴을 후벼 파는 감정이 그녀들을 꼼짝 못 하게 만들었다.

할 말은 태산이지만 그저 화면만 쳐다본 채 움직일 수 없었다.

남자의 손에서 흐르는 기타의 환상적인 음률과 노래가 그녀들의 영혼을 얽어매어 이성을 마비시켰기 때문이었다.

노래가 끝나고 화면에서 방청객들이 넋을 놓고 있는 장면을 보면서 신희연의 입이 떠듬거리며 열렸다.

"대…박!"

*   *   *

인터넷이 발칵 뒤집혔다.

'환상의 파트너'가 방송된 후 거대 포털 사이트의 인기 검색어

1위는 전부 이병웅이란 이름이 차지했다.

실검은 매일 바뀐다.

각종 연예계의 사건, 사고와 정치, 사회, 경제 부분에서 특별한 일이 생길 때마다 실검은 시시각각 변한다.

실검 1위를 했다 해서 사람들의 기억에 남을 것이란 판단은 정말 잘못된 생각이다.

그 시간이 지나가면 사람들은 자연스럽게 스쳐가는 바람 정도로 치부하며 잊어버리기 때문이다.

하지만 이병웅의 실검 순위는 다른 건과 다르게 며칠 동안 지속되었다.

이것이 방송의 힘이다.

그가 출연했던 '환상의 파트너'가 각종 포털 사이트에 동영상으로 올라왔는데, 그 조회 수가 끝없이 올라가고 있었다.

언제 이런 적이 있었던가.

사회가 변하고 방송의 트랜드가 바뀌면서 일반인들이 출연하는 횟수가 많아졌지만, 이병웅처럼 사람들의 뇌리에 충격을 준 경우는 거의 없었다.

왜냐고?

알잖아, 당신도.

＊   ＊   ＊

신드롬(Syndrome).

어떤 것을 좋아하는 현상이 전염병과 같이 전체를 휩쓸게 되는 현상을 말하는 단어다.

이병웅이 각종 포털 사이트에서 실검 1위에 등극하고 각종 동영상의 조회 수가 엄청나단 사실이 화제가 되었지만, 그 정도 선에서 끝날 것이라 예측했다.

일반인이 대중에게 어필할 수 있는 한계선은 분명히 존재했고 그 여파는 언제나 크지 않았다.

하지만 이병웅은 어이없게도 그런 한계선을 돌파하며 새로운 신드롬을 만들어 냈다.

독점권을 가지고 있는 TBS쪽에서 이병웅의 노래를 음원으로 판매를 시작했는데, 순식간에 압도적 1위를 기록했기 때문이었다.

원곡이 가진 특별한 사연의 힘에 이병웅의 환상적인 기타와 노래가 합쳐지면서 대중들의 폭발적인 관심을 이끌어 냈다.

덕분에 핑거 스타일의 기타 연주가 전폭적인 관심을 가졌다.

포크 가수들이 기타를 들고 방송에 나오는 경우는 많았지만, 이병웅처럼 완벽하게 핑거 스타일의 연주를 한 적이 없었으니 대중들은 그 음률의 특별한 아름다움에 충격을 받았던 게 분명했다.

*   *   *

"삼일에서 움직였습니다."

"그 씨발 놈들, 정말 빠르네."

"어쩔까요?"

"어쩌긴 뭘 어째. 걔들보다 먼저 날아가야지. 상두가 직접 움직였어?"

"아닙니다. 거기 기획실장이 출발했답니다."

"우린 내가 직접 간다."

"제가 가겠습니다. 우리가 삼일보다 더 규모가 큽니다. 굳이 사장님께서 가지 않아도 우리 쪽이 훨씬 유리합니다."

"넌 아직 멀었다."

"사장님은 그놈을 너무 크게 보고 계세요. 여자들한테 인기가 있다는 건 인정합니다. 그러나 놈은 방송 한 번 출연해서 반짝 인기를 얻은 잔챙이잖습니까. 물론 저도 시간이 지날수록 놈의 가치가 커질 거라 예상하지만 이건 아닙니다. 업계 관행상 이런 일은 없습니다. 신인을 사장님이 직접 찾아간 게 알려지면 업계에서 지랄들을 할 겁니다."

"관행 찾다 얼어 죽은 놈이 한둘인 줄 알아? 시끄럽고 차나 빨리 대."

"정말 직접 가실 겁니까?"

"정 실장, 나는 걔를 이번에 스카우트하지 못하면 평생 후회할 거 같다. 막 귀에서 사이렌이 울려. 그리고 그 사이렌 소리가 잠도 못 자게 괴롭힌다고. 내가 수많은 스타들을 키워 봤지만 이런 경우는 처음이다."

"휴우, 알겠습니다. 사장님 고집을 누가 말리겠어요."

정 실장이 핸드폰을 들어 기사에게 차를 대라는 지시를 하자 김윤호가 즉각 복도를 건너 엘리베이터 쪽으로 향했다.

그 뒷모습을 정 실장이 어이없다는 표정으로 한동안 바라보왔다.

대한민국 넘버원의 자리를 15년째 차지하고 있는 대표기획사 '창공'의 사장 김윤호는 연예계에서 신화로 불리는 사람이었다.

그는 젊은 나이에 불알 두 쪽과 두 주먹만 지닌 채 서울로 올라와 불과 10년 만에 수많은 스타들을 휘하에 거느렸는데, 랭킹 2위인 삼일보다 배는 더 많았다.

그런 남자가 달려간다.

이제 겨우 방송 한번 출연한 놈을 반드시 잡겠다며 발바닥에 땀이 날 정도로 달려가고 있으니 정말 믿을 수가 없다.

『전설의 투자가』 2권에 계속…